MAGELLAN

UNE COLLECTION DIRIGÉE PAR STÉPHANIE DURAND

■ **NAVIGATEUR** portugais dont l'expédition réalisa le premier tour du monde. ■ **SONDE SPATIALE** ayant cartographié la planète Vénus. ■ **COLLECTION** des Éditions Québec Amérique dont les romans invitent à l'exploration de tous les possibles.

APRÈS LA POUSSIÈRE

TOME 1 - DÉVIANTS

Projet dirigé par Stéphanie Durand, éditrice

Conception graphique: Sara Tétreault
Révision linguistique: Diane-Monique Daviau et Chantale Landry
Mise en pages: Julie Larocque
En couverture: Réalisé à partir d'œuvres tirées de shutterstock
© zfotto/ © Creativa

Québec Amérique
329, rue de la Commune Ouest, 3e étage
Montréal (Québec) Canada H2Y 2E1
Téléphone: 514 499-3000, télécopieur: 514 499-3010

Nous reconnaissons l'aide financière du gouvernement du Canada par l'entremise du Fonds du livre du Canada pour nos activités d'édition.

Nous remercions le Conseil des arts du Canada de son soutien. L'an dernier, le Conseil a investi 157 millions de dollars pour mettre de l'art dans la vie des Canadiennes et des Canadiens de tout le pays.

Nous tenons également à remercier la SODEC pour son appui financier. Gouvernement du Québec – Programme de crédit d'impôt pour l'édition de livres – Gestion SODEC.

Conseil des Arts du Canada | Canada Council for the Arts

Catalogage avant publication de Bibliothèque et Archives nationales du Québec et Bibliothèque et Archives Canada

McGowan, Maureen
[Dust chronicles. Français]
Après la poussière
(Magellan)
Traduction de : The dust chronicles.
Sommaire : t. 1. Déviants.
Pour les jeunes.
ISBN 978-2-7644-1237-4 (vol. 1) (Version imprimée)
ISBN 978-2-7644-2816-0 (PDF)
ISBN 978-2-7644-2817-7 (ePub)
I. Saint-Martin, Lori. II. Gagné, Paul. III. McGowan, Maureen. Deviants. Français. IV. Titre. V. Titre : Dust chronicles. Français. VI. Titre : Déviants.
PS8625.G69D8714 2014 jC813'.6 C2014-941785-3
PS9625.G69D8714 2014

Dépôt légal: 4e trimestre 2014
Bibliothèque nationale du Québec
Bibliothèque nationale du Canada

Imprimé au Québec

MAUREEN McGOWAN

Traduction de Lori Saint-Martin et Paul Gagné

APRÈS LA POUSSIÈRE

TOME 1 - DÉVIANTS

QuébecAmérique

Pour Tracy Caryl McGowan,
emportée beaucoup trop tôt.

CHAPITRE PREMIER

Dans les strates supérieures du Havre, l'air chaud empeste les crottes de rats. C'est un bien petit prix à payer pour manger gratuitement. Les filles normales détalent en hurlant à la vue des rats, mais je ne peux pas m'offrir le luxe de la peur.

Le ciel est dangereusement proche du toit de notre bâtisse et je me baisse pour éviter de me fracasser le crâne sur une poutre. Si cette section du dôme a déjà été peinte en bleu, la couleur a depuis longtemps disparu : on ne voit plus que des panneaux en métal à peine réfléchissants.

Pliée en deux, j'avance sans bruit en balayant des yeux l'espace de moins de deux mètres qui sépare le toit du ciel. Dans la chaleur et l'obscurité qui me compriment de toutes parts, je sens la sueur dégouliner le long de ma colonne vertébrale. Je regrette de ne pas avoir de lumière, mais une lanterne ferait fuir les rats. Derrière moi, je détecte un mouvement.

Je me tasse sur moi-même et pivote sur mes talons.

— Qui est là ?

Ma voix est plus stridente que je l'aurais souhaité et les rats me répondent en couinant.

Une ombre de grande taille glisse le long du toit, près d'une bouche d'aération, et je me fais toute petite. Le gravier s'enfonce dans mes paumes et mes genoux. L'ombre est trop grande pour être celle d'une personne, mais mon pouls engourdit mes sens, trouble ma vision, sature mes oreilles, brouille mon jugement.

Je cligne des yeux et l'ombre n'est plus là : il ne reste que des rats en vagues ondulantes.

Me bouchant le nez pour bloquer la puanteur, je prends de longues respirations. Ça va. *Tu es en sécurité. Personne n'est au courant.*

Si l'ombre était un Conf, elle m'arrêterait au lieu de me suivre à distance. Et, dans le Havre, nous sommes à l'abri des Déchiqueteurs qui rôdent à l'extérieur du dôme.

Je suis folle d'imaginer des dangers au moindre tournant, mais, depuis que mon frère Drake et moi sommes devenus orphelins, il y a trois ans, j'ai toujours l'impression d'être suivie. Mon frère est en pleine croissance et, à l'aube de la puberté, il a maigri. Il a besoin de plus de viande. Je poursuis donc ma mission.

Concentrée sur les grattements des griffes, *clic-clic-clic*, je prends pour cible des rongeurs, un après l'autre. J'évalue chaque corps, chaque respiration.

L'un d'eux s'aventure en trottinant dans un fragment de lumière et lève la tête pour me regarder dans les yeux.

Erreur fatale, monsieur le Rat.

Prisonnier de mon regard, le rongeur est incapable de se détourner. Des émotions aiguisent mes sens et, bientôt, je sens le cœur du rat battre rapidement, j'entends son sang couler dans ses veines inondées d'adrénaline. Comme si je prenais son pouls du bout des doigts, pressais mon oreille contre sa poitrine. Pourtant, il n'en est rien. Les sensations s'intensifient, puis le rat est à ma merci.

Résistant à mes instincts, qui me dictent de libérer la pauvre créature, je déterre des émotions plus utiles que la pitié, des émotions qui, j'en suis certaine, sont capables de tuer. Je songe à la personne qui m'a le plus blessée, à celle qui a brisé mon enfance, trahi ma confiance – tué ma mère.

Je songe à mon père. Je songe à l'expression vide de son visage au moment où, il y a trois ans, des agents de conformité, avec leur masque noir et leur armure, l'ont emmené.

La haine et la colère fracassent une porte intérieure et grésillent comme l'eau au contact de l'huile chaude. En plein le genre de carburant qu'il me faut. Rivés sur ceux du rat, mes yeux picotent et piquent. Mes émotions s'amplifient et, derrière mon regard, ma malédiction prend vie.

Concentrant mon pouvoir, je me représente le cœur du rat, le sens se comprimer, donne à mes émotions l'ordre de resserrer leur emprise.

Le rongeur écarquille les yeux, ses moustaches luisantes d'humidité. En ouvrant sa gueule, il révèle des dents aussi pointues que des aiguilles. Je sens un frisson me traverser, mais je ne peux pas reculer. J'irai jusqu'au bout. Il le faut. Drake doit manger.

Le rongeur se fige, tous ses muscles se raidissent d'un coup. Son cœur ralentit, puis l'animal tombe sur le flanc, haletant, ses pattes agitées par les affres de la mort. La compassion me monte à la gorge, mais je la repousse : un seul rat ne satisfera pas très longtemps l'appétit de Drake. Dès que je suis sûre que la bête est morte, je la prends par la queue et je cherche une nouvelle victime, puis encore une autre.

Je marche en vacillant, manque de perdre l'équilibre. Pour me remettre, je ferme les yeux et caresse avec mon pouce l'alliance de ma mère, que, depuis le jour de sa mort, je porte à l'index. La malédiction passe et je me laisse tomber par terre. Au moins, cette fois-ci, je n'ai pas perdu connaissance.

Bien que mes pouvoirs me soient utiles pour la chasse aux rats, je hais mon statut de Déviante. Parce qu'il fait de moi une fille dangereuse, mais aussi vulnérable. Une fille différente, capable de choses que je ne peux ni comprendre ni maîtriser. Parce que, par la voie de l'ADN, il m'apparente aux Déchiqueteurs. Et, par-dessus tout, parce qu'il fait de moi la fille de mon père.

Mais j'ai plus de chance que la plupart. Au moins, ma malédiction est facile à cacher. Quand celle de mon frère s'active, sa peau change. Et j'ai un jour vu les cheveux d'une femme coincée par les Confs se transformer en pointes hérissées. La Direction estime que les Déviants menacent la sécurité du Havre, que seul un mince vernis nous sépare des Déchiqueteurs. Elle veut nous éliminer.

Au moment où j'avance la main vers mon couteau dans l'intention d'écorcher les animaux, j'entends des bruits de pas derrière moi.

On m'épie bel et bien.

Me retournant, je m'enfonce dans l'ombre, sous les poutrelles inclinées du ciel. Ma queue de cheval effleure ma nuque. Ou était-ce plutôt un rat ? Puis la lumière d'une lanterne s'élève au-dessus du toit, suivie d'un corps de petite taille qui, à l'aide d'une corde, se hisse sur le rebord.

— C'est toi, Glory ? murmure mon amie Jayma.

— Par ici.

Apaisée, je m'avance et laisse tomber mon repas dans l'espoir qu'il passera inaperçu. Je ne crains pas qu'elle m'accuse de faire de la contrebande de viande de rat. Jamais elle n'agirait de la sorte. Seulement, la vue des cadavres lui déplaît.

— Joli butin, dis donc.

Scout apparaît dans la lumière de la lanterne. Haussant les sourcils, je jette un coup d'œil interrogateur à Jayma, qui sourit doucement. Scout sort les mains des poches de son kangourou et les pose sur ses cuisses maigres en s'accroupissant pour examiner mes captures.

— J'ai eu de la chance avec mon filet.

Je repousse les rats dans l'ombre.

— Tu en veux un ?

— Non, merci.

Scout se redresse au maximum.

— Je peux attraper mes propres rats. Des gros. Les tiens n'ont que la peau et les os.

— Scout vise très bien.

Jayma le regarde comme s'il était le dieu des attrapeurs de rats et il bombe le torse autant que le lui permet sa position accroupie.

— Bonne chasse alors.

Je gesticule en direction des rongeurs fugitifs qui se sont sans doute échappés d'une ferme industrielle, où des rats sont élevés et abattus pour la viande. Sinon, ils sont venus de l'Extérieur par une brèche dans le dôme. Les rats sont les seuls animaux capables de survivre dans la poussière. Les rats et les Déchiqueteurs.

Scout sort sa fronde et propulse un petit caillou dans les ténèbres. À en juger par les couinements et les trottinements, il a fait mouche, mais rien ne permet de conclure que le coup a été fatal. Il prend une lampe à manivelle dans sa poche et la remonte jusqu'à ce qu'une faible lueur apparaisse, puis il va jeter un coup d'œil. Les rats se dispersent.

— Il est génial, non ?

Jayma coince une mèche de cheveux derrière son oreille et tourne la manivelle à quelques reprises avant de poser la lampe entre nous, sur le toit. Elle a une saleté sur sa joue pâle et parsemée de taches de son, et je tente de l'effacer avec mon pouce. Il laisse une marque.

— Qu'est-ce que c'est ?

Ses yeux trahissent le désarroi. Avec sa manche, elle frotte sa joue.

— Tu crois que Scout a remarqué quelque chose ?

— C'est parti.

Je cache mon pieux mensonge en souriant. Pas moyen de rester propre, ici, tout en haut, dans la crasse. D'ailleurs, Scout n'est pas exactement à cheval sur l'hygiène corporelle. S'il a noté la salissure, ce dont je doute, il n'est pas du genre à s'en formaliser.

Elle se penche vers moi.

— Tu crois qu'il va me demander ?

Des points rouges fleurissent sur ses joues.

— Il serait fou de ne pas le faire.

Je souris, heureuse de la voir heureuse, mais, en même temps, je sens mon ventre se serrer désagréablement. Je n'arrive pas à croire que nous avons seize ans, l'âge de porter le bracelet officiel qui nous autorise à sortir avec un garçon. La prochaine étape, c'est le contrat de mariage.

Moi, je ne pourrai pas me permettre de fréquenter quelqu'un. Les risques sont trop grands. Si je demande un permis, un responsable des RH ne manquera pas d'éplucher mon dossier et de me poser des questions sur mon frère. Il doit rester caché. Seule Jayma sait qu'il est vivant.

— J'ai besoin d'une faveur.

Jayma prend ma main dans la sienne.

— Scout va au Centre et…

— Aujourd'hui ? Le premier jour…

Les employés de notre niveau disposent de trois jours pour se procurer leurs rations mensuelles. Lors du premier, le Centre est pris d'assaut. Certains sont simplement incapables de prévoir. J'ai beau n'avoir aucune envie de m'y rendre aujourd'hui, Jayma, sans permis, ne peut se présenter seule au Centre avec un garçon. Si j'accepte de l'accompagner, elle pourra passer plus de temps avec Scout, même si, pour ma part, je serai la cinquième roue du carrosse.

— Bien sûr, j'irai au Centre avec toi.

Je serre ses mains.

— Tu es géniale.

Elle se penche vers moi.

— En plus, la Direction organise un tirage pour célébrer les vacances de fin de trimestre.

— Qu'est-ce qu'il y a à gagner ?

— Un poste de subalterne au sein de la Direction. Tu imagines ?

Elle se baisse pour remonter la lampe.

À ces mots, je sens l'espoir s'insinuer en moi et ma tête se remplit de rêves d'avenir. Même les employés issus de familles faisant partie de la Direction doivent travailler dur et réussir les examens d'entrée pour aspirer à de tels postes.

— Tu crois que le gagnant ou la gagnante avancera pour de vrai ?

Jayma hoche la tête.

— Et le moment est bien choisi : nous allons bientôt recevoir notre diplôme et notre affectation.

Elle sourit et, même si la lueur de sa lampe pâlit, je jure que le toit est inondé de lumière.

Mon humeur, en tout cas, s'est sensiblement améliorée. Un poste au sein de la Direction ? Au sortir de la FG ? Avec un tel emploi, je pourrais protéger Drake. Il y a sûrement des Déviants issus de familles appartenant à la Direction, mais je ne me souviens pas d'en avoir vu être liquidés. La perspective de l'emporter me donne des frissons, bien que mes chances, je le sais, soient minimes.

Bing. Un caillou heurte de plein fouet le bord du toit et j'ai un mouvement de recul. Ici, en haut, où les caméras de surveillance étaient déjà détraquées avant ma naissance, le bruit est le plus sûr moyen de s'attirer des ennuis.

— Crotte de rat.

Scout jure et nous nous tournons vers l'endroit qu'il a mitraillé de pierres. À en juger par le son, ses coups ont atteint le toit, mais pas les rats.

— Alors on descend au Centre ou pas ?

Une grave voix masculine émerge des ténèbres et mes épaules se redressent. Cal, le frère aîné de Scout, apparaît et mon cœur s'emballe.

Cal sourit.

— Je t'ai fait peur ?

— Non.

Je rectifie ma posture et passe ma main dans mes cheveux.

— Tu es ici depuis longtemps ?

Est-il là depuis l'arrivée de Jayma et de Scout ? Et si, tapi dans le noir, il nous avait entendues parler, Jayma et moi ? J'espère n'avoir rien dit de gênant. Rien qui trahisse mes sentiments.

L'entrée en scène de Cal, sans mentionner la façon dont ses cheveux blonds tombent sur ses yeux bleus, me perturbe. Si les pouvoirs que me confère ma malédiction ne peuvent blesser un être aussi fort et aussi futé qu'un humain, je dois à tout prix éviter que d'autres – mes amis y compris – découvrent le lien entre moi et une crampe à l'estomac, une douleur dans les reins ou un serrement au cœur. J'ai beau avoir confiance en eux, mes amis ne doivent pas savoir que je suis une Déviante.

Le gravier grince sous les bottes de travail de Cal. Pour que son grand corps entre dans cet espace exigu, il doit courber le dos et plier les genoux.

— Où est ton filet ?

Je ne peux détourner les yeux du beau visage de Cal.

— Mon filet ?

— Tu as dit que tu avais eu de la chance avec ton filet. Où est-il ?

Il a donc tout entendu. J'agite la main derrière moi d'un air vague.

Il penche la tête de côté, sûr que je mens, mais il n'insiste pas. Aujourd'hui âgé de dix-huit ans, Cal a terminé premier de sa classe de Formation générale et a brillamment réussi les examens d'ap-dir; pourtant, on l'a affecté au Service de construction et d'entretien. Ce gaspillage de matière grise est la preuve dont j'ai besoin: la Direction ne recrute que de l'intérieur. Les rêves que le tirage a éveillés en moi s'évanouissent aussitôt.

Cal repousse sa frange et la lumière de plus en plus faible que diffuse la lampe de Jayma affine ses traits, qu'on dirait taillés au couteau. Depuis toujours grand et mince, son corps, sous l'effet du labeur physique, s'est endurci: son cou, ses bras et ses jambes sont désormais semblables à de solides cordages recouverts de peau. Mes yeux se posent sur son poignet, toujours sans bracelet. Hélas, je ne peux me permettre de rêver. Trop risqué.

— Vous êtes bien jolies, les filles, aujourd'hui.

Son compliment réjouit mon cœur.

Les joues en feu, je croise son regard et je ressens dans mes entrailles une violente secousse, comme lui seul en déclenche en moi. Ma tête bourdonne et je caresse l'alliance de ma mère dans l'espoir d'inviter en moi son calme et sa force, de repousser les émotions qui font de moi un danger pour mes amis.

— Jayma, crie Scout dans l'ombre, tu as apporté des cailloux? J'ai épuisé ma réserve.

— Oui.

Elle met sa main en visière pour se protéger de la lumière de la lanterne reflétée par le ciel.

— Où es-tu?

À environ cinq mètres, la silhouette penchée de Scout agite une fronde et Jayma, saisissant la lampe, fait tourner la manivelle.

— Ça vous ennuie que je la prenne ?

Il faut qu'elle aime beaucoup Scout pour s'aventurer ainsi parmi les rats. Je reste seule avec Cal, dans l'obscurité.

Je n'aurais pas cru possible que la température puisse encore monter, mais la silhouette musclée de Cal exsude des ondes de chaleur et un fort parfum épicé qui amoindrit la puanteur des crottes de rats, et j'ai le sentiment d'être à la fois en sécurité et en danger. Sous l'effet de la tension, je sens, sur ma peau, des picotements que je dois combattre. Sinon, la malédiction risque de se réveiller.

Je saisis un rat par la queue.

— Tu en veux une bouchée ?

— Très drôle.

Il écarte les jambes et pose les mains sur ses hanches, imitant le maintien des Confs qui souhaitent se montrer particulièrement intimidants.

— Jeune demoiselle (un sourire espiègle se devine sous son air sévère), avez-vous utilisé des bons de rationnement pour acheter cette viande au Centre ?

Cal me traite comme une égale et non comme une petite fille et je sens une bonne chaleur se répandre en moi.

— Bien sûr que oui, monsieur l'agent. Les Politiques et Procédures interdisent de se procurer de la viande de rat par tout autre moyen. Les biens acquis sur le marché noir portent préjudice à l'économie du Havre et menacent notre mode de vie.

— Le Havre est synonyme de sécurité.

Nous répétons le slogan à l'unisson, puis nous rions.

— Heureux de savoir que vous aimez toujours le coolade, jeune demoiselle.

— C'est toujours si rafraîchissant.

Quelle drôle d'expression ! Aucun de nous ne sait ce qu'elle désigne, au juste, mais tous ceux qui ont grandi dans les Mans l'emploient pour décrire les employés qui s'expriment comme s'ils citaient mot à mot les P et P.

Cal pose ses mains sur mes épaules et, au moment où il se rapproche, je sens un frisson me traverser.

— J'ai un secret, mais tu dois me promettre de ne le répéter à personne.

Il se penche, ses lèvres bougent près de mes oreilles, et je ne peux rien sentir, rien éprouver d'autre que lui. Son cœur bat si fort et si régulièrement que je le sens en moi et que j'ai l'impression de fondre quand son souffle me brûle le cou. *Surtout, que ma Déviance ne se déclenche pas.*

— J'ai été recruté par le CJÉ.

J'ai un mouvement de recul. L'inquiétude pousse mon cœur à s'emballer encore davantage. Des émotions – la colère, l'incrédulité, la trahison – défilent derrière mes yeux. N'osant pas croiser son regard, je fixe ses pieds.

— Pourquoi ?

— Ça ne te paraît pas évident ?

Je me redresse et me cogne la tête sur le ciel.

— Doucement.

Cal avance le bras et sa main effleure ma joue.

— J'ai accepté dans l'espoir d'avoir un avenir meilleur, d'échapper aux Mans.

Ma respiration s'est accélérée. Tandis que les émotions se gonflent et menacent d'exploser comme une bombe, j'essaie de me contenir.

— Le Comité des jeunes pour l'éthique ?

Ses sourcils se rejoignent.

— Je sais que certains d'entre eux sont des lèche-bottes qui dénoncent leurs amis pour des peccadilles, mais tout le monde n'est pas comme ça. Et le comité, c'est un tremplin vers une vie meilleure. En travaillant dur, je pourrai peut-être devenir agent de conformité.

Il sourit.

— De toute façon, je vais m'en prendre seulement aux Déviants.

Je vais m'en prendre seulement aux Déviants.

Mon ventre se dégonfle, ma poitrine se contracte.

— Mais…

Les mots me manquent. J'ai la bouche sèche. S'il découvre mon secret, je suis pour ainsi dire liquidée.

Cal tend le bras vers moi, puis laisse tomber la main.

— Je croyais que tu serais contente pour moi. Tu as passé les examens d'ap-dir ; je sais que tu as de l'ambition.

Sa mâchoire a un mouvement convulsif et, dans ses yeux, je vois que je l'ai blessé. Puis la lumière se fait dans son esprit.

— C'est à cause de ton père ?

Il me prend la main.

— Tu dois le haïr.

Je le regarde dans les yeux.

— Le haïr ?

Cal a raison, du moins en partie, mais cet homme était mon père et, de toute façon, c'est beaucoup plus compliqué.

— Ton père était un Déviant, Glory.

La voix de Cal est grave et profonde.

— Il devait être liquidé.

La nausée s'installe et je sens une pression dans ma poitrine : la révélation de Cal découvre, puis pulvérise mon rêve de vivre une vie normale, mon rêve d'être avec lui. Je dégage ma main trempée de sueur.

— Dis quelque chose.

Il a l'air inquiet.

— Tu vas seulement dénoncer les Déviants dangereux, hein ?

Il secoue la tête.

— Ils le sont tous. Après tout, ils sont à moitié Déchiqueteurs.

— Ce n'est pas prouvé hors de tout doute.

Et l'idée que je sois apparentée aux Déchiqueteurs, que je risque un jour d'être des leurs, m'est insupportable. Mes cauchemars me suffisent.

— Glory.

La voix de Cal prend un ton condescendant.

— On ne peut nier l'histoire ni la science, Glory : les Déviants et les Déchiqueteurs sont apparus le jour où la Terre est morte.

Je me mords la lèvre. La Terre n'est pas morte, du moins pas vraiment. Il y a trois générations, cependant, elle a été ensevelie sous une poussière épaisse provenant d'astéroïdes et d'éruptions volcaniques. En FG, nous avons appris qu'une bonne partie du monde avait été enterrée, le reste incendié. On nous a appris que la poussière avait tué les Humains. Mais certaines des choses qu'on nous a enseignées au sujet de la vie Avant la poussière, par exemple les voyages aériens et les appels interurbains, nous semblent relever de la science-fiction, et non de l'histoire. Et depuis que j'ai découvert ma Déviance, je ne crois plus tout ce qu'on nous a raconté en FG.

Personne ne sait pourquoi la poussière a détruit presque toutes les formes de vie sur la Terre. Personne ne sait pourquoi les Déchiqueteurs peuvent se nourrir de la poussière ni pourquoi certains d'entre nous sont devenus Déviants, c'est-à-dire ni Normaux ni Déchiqueteurs. Si l'explication existe, la Direction n'en parle pas. Tout le monde sait que ni les Déviants ni les Déchiqueteurs n'existaient ALP et je frissonne à la pensée de l'ADN que j'ai peut-être en commun avec les Déchiqueteurs.

— Ne dis à personne que je fais partie du CJÉ, d'accord ?

Le front de Cal se plisse. De toute évidence, mon silence le met mal à l'aise et je me demande ce qu'il fera si je ne le rassure pas.

— Promis.

— Tant mieux.

Ses épaules se détendent.

— Parce que, si tu trahis ma confiance, je devrai te tuer.

Il rit et m'assène un léger coup de poing sur le bras. J'esquisse un sourire forcé.

Cal se penche et pose ses mains sur ses cuisses.

— La première directive qu'on nous donne pendant l'orientation, c'est de ne dire à personne qu'on fait partie du Comité. Mais il fallait que je t'en parle.

L'approche de Scout et de Jayma m'évite de lui demander pourquoi. Je ne suis pas certaine d'avoir envie d'entendre la réponse. Scout tient par la queue deux rats dégoulinants de sang et le visage de Jayma est encore plus pâle que d'habitude. La tête me tourne. Cal, membre du CJÉ ? Je me demande jusqu'où, dans ces conditions, il ira. En ce moment même, Scout contrevient aux politiques et il est rassurant de constater que Cal n'intervient pas.

— Redescendons, dit Scout. Je dois cacher ces prises chez nous avant d'aller au Centre.

Je me détache de Cal pour récupérer les miennes ; tandis que je les enveloppe dans un bout de tissu, il s'avance.

— Tu sais pourquoi j'ai confiance en toi ? En toi seulement ?

Brièvement, mon regard croise le sien. Puis je baisse de nouveau les yeux et je respire avec difficulté. *Seulement moi.*

J'ai la langue pâteuse. En moi, des émotions contradictoires se livrent un combat sans merci.

Il penche la tête. Ses lèvres ne sont qu'à quelques centimètres de mon oreille.

— Tu ne diras rien, hein ?

Je hoche la tête, le cou tendu.

Il exhale et, dans mon cou, son souffle est chaud.

— Je sais que tu peux garder un secret, murmure-t-il. Parce que tu as des secrets, toi aussi.

CHAPITRE DEUX

Le sang afflue à mes oreilles et j'ai un mouvement de recul. Je lutte pour maîtriser la terreur que je sens monter en moi. Cal est-il au courant ? Ma peau, semblable à de la glace, menace de se casser sous un excès de pression. S'il sait que je suis Déviante, c'est la liquidation qui m'attend.

Il me touche le bras.

— Ne t'en fais pas. Je n'ai pas l'intention de le livrer.

— Qui ça ?

— Ton frère.

Ma gorge se comprime ; mes oreilles se remplissent. C'est Drake qui est en danger, et non moi. *C'est beaucoup plus grave.*

Serrant mes rats emmaillotés contre ma poitrine, je remonte la fermeture à glissière de mon blouson pour les retenir. Le plus calmement possible, je me dirige vers le bord du toit. Pour un peu, je me mettrais plutôt à courir, m'éloignerais le plus possible de Cal. Pendant que je descends à l'aide de la corde qui donne accès au toit, des questions chargées d'émotion bourdonnent dans ma tête, comme les parasites qui envahissent les écrans de télévision du Centre lorsque la poussière s'infiltre dans les caméras de l'Extérieur.

En bas, nous nous laissons tomber dans le couloir des mansardes, où nous vivons au dernier niveau. Je ne regarde personne dans les yeux. Je n'ose pas.

— Allez-y, les garçons, suggère Jayma. Vous nous gardez une place dans la queue? Moi, il faut que je dise un mot à Glory.

Elle tourne vers moi des yeux où se lit l'inquiétude, mais je suis incapable de soutenir son regard – pas dans l'état où je suis. Cependant, je suis touchée qu'elle ait renoncé pour moi à son projet de passer plus de temps avec Scout.

— On peut attendre.

Cal est soucieux, lui aussi.

Je secoue la tête en esquissant un bref sourire que je veux rassurant. Je ne peux pas rester près de lui. Il faut d'abord que je me calme.

— Nous vous suivons, les garçons.

Jayma s'est exprimée d'une voix ferme que je ne lui connaissais pas et, sur un haussement d'épaules, les garçons s'éloignent.

— Qu'est-ce qui ne va pas? me demande-t-elle dès qu'ils ont disparu.

Je porte un index à mes lèvres et elle m'indique qu'elle comprend: les murs ont des oreilles, beaucoup d'oreilles. Ma gorge se serre. Je croyais que Jayma était la seule personne au monde à savoir que Drake avait survécu et je n'arrive pas à croire qu'elle en ait parlé à Cal. Mais qui, sinon, aurait pu le faire? Cal sait-il autre chose?

Je dois éviter de paniquer. Tout ce dont je suis certaine, c'est que Cal sait que Drake est vivant. Rien de plus, peut-être. C'est déjà beaucoup. Et quand on est, comme moi, frappée par une malédiction liée aux émotions fortes, mieux vaut éviter d'imaginer le pire.

Jayma me suit dans l'étroit couloir qui conduit à l'appartement que je partage avec mon frère. En raison de sa blessure – sans parler de sa Déviance –, il sèche la FG depuis la mort de nos parents. Il est donc un chômeur, c'est-à-dire un Parasite. Cal est sûrement au courant et, à titre de membre du CJÉ, il a le devoir de dénoncer mon frère. Mais si telle est son intention, pourquoi m'a-t-il révélé son secret ? Ce serait cruel. Et j'ai beau ne pas avoir entièrement confiance en lui – ni en personne, du reste –, je sais que Cal n'est pas cruel.

Les bras pliés, je laisse mes paumes glisser le long des murs du couloir. L'un des avantages de notre milieu de vie, c'est que l'armure des Confs tient à peine dans ces passages exigus. Ils doivent marcher de côté.

Devant notre porte, j'évacue la peur et toute pensée liée à Cal.

— Tu veux bien m'attendre ici ?

Je pose la main sur les rats entassés contre ma poitrine. Elle frissonne.

— Volontiers. Tu sais que j'ai horreur du sang.

Je pousse la porte jusqu'à ce qu'elle heurte le butoir que j'ai fabriqué avec de vieux bouts de métal : il l'empêche de s'ouvrir toute grande et de révéler la présence de mon frère. Ce couloir étroit a beau être peu fréquenté, on n'est jamais trop prudent.

Une fois à l'intérieur, je referme rapidement. Certains affirment que, Avant la poussière, toute la partie supérieure de l'immeuble était une habitation unifamiliale et que notre appartement servait de penderie, mais j'ai du mal à y croire. Sur le mur de gauche de la pièce d'un mètre cinquante sur trois mètres cinquante, on voit bien une tringle en métal et, du côté opposé, des trous à l'endroit où se trouvait peut-être une autre tringle, mais je suis persuadée qu'au moins une personne dormait ici. Il est impossible qu'un espace de plus de cinq mètres carrés ait servi seulement à entreposer des vêtements.

En ce moment, deux cent onze résidents officiels – plus Drake – occupent les mansardes du trente-deuxième et dernier étage de l'immeuble. Comment une seule famille aurait-elle pu monopoliser quatre cent soixante-cinq mètres carrés ? Ils devaient être nombreux, dans cette famille.

Je m'adosse au mur derrière la porte, l'un des seuls endroits que ne recouvrent pas des scènes de rue et des visages grattés avec les ongles. Mon frère lève les yeux de son livre et dit :

— Salut.

Il a changé au cours des derniers mois. Des traits affermis creusent son visage juvénile, qui se transforme et se durcit, à la manière des cristaux de glace dans un seau. Bouleversée à l'idée de le perdre, je m'élance et lui fais un gros câlin.

Il me repousse.

— Assez de mamours, s'il te plaît.

Il fronce les sourcils, mais je vois bien qu'il n'est pas vraiment fâché. Je ne le gronde donc pas pour avoir utilisé l'éclairage électrique plutôt que la lampe à manivelle.

Nous aurons épuisé ma ration d'électricité des mois avant les nouvelles attributions, mais, après tout, il est confiné dans cette pièce sans fenêtres. Quand le courant sera coupé, je me procurerai de nouveaux bons, quitte à trouver une combine ou à en voler.

Je dois m'occuper de tout, mais ça ne fait rien. Vraiment. Certains jours, cependant, j'aimerais que mon frère me rende la pareille. Pas longtemps. Quelques minutes seulement. Pour m'accorder un petit répit.

Inutile de rêver. Là, maintenant, je dois surtout éviter de laisser voir que je crains pour sa vie. Je ne lui parlerai du danger qu'il court qu'après avoir mis au point un plan.

— Regarde, dis-je à voix basse en lui montrant les rats. Je descends au Centre pour les rations et après nous nous offrirons un festin.

— Je vais les écorcher en t'attendant.

Drake se sert de son tronc puissant pour se redresser sur le matelas et tirer ses jambes atrophiées vers lui.

— Je meurs de faim.

Moi aussi, et je me demande combien de temps nous pourrons tenir avec des demi-rations enrichies de rats de contrebande. À la suite d'une erreur providentielle, le numéro d'employé de mon frère a disparu de la base de données des RH tout de suite après la liquidation de notre père. Le soulagement de Drake à l'idée que des agents de conformité ne viendraient pas a été vite remplacé par la crainte de manquer de nourriture. Je l'ai rassuré en lui disant qu'il figurait encore dans la base de données de Ressources et Allocations. C'est faux.

— On a peut-être augmenté tes rations.

En m'assoyant à côté de lui de manière que nos épaules se touchent, j'essaie de sembler optimiste.

— Tu es presque un homme. Quatorze ans…

— Pas avant sept mois.

— On ne peut pas te laisser dépérir.

J'enfonce mon doigt dans ses côtes et il riposte en me chatouillant sous le bras. Je me tortille, repousse sa main en riant.

— Tu as besoin de plus de nourriture. Il faut qu'ils soient fous, les responsables de R et A, pour ne pas t'en octroyer davantage. Je vais déposer une plainte.

Son rire s'estompe.

— Ne te fatigue donc pas. Je sais.

— Quoi donc?

Je tends la main pour lisser la couverture sur son matelas plein de bosses.

— Je sais qu'il n'y a pas de rations pour moi.

Mon estomac se serre.

— Voyons, Drake.

Je me lève et je vérifie notre réservoir d'eau. S'il en manque, je vais devoir descendre deux étages pour aller le remplir au robinet. Puis je jette un coup d'œil dans le pot de chambre en fer-blanc. Par chance, il est vide: trimballer cet objet sur deux étages est la corvée que je déteste pardessus tout. Contrairement à d'autres, nous avons la chance de disposer d'un centre de collecte des déchets humains et d'une source d'eau à proximité, mais il faut parfois faire la queue pendant des heures avant de pouvoir vider son seau.

— Je ne suis plus un bébé, dit Drake. Je sais que je suis un Parasite. Je ne travaille pas. Je n'étudie pas. Je n'ai pas de rations et nous partageons les tiennes.

J'ai un pincement au fond de la gorge et j'attends que cette sensation passe pour le regarder dans les yeux. Chaque semaine, je lui cède plus de la moitié de mes rations, sans hésiter ni rechigner, et je suis étonnée d'apprendre qu'il n'a jamais été dupe. Qui aurait cru Drake capable de garder des secrets ?

Ses doigts effleurent ma main.

— Merci.

— De quoi ?

— De t'occuper de moi, comme maman le faisait.

Le mot *maman* prive mes jambes de leur force et je me laisse retomber à côté de lui. Il passe son bras autour de mes épaules.

— Tu te souviens des histoires qu'elle nous racontait dans le noir ? Elles me manquent.

— À moi aussi.

— Tu m'en racontes une ?

Je secoue la tête. Malgré mes efforts, je ne peux pas remplacer notre mère. Je suis incapable d'inventer des histoires, comme elle en avait le secret, et je me rends compte de la chance que j'ai d'avoir eu une mère pendant presque trois ans de plus que Drake. J'avais treize ans quand elle est morte.

— Allez, fait-il en me serrant l'épaule. Elles sont géniales, tes histoires.

Je me lève.

— Il faut que j'y aille. Jayma m'attend.

Le haut de son corps se redresse et il lève le menton.

— Elle est là ?

La voix de Drake est si débordante d'espoir que je suis sur le point de laisser mon amie entrer. Mon frère n'a personne d'autre que moi à qui parler et je ne me souviens pas de la dernière fois que j'ai permis à Jayma de nous rendre visite.

— Dans le couloir.

Son visage s'affaisse.

— Elle n'a pas voulu entrer ?

C'est plus que je n'en peux supporter. J'entrouvre la porte et je la laisse passer. À sa vue, Drake se fend d'un immense sourire et vérifie ses gants et les poignets de sa chemise à manches longues. Sa peau doit être cachée : sinon, une crise nerveuse risquerait de révéler sa Déviance.

— Salut, Jayma.

Sa voix murmurante est éraillée et il repousse la frange sombre qui lui barre le front. Il faudra que je lui coupe les cheveux.

— Salut, Drake.

Elle lui rend son sourire et le visage de mon frère s'illumine, tellement qu'on le dirait fait d'ampoules électriques, éclatantes, comme celles du Centre.

Ah non. De toute évidence, il est amoureux et je ne lui ai pas dit que Jayma avait un faible pour Scout. Comment, à présent, lui annoncer la nouvelle sans lui briser le cœur ?

Jayma et Drake discutent de tout et de rien. Lorsqu'elle admire ses plus récents dessins sur la portion inférieure de nos murs, il sourit de plus belle et se soulève pour se rapprocher d'elle. Je lui demande :

— Tu as passé du temps à plat ventre, aujourd'hui ?

Il jette un regard à mon amie.

— D'accord, dis-je. Tu le feras dès que nous serons sorties. Je ne veux pas que tu aies d'autres…

Je m'interromps avant de prononcer les mots « plaies de lit ». Son embarras devant Jayma est un autre signe qui ne trompe pas : il vieillit.

— Toujours pas de sensations dans tes jambes ?

Jayma se mord la lèvre et baisse les yeux.

Drake se sert de son tronc pour se déplacer de nouveau, comme s'il cherchait à impressionner Jayma par sa relative mobilité.

— Mes jambes sont aussi inutiles que le premier jour, lance-t-il.

Ses joues s'empourprent.

Jayma fait glisser sa chaussure sur le sol.

— C'est si horrible de penser que votre père…

— Il n'y est pour rien.

La voix de Drake est trop forte et je me tourne vers la porte en espérant, contre toute logique, que personne ne l'a entendue.

— Qui a fait le coup, dans ce cas ?

Jayma s'accroupit pour le regarder dans les yeux.

— Qui se trouvait dans cette pièce, à part les membres de la famille ?

À entendre l'excitation dans sa voix, on croirait qu'elle vient d'élucider l'affaire et je voudrais lui dire de laisser tomber. Il n'y a pas de mystère.

Drake détourne le regard. Assister au meurtre de notre mère a sûrement été épouvantable – cette expérience m'a été épargnée, car mon père m'avait assommée d'un coup de poing –, mais mon frère commence à me faire perdre patience. Son emportement, sa manie de proclamer l'innocence de notre père me tapent sur les nerfs.

Drake, trop jeune pour admettre que notre père s'était retourné contre nous, est en plein déni. Il est trop optimiste pour croire que sa Déviance risque un jour de nuire à une personne qu'il aime. Il serait assez vieux pour parler de ce qu'il a vu, mais, avec Jayma dans la pièce, je n'insiste pas.

De toute évidence, elle attend la réponse de Drake, dont la tension nourrit la mienne. Je caresse l'alliance.

— Nous devrions y aller.

— Dommage que tu ne puisses pas nous accompagner.

Jayma veut toucher le bras de Drake, qui s'écarte. En sa présence, il se méfie de ses nerfs. Je le comprends. C'est pareil pour moi, avec Cal.

Jayma ne sait pas pourquoi Drake refuse de se laisser toucher par elle. Je peux au moins lui faire confiance : elle ne trahira pas l'autre secret de mon frère. Mieux que quiconque, Jayma sait ce qui arriverait si le handicap de Drake était découvert. Ne pas signaler une blessure ou une maladie est presque aussi grave qu'être Déviant.

— Tu devrais venir plus souvent, dis-je dans l'intention de la distraire de la réaction de Drake. Tu es la seule à savoir qu'il est là.

Et qui, sinon elle, avait pu en parler à Cal ? Comment diable avait-il découvert le pot aux roses ?

— Tu aimerais que je revienne ?

Jayma se redresse. Elle sourit de nouveau et je me dis qu'elle a mis le geste de mon frère sur le compte d'un trop grand isolement. La prochaine fois, je trouverai le moyen de lui faire porter des habits assez épais pour empêcher mon amie de sentir la peau de Drake se changer en armure.

— Allons-y.

J'entraîne Jayma par le bras.

— Si les garçons attendent trop longtemps, on ne nous laissera pas prendre notre place dans la queue.

— Tu as raison, dit Jayma. À bientôt, Drake.

— Super.

Son expression tout entière trahit un premier amour.

Jayma et moi marchons en silence dans les couloirs étroits de l'immeuble, certains formés par de solides murs hérités de la structure originale, d'autres aussi minces que du papier. Si proches de nos voisins, nous ne pouvons pas aborder les seuls sujets qui nous intéressent. Tout le monde soupçonne la Direction d'avoir des espions dans les mansardes et, maintenant que Cal fait partie du CJÉ, je sais que c'est vrai. Il y a au moins un espion, un traître, parmi nous. Sans parler des caméras des Confs, mais je suis raisonnablement certaine que la plupart d'entre elles sont cassées.

Les agents de conformité essaient de nous convaincre qu'ils nous surveillent toujours, mais la plupart des caméras, sauf celles des environs du Centre ou des immeubles de la Direction, sont immobiles. Étant donné les privations que la Direction nous impose, il n'est que justice qu'elle souffre de certaines pénuries, elle aussi.

Après avoir descendu seize étages, encombrés de familles qui vivent sur les paliers, Jayma et moi, nous nous faufilons par une étroite ouverture qui va du sol jusqu'au plafond et nous nous engageons sur un long pont suspendu qui va jusqu'au toit de l'immeuble voisin. Pour aller au Centre, ce chemin n'est ni le plus court ni le plus sûr, car le pont a la fâcheuse manie d'osciller, mais c'est le plus rapide. La circulation y est moins dense que sur le plancher des vaches.

Mon père m'a dit qu'on avait construit les ponts – certains accrochés à des câbles d'acier fixés aux immeubles, d'autres fabriqués avec des cordages – pour alléger la circulation dans les rues du Havre. Ils n'avaient pas pour but de servir d'habitations. Pourtant, depuis que je suis toute petite, les ponts des Mans sont encombrés. Réparties de part et d'autre de ce pont étroit, des familles s'entassent dans de minuscules abris de fortune, faits de carton, de tissu et de papier journal, tout ce qui leur tombe sous la main, en somme. Dans le Havre, aucun espace habitable, même pas les ponts branlants, ne se perd.

J'aperçois un nouveau trou dans le tablier et, après m'être assurée que Jayma l'a vu, elle aussi, je l'enjambe en évitant de regarder le sol, seize étages plus bas. Les matériaux de la section qui manque à l'appel servent désormais de mur à une cabane. Je secoue la tête. À quoi bon vivre dans l'intimité si le sol risque de se dérober sous vos pieds ?

Avec un *boum* violent, une feuille d'aluminium atterrit à quelques pas devant nous et ébranle le pont. En nous protégeant la tête avec nos bras, Jayma et moi jetons un coup d'œil en haut. Le pont est instable, certes ; mais en plus, deux autres structures, en plus piteux état encore, le surplombent. Quelques têtes curieuses émergent des abris, puis un garçon d'environ dix ans fonce vers la feuille de métal et la rapporte en la traînant derrière lui. Il me fait penser à Drake.

Mon frère respirerait mieux et aurait plus de lumière pour lire, ici, en plein air, mais je ne m'imagine pas vivre sur l'un de ces ponts ou, pire encore, sur un toit mal ventilé. De toute façon, jamais je ne pourrai demander un nouveau logement : la Direction découvrirait Drake.

Au bout du pont, je m'accroupis et attrape une corde, puis je descends de quelques étages. Arrivée au nœud qui marque le bout de la corde, je me sers de mes jambes pour m'éloigner du mur de l'immeuble, puis je me balance et, lâchant la corde, j'atterris sur une plate-forme en métal qui dépasse de la bâtisse voisine. Des vibrations prennent naissance dans mes pieds et montent jusqu'à mes dents serrées.

Jayma me suit de près. Aussitôt posée, elle s'approche.

— Enfin. Maintenant, tu peux me parler. Qu'est-ce qui s'est passé, là-haut, sur le toit ? Au milieu de tous ces gens, j'ai préféré ne rien dire.

— Rien.

Je balaie les environs des yeux, à la recherche de fouineurs. Nous sommes en sécurité.

— Voyons donc, insiste-t-elle. Depuis quand nous faisons-nous des cachotteries ?

Elle a baissé la voix.

— Pourquoi étais-tu si bouleversée après ta conversation avec Cal ?

Elle tressaille et me prend la main.

— Il aime quelqu'un d'autre ? Il a demandé un permis de fréquentation ?

Mon cœur se serre.

— Pas du tout. J'étais juste pressée de rentrer auprès de Drake.

Ce n'est pas tout à fait un mensonge. Mais, à propos de Cal, je suis en proie à une grande confusion, et mes émotions tentent à tout prix de s'échapper, comme si nous étions engagées dans un corps-à-corps, elles et moi. Je ne peux pas les laisser prendre le dessus. Je donnerais n'importe quoi pour pouvoir me confier à Jayma, n'importe quoi pour être Normale, comme elle, n'importe quoi pour remonter dans le temps, jusqu'à l'époque où notre amitié était libre et sans complications, où nous n'avions pas de secrets l'une pour l'autre.

— Pourquoi es-tu si soucieuse ? demande-t-elle. C'est Drake ?

— J'ai peur qu'on le découvre et qu'on l'emmène à l'Hôpital.

Jayma ouvre grand ses yeux vert pâle, remplis de compassion.

— Certains disent que ce ne sont que des rumeurs, mais une fois Jack à l'Hôpital…

Ses yeux se remplissent de larmes.

— Je ne supporte pas l'idée que Drake aboutisse là-bas.

Il y a deux hivers, son grand frère, Jack, a attrapé la grippe. Après trois journées d'absence consécutives, son superviseur a prévenu les Confs. Dès qu'ils ont compris qu'il ne s'agissait pas d'un simple rhume, des représentants de Santé et Sécurité sont venus et l'ont emmené à l'Hôpital, où, disent-ils, il serait mort des suites de sa maladie.

J'en doute beaucoup.

Jack travaillait pour le service d'Entretien du ciel et il est tacitement admis que les employés subalternes, s'ils entrent parfois à l'Hôpital, n'en ressortent jamais. À cette seule évocation, je frissonne. C'est en raison du décès de son frère que je crois Jayma capable de ne rien dire au sujet de la blessure de Drake. Elle est parfaitement au courant du sort que la Direction réserve aux faibles, aux malades et aux estropiés - sans parler des Parasites et des Déviants. Drake a trois facteurs qui militent contre lui. Et pas des moindres.

— Tu en as parlé à quelqu'un ? Du fait que Drake vit avec moi ?

— Non.

Elle a un regard ahuri. Je respire.

— J'en étais sûre.

Je n'ai plus envie de parler de Drake ni de l'Hôpital. Feignant d'entendre un bruit, je porte mon index à mes lèvres. Elle serre les siennes et hoche la tête.

L'annonce de Cal a remué en moi des souvenirs douloureux du jour où mon père a tué ma mère. En FG, on nous a appris que les Déviants avaient pour seul but d'éliminer les Normaux, mais ce n'est pas toujours vrai : j'en suis la preuve vivante. Tout ce que je veux, c'est m'intégrer.

Je frissonne à l'idée qu'une force dort en moi, attendant son heure, que je risque un jour de me métamorphoser en un monstre meurtrier, mais si je m'appesantis sur les dangers que je cours, je pourrais nuire à Jayma. Je repousse donc ces sentiments.

Descendant de la plate-forme, nous posons le pied sur un rebord de fenêtre, large de trente centimètres. Je m'adosse aux briques. Les couloirs de cet immeuble sont congestionnés et il est plus rapide d'en faire le tour que de le traverser. J'avance à petits pas prudents en caressant l'alliance. Il est inutile de ruminer le passé.

CHAPITRE TROIS

Le Centre est follement bondé. Sous les ponts qui s'entrecroisent, nous entrons dans le carré de lumière, et je me voile les yeux contre les couleurs brillantes que réfléchissent le ciel et les fenêtres des gratte-ciel au lustre violent. Rare dans les Mans, le verre est omniprésent dans le Centre, au même titre que la lumière. Peu de citoyens ont les moyens de s'offrir autre chose qu'une faible ampoule, et la Direction rationne strictement l'énergie produite par les éoliennes et les panneaux solaires. Le Centre est donc le seul endroit bien éclairé de tout le Havre.

Au-dessus de nos têtes, des néons claironnent les messages du ministère de la Communication : « Le Havre est synonyme de sécurité », « Le bonheur est dans la conformité », « Les P et P, gardiens de votre sécurité ». Sur la dernière annonce en date, on voit deux jeunes hommes, l'un suffoqué par la poussière et l'autre pourchassé par un Déchiqueteur. Celui-ci a les yeux exorbités et son corps quasi humain est squelettique et couvert de croûtes de sang séché.

Je plisse le nez d'un air dégoûté. Autour de nous, des gens sourient, parlent avec animation. L'atmosphère est chargée d'électricité.

— Tout ça pour un tirage ? dis-je à Jayma.

Elle hausse les épaules. Scout s'avance d'un pas bondissant.

— On liquide quelqu'un !

Mon ventre se serre. Je suis si écœurée que je ne parviens pas à regarder Scout en face : il est excité, alors qu'il devrait être consterné.

— Venez, dit-il. De la queue, on voit très bien les écrans.

Il montre un point devant lui et je vois Cal qui m'observe. Ma température monte et je fixe mes pieds.

— Tu étais au courant ? demandé-je à Jayma.

Elle fait signe que non avant de s'adresser à Scout.

— Tu veux bien réintégrer la file et attendre une minute ? Nous n'avons pas encore fini de parler entre filles.

Il lève les mains et retourne auprès de son grand frère.

— Je ne savais pas, dit Jayma en serrant mon bras. Désolée. Je sais que tu as horreur de ce genre de choses. Tu préfères qu'on revienne demain ?

— Puisqu'on est là…, dis-je en souriant pour cacher la nausée qui me barbouille l'estomac. Ça ira.

C'est faux, archifaux, mais nous avons mis presque une heure à venir jusqu'ici. Je sais à présent pourquoi nous avons croisé tant de gens. Une liquidation.

Jayma me fait un câlin et j'essaie de ne pas me raidir.

— Je suis tellement contente que tu sois mon amie, dit-elle.

Elle est si maigre que j'ai peur de la casser en deux en la serrant fort.

— Merci. Moi aussi.

— Je le pense vraiment.

Elle recule d'un pas et me dévisage.

Je laisse mes yeux dériver d'un côté, mais elle se rapproche pour m'obliger à la regarder.

— Dis-moi ce qui ne va pas, chuchote-t-elle. Laisse-moi t'aider, pour une fois. Sans toi, je passerais le plus clair de mon temps à pleurer, roulée en boule.

— Tu es la personne la plus heureuse que je connaisse.

— Parce que je t'ai, toi. Parce que tu es forte et courageuse et que je peux toujours compter sur toi.

À mon tour, je lui fais un câlin.

— Je peux toujours compter sur toi, moi aussi.

La foule rugit et tous se tournent vers les écrans géants qui ceinturent la place. Je ne veux pas regarder. Je sais que je ne devrais pas. Mais c'est plus fort que moi.

Petit et maigre, l'homme qu'on s'apprête à liquider porte des habits crasseux. L'annonceur, dont la voix tonitruante est amplifiée par de puissants haut-parleurs, nous apprend que l'homme est un Parasite: quatre mois plus tôt, il a quitté son affectation, sans doute parce qu'on lui avait demandé d'accomplir une tâche dangereuse, par exemple effectuer des réparations sur le dôme externe. L'annonceur, cependant, omet les causes et se contente de dire que l'homme se cachait, volait de la nourriture et, de façon générale, sapait les fondements de l'économie du Havre et de notre sécurité. À entendre la réaction de la foule, on jurerait qu'il a commis un massacre.

Les liquidations sont télévisées dans le Centre en raison de leur effet dissuasif, mais bon nombre de personnes liquidées sont des Déviants. Notre crime, c'est d'exister.

La seule chose que les liquidations me découragent de faire, c'est d'avouer qui je suis.

Comme les autres, j'ai grandi sans remettre en question les enseignements : tous les Déviants menacent le Havre. Après l'attaque de mon père et la révélation de son statut de Déviant, je les ai haïs plus que jamais. Ensuite, j'ai découvert la Déviance de Drake, puis la mienne… Tout ce que je veux, maintenant, c'est savoir s'il existe une cure et, sinon, rester cachée. S'il y avait un moyen de me défaire de ma malédiction, je n'hésiterais pas une seconde.

Des caméras installées sur l'extérieur du dôme ainsi que sur des poteaux retransmettent l'image de six agents de conformité vêtus de combinaisons anti-poussière et de casques étanches : ils font franchir une porte au condamné, qui sort ainsi du dôme. Un fort vent soulève d'énormes tourbillons de poussière, lesquels produisent un son sinistre : on dirait quelqu'un qui siffle dans un micro. L'un des Confs pousse l'homme, qui tombe à genoux. De la poussière l'enveloppe.

Jayma tressaille et me prend la main. De son bras, l'homme couvre son nez et sa bouche, mais nous savons que c'est inutile. Sans masque, il respirera de la poussière. Son sort, s'il n'est pas certain, est réglé. Le mieux qu'il puisse espérer, c'est devenir Déchiqueteur.

Pour un peu, je crierais en direction des écrans, lui dirais de se pencher et d'aspirer le plus de poussière possible, de la laisser boucher ses poumons. Mieux vaut se noyer dans la poussière que de subir la torture.

Mon espoir est de courte durée. Bientôt, une meute d'une dizaine de Déchiqueteurs grouille autour de lui : ils montrent les crocs, leur peau marron foncé semblable à de la viande séchée.

Les Confs se retirent et ferment la porte du Havre. L'homme recule avec effort et martèle la paroi du dôme. Autour de lui, les Déchiqueteurs forment un demi-cercle étanche et le plus grand de la bande, une créature coiffée d'un chapeau de cow-boy, ouvre sa gueule comme pour rugir, mais le vent souffle si fort qu'on ne l'entend pas.

Quatre Déchiqueteurs s'avancent et soulèvent l'homme, comme s'il ne pesait pas plus lourd qu'une plume. Le cow-boy rugit de nouveau et ils laissent tomber l'homme, le rattrapent juste avant qu'il heurte la poussière. Le chef bondit, si vite que je ne vois le couteau qu'une fois qu'il effleure le visage de l'homme.

La caméra fait un zoom et ce visage me fend le cœur. Ses yeux exorbités sont figés par la terreur. Le couteau découpe une languette de peau sur sa joue et le Déchiqueteur la pose sur sa propre poitrine, à la façon d'une médaille. La foule pousse une acclamation.

Au fond de mes yeux, je sens le picotement qui annonce le déclenchement de la malédiction. Je ne dois pas laisser mes émotions prendre le dessus.

Les Déchiqueteurs rient et se ruent sur l'homme, tandis que le cow-boy fait courir le côté de la lame sur son biceps, ajoutant une couche de sang luisante à sa peau couverte de croûtes. Je détourne les yeux.

Mon estomac se soulève et je caresse l'alliance de ma mère en essayant d'aspirer de l'air. Je dois réprimer la malédiction. Il y a des gens tout autour. Si on m'attrape, le même sort m'attend. Et mon petit frère, si je ne parviens pas à le protéger, n'y échappera pas non plus.

C'est ce qui est arrivé à mon père. Des monstres comme ceux-ci l'ont tué.

Je me moque de ce qu'il a fait. Personne ne mérite de mourir ainsi. Les Déchiqueteurs, fous et sadiques, ne tuent pas promptement. Certaines de leurs victimes tiennent pendant des semaines, pendant qu'ils s'amusent à arracher leur peau par lambeaux et à prélever un à un leurs organes, dont ils se font d'horribles trophées.

Je pourrais presque comprendre les Déchiqueteurs s'ils dévoraient leurs victimes, s'ils crevaient de faim et les voyaient comme une source de viande. Il n'en est rien. Les Déchiqueteurs se nourrissent de la poussière. Ils se servent des employés du Havre liquidés comme de jouets et abandonnent leurs restes aux rats.

Je frissonne. J'ai peut-être mangé une créature qui a rongé de la chair humaine.

L'homme qu'on liquide hurle et, pour un peu, je me roulerais en boule, serrerais mes tibias dans mes bras. Désespérément, je caresse l'alliance de ma mère. Rien n'y fait. Alors je tente de m'imaginer que mon corps est parcouru d'une lumière froide comme celle que diffusent les plafonniers des salles de FG. Des centaines d'ampoules brillent, assez pour effacer mes pensées, engourdir mon corps et glacer mon cœur. *L'espace blanc. L'espace blanc. L'espace blanc.*

Cette fois, je ne le trouve pas.

Jayma touche mon dos.

— Ça va ?

Je bondis. Je dois sortir de là. Tout de suite.

— Tu me gardes une place dans la queue ?

Sans attendre la réponse de Jayma, sans même la regarder, je détale et me fraie un chemin parmi tous les gens qui fixent, fascinés, l'horrible spectacle diffusé par les écrans.

Cherchant un endroit paisible où me ressaisir, j'aperçois une brèche dans l'océan de corps et je débouche dans une ruelle sombre que je ne connais pas. La surface asphaltée me laisse croire qu'il s'agit peut-être d'une route d'ALP, mais on a érigé de nouveaux murs de part et d'autre, et la ruelle, désormais, ne fait qu'un peu plus d'un mètre de largeur. Par intervalles, je distingue des échelles de fer qui descendent le long des murs. Sans doute donnent-elles accès à des habitations. Jolies, étant donné la proximité du Centre. Je me demande ce que je risque si on m'attrape ici.

Tant pis. En ce moment, je m'en moque. Je cesse de courir et m'adosse à un mur frais et réconfortant, une sorte de feuille de métal. Les yeux fermés, j'attends que mon cœur s'apaise. Je dois redevenir maîtresse de mes émotions avant de regagner la société et de réclamer mes rations.

La société… Ha!

En ce moment, la société à laquelle j'appartiens – sans y parvenir pleinement – me repousse. J'ai un numéro d'employée. Je suis le manuel des P et P, du moins le plus souvent, mais, depuis que j'ai découvert ma malédiction, je n'appartiens plus au Havre. J'aurai beau multiplier mes efforts, je ne serai jamais intégrée, je ne serai jamais Normale.

Je regrette presque de ne pas pouvoir devenir un Parasite, caché sur les toits, loin des autres. Seulement, si des Confs venaient faire une ronde de ce côté, je ne réussirais pas à déplacer Drake assez rapidement. Je pourrais me contenter de moins de nourriture, mais je me demande si mon organisme supporterait d'être privé des poudres vitaminées qu'on nous donne pour prévenir la propagation des maladies et compenser l'absence des substances nutritives que les humains ingéraient ALP. Avec des demi-rations, j'ai déjà peur que Drake et moi ayons des carences.

Je respire à fond. Pour que nous ayons de quoi manger ce mois-ci, Drake et moi, je dois me ressaisir et retourner au Centre. Qui sait quand je capturerai d'autres rats ? Les Confs ont peut-être déjà découvert le nid sur notre toit. Peut-être Cal en a-t-il signalé la présence aux autorités.

— Glory, dit une voix grave que je ne reconnais pas. J'ai un message pour toi.

En me retournant, j'aperçois un garçon du même âge que moi, peut-être un peu plus vieux. Il est grand, plus grand que Cal, et aussi plus costaud, plus imposant.

J'inspire à fond par le nez et me demande où il a bien pu dénicher des protéines en quantité suffisante pour se bâtir des muscles pareils. Des muscles qui donnent à sa large poitrine et à ses épaules une forme comme on en voit rarement dans le Havre.

Un membre de la Direction ou un Conf, forcément. Il est trop jeune, pourtant ; en plus, il n'est ni en costume ni en uniforme. Il porte un manteau trop grand, fait de multiples couches de tissu épais, serré à la taille par une corde qui se termine par une sorte de nœud coulant. Sous cette ceinture, le tissu s'évase et frôle le haut de ses bottes.

Trop tard pour courir. Il est tout proche et, d'ailleurs, il connaît mon nom.

— Qui es-tu ? lui demandé-je en évitant de le regarder dans les yeux.

— Je m'appelle Burn.

— Tu as un message pour moi ?

Il tape sur ma chaussure du bout de sa lourde botte.

— Regarde-moi.

Il l'aura voulu. Je lève les yeux et il est si près de moi que la chaleur de son corps pénètre ma peau. Il a les cheveux fournis, foncés et longs, une barbe de plusieurs jours sur la lèvre supérieure et les mâchoires. Il me fait penser à un loup ou à un ours ou à une autre des créatures aujourd'hui éteintes que j'ai vues dans des livres ou au musée, naturalisées.

Ma gorge se comprime et j'essaie de détourner les yeux, mais il saisit mon menton entre ses doigts épais et forts et m'oblige à le regarder en face.

— C'est un message, explique-t-il d'une voix bourrue, de la part de ton père.

Je me dégage et m'apprête à détaler quand il m'agrippe par le bras.

Mon cœur s'emballe, mes yeux picotent, brûlent. En osant le fixer, je risque de le tuer.

Je *devrais* le tuer.

— Lâche-moi, dis-je en essayant de me défaire de sa poigne de fer. Tu mens. Mon père est mort.

— Non, Glory, répond-il, son regard croisant le mien. Il n'est pas mort.

CHAPITRE QUATRE

— Menteur, dis-je en fixant Burn. Mon père a été liquidé il y a trois ans.

Il attire mon visage vers le sien. De si près, je ne peux pas le regarder sans déclencher la malédiction. Il ne faut pas. Il risquerait de me manger.

— Il est vivant. Et ton frère est en danger.

Je lève le menton.

— Je n'ai pas de frère.

— Et Drake, qui c'est ?

Ma poitrine se contracte.

— Ne t'avise surtout pas de lui faire du mal, dis-je, incapable de me retenir.

— Ce n'est pas *moi*, le danger.

Je me libère d'une secousse, mon dos heurte la feuille de métal et les vibrations remontent le long de mon échine. Mon père est de retour pour finir ce qu'il a commencé. Nous tuer, Drake et moi.

Rejetant cette théorie, je chasse la peur. Burn ment. Mon père est mort et je suis fâchée de constater avec quelle aisance ce garçon a failli me duper.

Il promène ses gros doigts sur son menton. D'une main, il pourrait me briser la nuque.

— C'est ton père qui m'envoie, explique-t-il. Pour te conduire en sécurité.

— En sécurité ? Il a essayé de nous tuer.

Et aujourd'hui, il est mort. Sinon, il est devenu Déchiqueteur.

Burn me domine d'une tête, mais je carre les épaules.

— Tu mens. Que me veux-tu vraiment ?

Sentant la malédiction monter en moi, je plisse les yeux.

— Glory !

La voix de Cal se répercute dans la ruelle et, en pivotant, j'aperçois sa silhouette mince à l'entrée du Centre.

— Par ici ! crié-je.

Il court vers nous.

Je me retourne vers Burn, mais il s'est éclipsé. Volatilisé. Je regarde de tous les côtés, puis je lève les yeux vers le haut d'une des échelles, certaine d'y entrevoir une silhouette. Jamais, pourtant, il n'aurait pu grimper si vite. Une ombre se déplace près du toit d'un autre immeuble. Impossible que ce soit lui. Je scrute la ruelle, plus loin. On dirait qu'il s'est évaporé. Ou que j'ai tout imaginé.

Sans doute la liquidation a-t-elle réveillé en moi des souvenirs de mon père, sans parler de la honte et de l'horreur que j'ai ressenties en découvrant ma malédiction. J'ai sûrement été la proie d'une hallucination. L'autre possibilité est nettement plus affreuse.

Je suis toujours à la recherche de signes de Burn lorsque Cal entre en collision avec moi, glisse ses longs bras autour de mon corps, m'enveloppe de son odeur iodée.

Relâchant la tension, je m'effondre dans ses bras, m'abandonne à sa force.

Mon esprit et mon corps se contredisent. Mon esprit sait que je ne dois compter que sur moi-même, que je suis maudite, que je ne dois pas me fier à Cal, mais mon corps veut croire qu'il peut m'aimer, m'accepter, me protéger, me délester d'une partie de mon fardeau.

— Ça va ? demande-t-il. Je t'ai vue partir en courant. J'étais inquiet.

Sans me lâcher, il me caresse le dos, comme le faisaient mes parents quand la vie était normale. Je voudrais rester pour toujours dans ses bras.

Je me dégage.

— Tu vas le dénoncer ? laissé-je échapper avant de prendre de profondes inspirations dans l'espoir de me ressaisir.

— Qui ? demande-t-il.

Je lève brusquement les yeux.

— Mon frère.

Il tend le bras vers moi et j'abandonne ma main dans la chaleur de la sienne.

— Non, Glory. Bien sûr que non, répond-il en m'attirant vers lui. C'est pour ça que tu t'es enfuie ?

Il secoue la tête.

— Je ne ferais jamais une chose pareille.

— Mais...

Je ne veux pas en dire trop. Drake enfreint quantité de politiques et je ne tiens surtout pas à en informer Cal. Mon frère n'a pas de numéro d'employé à jour, il n'a suivi aucune formation au cours des trois dernières années, il a omis de signaler sa blessure à Santé et Sécurité et il est Déviant par-dessus le marché. Ces politiques figurent, noir sur blanc, dans le manuel que nous savons tous par cœur avant même de savoir lire.

Je dois découvrir ce que Cal sait sur Drake, sans en révéler davantage. J'aime Cal depuis ma plus tendre enfance – en FG, il ne s'en prenait jamais aux petits, comme certains des garçons plus âgés –, et il a toujours tenu un rôle de premier plan dans la vie future que j'imaginais. J'ai peine à croire qu'il pourrait sciemment me faire du mal. Mais qui sait ? À mon réveil, ce matin, je ne me serais jamais doutée qu'il avait joint les rangs du CJÉ.

Cal serre ma main plus fort.

— Je ne te ferai jamais de mal. Jamais, ajoute-t-il en baissant les yeux. J'ai montré que j'avais confiance en toi en t'avouant mon secret. J'aimerais que tu fasses la même chose avec moi.

— Bien sûr que j'ai confiance en toi.

Si seulement c'était possible.

— Pourquoi ton frère n'est-il pas inscrit en FG ?

Ma gorge se serre. La dernière chose que m'a dite mon père avant d'être emmené par les Confs, c'est de ne faire confiance à personne. Et de raconter à tout le monde que Drake est mort. Non pas que je me sente l'obligation d'obéir aux ordres de mon père, cet assassin. Cacher Drake allait de soi.

— Ton frère a des difficultés d'apprentissage ? demande Cal. Il est aveugle ?

Les lèvres closes, je secoue la tête.

— Tant pis. Tu m'en parleras une autre fois.

La main de Cal est devenue poisseuse et il essuie son front du revers de l'autre.

— Je compte sur toi.

Il semble inquiet et je n'ai pas l'habitude de le voir ainsi.

— J'aimerais bien le rencontrer. Je ne sais même pas à quoi il ressemble, ce garçon.

— Peut-être.

Je ne peux pas courir un tel risque.

— Et surtout, ne va pas penser du mal de moi à cause du CJÉ. Ce n'est pas parce que je veux un meilleur emploi, une meilleure vie, dit-il d'une voix plus tendre, que je vais me retourner contre ceux qui comptent pour moi.

— Drake compte pour toi ?

— Toi, oui.

Pendant un moment, je flotte en apesanteur.

— Vraiment ?

— Comment peux-tu en douter ?

Son expression s'adoucit et, à la vue de ses yeux bleus perçants, j'éprouve un sentiment si étranger que je ne sais pas le nommer. Autour de moi, tout s'émousse : les arêtes dures se dissolvent et l'air m'enveloppe comme une chaude couverture.

Puis je reconnais cette sensation. C'est la sécurité.

Je compte pour Cal et, pour cette raison, mon frère compte aussi pour lui. Il veut nous protéger.

J'ai tort de me montrer sceptique. En moi, la tension se dissout et je perds presque l'équilibre, mais Cal passe son bras autour de moi, m'attire contre lui. Son cœur bat fort et doucement, à la façon d'un gros tambour, et mes mains se pressent sur son dos. Plaquée contre sa poitrine ferme, je voudrais m'approcher davantage, fondre mon corps dans le sien, de manière à ne plus jamais être seule, à oublier la réalité, à croire que rien ne m'empêche de mener la vie insouciante d'une Normale.

Sa chaleur abolit les frontières entre nous et les émotions affluent. Jusque-là, cependant, mes yeux vont bien, m'aident à croire que je ne suis pas maudite, que je ne risque pas de lui nuire, que nous sommes officiellement ensemble, que je peux avoir confiance en lui. Je sens la chaleur envahir ma poitrine, mon ventre, mon cœur. La dernière fois que je me suis sentie en sécurité, c'était il y a plus de trois ans. À l'époque où j'avais encore des parents.

Pendant qu'il me serre contre lui, sa main va et vient dans mon dos, allume des incendies que je comprends mal, mais que je ne souhaite pas éteindre. Sa respiration s'alourdit, s'accélère, et son corps se raidit contre le mien. Puis il recule sa tête en me repoussant.

Luttant contre mon instinct, je m'abstiens de crier.

Il se penche et, les mains sur les genoux, halète.

Devant la terreur qui s'empare de moi, je m'avance en caressant l'alliance.

— Cal ?

Je me suis montrée insouciante, égoïste, irréfléchie. Enveloppée dans mon monde de rêve, j'ai baissé ma garde. Ces émotions nouvelles et puissantes ont déclenché la malédiction.

Il se redresse et je fais un pas en arrière, mais il attrape ma main et la retient. Il a les joues rouges et deux perles de sueur dégoulinent sur son front.

— Je t'ai blessé.

Mes mots s'envolent sur un souffle léger et vaporeux, et c'est alors seulement que je me rends compte : j'ai failli trahir mon plus grand secret.

— Pourquoi dis-tu ça ? demande-t-il.

— Tu t'es dégagé brusquement. Tu as gémi. Comme si tu avais mal.

Un sourire se répand sur son visage, puis ses yeux s'adoucissent. Il presse sa paume contre ma joue.

— Ce n'est pas pour ça que je me suis dégagé, Glory.

Il fait glisser son pouce sur ma joue.

— Pourquoi, alors ?

Les peurs éclatent. Cal sait que je suis Déviante. Il est aussi au courant pour Drake. Il m'a confié son secret pour gagner ma confiance et m'inciter à baisser ma garde. Il réunit des preuves dans l'intention de me livrer aux autorités.

Je ne veux pas croire de telles horreurs, mais, en ce moment, c'est plus fort que moi.

Sa langue lèche sa lèvre inférieure.

— Tu n'as vraiment aucune idée de l'effet que tu as sur moi ? demande-t-il d'une voix râpeuse, sombre.

Je recule, libère ma main et fixe l'asphalte fissuré. Si je courais maintenant, réussirions-nous à éviter l'arrestation, Drake et moi ?

— Si je t'avais tenue dans mes bras une seconde de plus, dit-il en poussant un sifflement bas pour vider ses poumons, on nous aurait arrêtés pour grossière indécence.

Il secoue la tête.

— Nous n'avons même pas de permis de fréquentation.

Je lève les yeux sur lui. Mon visage, ma poitrine s'embrasent, et je porte une main à mes lèvres. Gênée, je me détourne, les joues brûlantes.

Puis je redresse les épaules. Je me sens naïve, semblable à une petite fille choquée par sa première séance de Relations et Procréation, en FG. Cal a seulement deux ans de plus que moi, mais, en ce moment, l'écart semble plus grand.

— Je n'ai pas *vraiment* cru que je t'avais blessé, dis-je en avalant ma salive. Je plaisantais.

— Ah bon ?

Il s'avance vers moi, un sourire hésitant aux lèvres.

— Alors tout va bien ?

Il balaie la ruelle du regard et, à voix basse, me demande :

— Pour Drake, tu me fais confiance ?

Je hoche la tête.

— Tant mieux.

Il sourit et je risque un bref contact visuel. Il avance d'un pas.

— Glory. Maintenant que je t'ai tout dit…

Il passe ses doigts dans ses cheveux. Levant le bras, il dévoile une petite partie de son ventre et mon cœur se serre.

— Maintenant que nous n'avons plus de secrets l'un pour l'autre…

Je me mords la lèvre.

Il bafouille :

— Est-ce que… Voudrais-tu sortir avec moi ?

Je respire.

Je croyais qu'il allait me demander qui était avec moi dans la ruelle. Mais il n'a rien dit au sujet de Burn, ce qui tend à confirmer que l'étrange garçon est le fruit de mon imagination.

— Si tu ne veux pas…, commence Cal en baissant les yeux. Je croyais que… Excuse-moi.

— Non… Oui, soufflé-je, la bouche soudain très sèche. Oui, bien sûr.

Cal me fait un autre câlin et je m'évade de nouveau dans un rêve. Un rêve dans lequel je peux me fier à lui. Vivre comme si j'étais Normale et en sécurité.

Nous entrons dans le bureau des Ressources humaines et je reste tout près de Cal. Dès que nous avons eu nos rations, il a proposé que, comme nous étions déjà au Centre, nous allions chercher notre permis. Scout et Jayma ont obtenu le leur aujourd'hui même, et ils sont sortis célébrer.

Les murs d'un vert joyeux me font aussitôt penser à la pomme que j'ai un jour mangée parce que mon père avait eu droit à une prime. Ma mère avait coupé le fruit en quartiers en se réservant le plus petit. Penser à mon père et à ce qu'il a fait à ma mère me fâche, mais la colère est justement la dernière émotion que je peux me permettre. Je caresse donc l'alliance pour l'effacer.

La femme assise derrière le comptoir lève les yeux et sourit d'une manière qui me donne à penser qu'elle aime son travail. Logique, au fond. Après tout, elle passe ses journées dans un lieu qui a eu droit à une couche de peinture fraîche au cours des quatre dernières décennies. Elle lisse ses cheveux blonds, remontés en un chignon d'au moins une douzaine de centimètres de hauteur.

— Quel jeune couple adorable ! s'écrie-t-elle. Bonne chance pour la procédure d'approbation.

— Merci, dit Cal en me prenant par la taille.

Aussitôt, toutes les terminaisons nerveuses de mon corps s'affolent, mais je ne me dégage pas. Son geste est audacieux, puisque notre permis n'est pas encore approuvé ; par ailleurs, toute indication qu'il ne s'agit pas d'une démarche consensuelle risquerait de nuire à nos chances.

Et je veux que notre demande soit approuvée.

Mon côté logique sait que notre relation est condamnée d'avance et que je n'ai aucun avenir avec Cal – ni avec personne d'autre –, mais je suis grisée par l'idée de sortir avec un garçon, grisée par Cal. Je veux, je mérite quelques moments de joie chaque semaine. Des moments où je peux croire que le bonheur est possible, que l'amour est possible. Des moments où je peux faire comme si j'étais Normale.

— Vos numéros, je vous prie ? demande l'employée des RH.

— 3-24-63-11, répond Cal.

— 3-87-42-25, dis-je à mon tour.

Nos numéros débutent par un « 3 », signe que nous appartenons à la troisième génération d'employés suivant la création du Havre par des dirigeants d'entreprise qui ont enlevé la responsabilité de la survie à une organisation inefficace d'ALP appelée « gouvernement ». La liste des sociétés fondatrices et de leurs présidents figure sur une plaque, au Centre. Nos ancêtres comptent parmi les privilégiés qui ont été sauvés.

La femme tape les numéros sur un clavier à projection laser et les formulaires électroniques que Cal et moi avons remplis au stand apparaissent. Du bout d'un ongle long, elle suit les détails, parcourt les renseignements, ligne par ligne. Nous avons dû fournir nos numéros d'employés et nos placements professionnels. Apparemment, il y aurait d'autres papiers à remplir si nous travaillions au sein du même service. Comme je suis encore en FG, le problème ne se pose pas.

— C'est complet, il me semble, dit-elle. Ce ne sera pas long.

Elle fait pivoter son haut fauteuil et exécute dans les airs une succession de balayages et de mouvements semblables à des coups de poing, fait apparaître et disparaître des données sur ses écrans projetés. Bref, elle épluche la base de données des citoyens du Havre, consulte nos informations généalogiques et nos évaluations de rendement.

Elle se tourne vers moi et incline la tête.

— Tes parents sont tous deux décédés ?

C'est moins une question qu'une affirmation. Je hoche la tête.

Ton père est vivant. Les mots de Burn me reviennent en mémoire ; une fois de plus, je choisis de mettre le mystérieux garçon sur le compte d'une hallucination. Même s'il est réel, il n'a pas dit la vérité. C'est impossible.

L'employée des RH se penche, le sommet de son chignon effleurant la petite fenêtre.

— Je m'en veux de te poser la question, mais c'est mon travail. Et compte tenu de tes antécédents familiaux…

Je garde le silence. Avec mon pouce, je suis le contour de l'alliance.

— Tu es Déviante ?

Le dernier mot a pris la forme d'un murmure accentué.

Je secoue la tête en affichant une expression neutre et en commandant à mon cœur de ne pas s'emballer.

— Aucun signe d'aptitudes ou de pouvoirs aberrants ? insiste-t-elle. Parce que la moindre anomalie…

Cal pose ses mains sur le comptoir.

— Elle n'est pas Déviante, proclame-t-il d'un ton brusque et dur. Je fais partie du….

Il s'interrompt.

— Je la connais depuis des années. Si elle était Déviante, je le saurais.

Ses propos me touchent. En même temps, il me déplaît que sa défense s'appuie sur un mensonge.

Je n'ai pas le choix. Pas si je veux sauver Drake et nous éviter à tous deux d'être jetés en pâture aux Déchiqueteurs.

La femme se redresse.

— Je fais mon travail, c'est tout. Si je ne pose pas la question, dit-elle en désignant une caméra, je risque une rétrogradation. Peut-être même un *licenciement*.

Elle a prononcé le dernier mot d'une voix râpeuse et deux minuscules taches rouges apparaissent sur ses joues. Elle appuie sur une image projetée sur le comptoir et un formulaire électronique apparaît devant moi.

— Signe ici, dit-elle.

Je lis le formulaire, qui n'a rien à voir avec notre permis. Il s'agit plutôt d'une déclaration solennelle attestant que je ne suis pas Déviante. En lettres capitales, il est écrit que toute personne reconnue coupable d'avoir fait une fausse déclaration sera poursuivie pour fraude. J'essaie de ne pas rire. Si on découvre que je suis Déviante, la fraude sera le cadet de mes soucis.

Les personnes reconnues coupables de délits mineurs se voient attribuer les pires emplois, mais le genre de poste que cette employée des RH craint d'occuper en cas de rétrogradation est sans doute préférable à celui qu'on me destinerait. Je m'empare du stylet, signe et appose mon pouce sur la case de vérification du statut d'employé.

— Maintenant que cette pénible formalité est derrière nous, dit la femme en retirant le formulaire avant d'en pousser deux autres par le guichet, je vous invite à lire et à signer ces documents.

En parcourant les informations, je suis soulagée de constater qu'aucun nom ne figure sous la mention « Plus proche parent ». J'ai le cœur serré en mettant mon pouce sur cette nouvelle case de vérification, bien que mon empreinte digitale ne signifie pas l'inexistence de Drake. Il est mon frère et non un numéro d'employé ou une entrée dans une base de données.

Viennent ensuite quelques sections supplémentaires : nous nous engageons à informer les RH dans l'hypothèse où nous souhaiterions faire révoquer le permis, de même qu'à ne pas avoir de fréquentations autres que celle visée par le présent permis et à ne pas procréer sans avoir subi de tests d'ADN. Enfin, nous promettons d'exonérer la Direction de toute responsabilité en cas de poursuites pour harcèlement sexuel, au cas où notre relation tournerait au vinaigre.

Je signe cette section et me tourne vers Cal, qui a déjà terminé. Il me sourit. Sa main frôle la mienne et déclenche un afflux de picotements.

L'employée des RH revérifie les renseignements encodés sur le métal, nous demande de tendre nos poignets et y fixe les permis de fréquentation. Nous sommes liés l'un à l'autre, à présent, au vu et au su de tous. Comme si j'étais Normale, ou presque. À la sortie du bureau, Cal passe son bras autour de mes épaules et je n'ai peut-être jamais été aussi heureuse de toute ma vie. Certainement pas depuis trois ans.

J'ai un petit ami. Je sors officiellement avec quelqu'un. S'il savait la vérité, il me quitterait, me livrerait à la justice, mais je peux cacher ma Déviance. Il sait que mon frère est un Parasite. Pourtant, il ne l'a pas dénoncé. Il est possible qu'il le fasse un jour, qu'il mente, mais le fait que nous sortions ensemble ne change rien à ce risque.

À peine sortis, nous voyons un homme de grande taille, portant un costume gris et une cravate argentée, s'avancer dans le couloir, à six ou sept mètres devant nous. Brusquement, Cal libère mes épaules. La terreur m'envahit. Je baisse les yeux et caresse l'alliance dans l'espoir de renforcer les murs qui abritent mes émotions.

— Bonjour, monsieur, dit Cal.

Pourquoi attire-t-il l'attention sur nous?

Nous nous arrêtons et l'homme s'avance toujours. Ses chaussures noires lustrées, deux sombres présages se découpant sur le sol pâle, ne sont plus qu'à une trentaine de centimètres des miennes.

— J'ai beaucoup apprécié votre présentation devant notre Comité, monsieur Belando, dit Cal.

L'homme incline la tête.

— Oui, tu viens de joindre les rangs du Comité pour l'éthique. Bien joué, mon garçon.

— Oui, monsieur. J'aimerais vous présenter ma... ma petite amie, Glory. Numéro 3-87-42-25.

L'élan de joie que je ressens en entendant les mots « petite amie » est aussitôt étouffé par l'inquiétude qui m'envahit à la mention de mon numéro.

Cal brandit le poignet pour montrer son bracelet.

— Nous venons tout juste d'obtenir notre permis.

— Eh bien ! s'écrie l'homme d'une voix étonnamment aimable. Quel beau moment !

— Glory, dit Cal en tirant sur ma manche, je te présente M. Belando, vice-président de la Conformité.

— Vice-président adjoint, corrige M. Belando, comme si la mention « adjoint » changeait quoi que ce soit.

Seule compte la Direction. Seule compte la Conformité. Le service auquel appartiennent les Confs et les Vérificateurs, celui qui assure le respect des P et P.

— Ne sois pas si timide, jeune fille. Laisse-moi te regarder.

En caressant l'alliance de ma mère, je lève les yeux et souris. Il a les cheveux foncés, sauf aux tempes, où ils sont gris. Ils sont coupés avec tant de soin qu'on les dirait peints au pinceau. Malgré un âge certain, il a la peau aussi éclatante qu'un nouveau-né. Je n'ai jamais encore vu un membre de la Direction d'aussi près. Je me demande s'ils ont tous le teint clair comme cet homme.

— Tu as terminé la FG? demande-t-il.

Je secoue la tête.

— Elle termine cette session-ci, dit Cal, et elle vient de passer les tests d'aptitudes à la Direction.

J'aimerais bien qu'il cesse d'attirer l'attention sur moi. C'est dangereux.

— Bravo, dit M. Belando en souriant. N'oublie pas que moins de un pour cent des candidats sont admis à l'école de Direction. Mais ne t'en fais pas.

Il me tapote l'épaule.

— D'une façon ou d'une autre, je suis persuadé qu'on te trouvera un placement professionnel enrichissant et correspondant à tes aptitudes et aux besoins actuels du Havre.

Je n'ai détecté aucune trace d'ironie dans ses propos et je me demande si les membres de la Direction croient que nous sommes heureux des affectations qu'ils nous imposent.

Je réponds pourtant:

— Oui, je suis très enthousiaste.

— Tu as une préférence? demande M. Belando en examinant sa manchette.

— Elle ferait une excellente agente de liaison avec les locataires, dit Cal. Je crois que le titulaire du poste pour notre palier part bientôt à la retraite.

Voilà qui est effectivement enthousiasmant. Au sein de la hiérarchie, les agents de liaison avec les locataires viennent tout juste après la Direction, et je n'aurais même pas osé rêver d'un poste pareil. Je me sens bien soudain.

Une telle affectation me permettrait de rester auprès de Drake et, mieux encore, d'éviter que le nouveau titulaire ne fasse preuve de plus de zèle que l'ancien. Il y a peut-être des avantages à sortir avec un membre du CJÉ, après tout.

— Je glisserai un mot en ta faveur, dit M. Belando en s'éloignant à grandes enjambées avant que j'aie pu le remercier.

Je me tourne vers Cal.

— Tu le connais vraiment, cet homme ?

— Je l'ai rencontré.

Se penchant, il me murmure à l'oreille :

— Quand je serai agent de conformité, notre horizon sera sans limites.

Je souris, même si je n'ai jamais parfaitement saisi cette expression. Je connais trop bien l'horizon et ses limites.

CHAPITRE CINQ

J'attends qu'il soit très tard pour faire cuire notre viande de rat sur la cuisinière que je partage avec d'autres occupants du palier. Tout le monde verrait que je prépare beaucoup plus de viande que mes bons de rationnement ne me permettent d'en acheter. Comme les dents et les griffes de rats sont la cause la plus fréquente des dommages infligés au dôme, le défaut de signaler que des rongeurs se sont échappés des fermes entraîne de sévères sanctions. Moins sévères que la famine, cependant, et rares sont les habitants des Mans qui ne s'offrent pas un peu de viande de contrebande, de temps en temps. Une règle tacite veut que nous ne nous dénoncions pas les uns les autres, mais je ne peux me montrer trop prudente. Cal m'a donné la preuve que je n'étais pas la seule ici à avoir des secrets.

Une fois la viande cuite, je rentre dans notre chambre et je réveille Drake.

— Il est quelle heure ? demande-t-il en étirant les bras au-dessus de sa tête.

— Deux heures et demie.

Je mets la viande à refroidir sur une toile cirée.

— Tiens, sers-toi.

Pour nous éviter de manger dans le noir, je tourne la manivelle de notre lanterne.

— Je dors, fait-il en se retournant face au mur.

Résistant à l'envie de le materner (il est assez grand pour décider tout seul), j'arrache un morceau et mâche la viande coriace. Les rats d'élevage vivent dans des cages, le museau tourné vers les bacs d'alimentation : pas étonnant que leur viande soit plus tendre. Leur chair doit être aussi molle que celle des jambes de mon frère.

Visiblement incapable de résister aux arômes, Drake pivote et s'empare d'un rat.

— Assieds-toi, au moins, dis-je en secouant la tête. Tu mets de la graisse sur tes draps.

La viande dans une main, il se déplace et, en s'appuyant sur un coude, se redresse. Il a beau me lancer un regard noir, ce n'est pas lui qui lave les draps à la main, dans l'eau froide. La graisse est difficile à déloger et ses draps restent tachés. Je n'arrive pas à les laver aussi bien que le faisait maman.

Dans la pénombre, les mâchoires de Drake ressemblent à celles de mon père et j'éprouve un malaise. Je tourne la manivelle pour réduire les ombres.

— Qu'est-ce que tu regardes ? demande mon frère en mordant dans la viande d'une cuisse.

— Ça t'arrive de penser à maman et à…

J'avale le mot « papa ».

Il jette dans le bac à compost une cuisse rongée jusqu'à l'os et se laisse glisser sur son matelas.

— Pourquoi ?

— On a liquidé quelqu'un, aujourd'hui.

Je secoue la tête, regrettant déjà de ne pas avoir su tenir ma langue. Je suis déjà perdue à cause des événements de la journée. Drake ne déteste pas notre père, et je n'en reviens tout simplement pas, même si trois années se sont écoulées depuis.

— Cesse de ruminer la mort de maman, dit-il. C'était un accident.

Je me tourne vers lui.

— C'est quoi, la vérité, Drake? demandé-je d'une voix plus brusque que je l'aurais voulu. Il ne l'a pas tuée, comme tu l'as dit à Jayma, ou il l'a tuée par accident, et tu lui pardonnes?

Drake détourne les yeux. Encore heureux puisque la colère et la frustration bouillonnent dans ma poitrine et derrière mes yeux.

— Tout ce que je dis, déclare Drake d'une voix plus posée et plus grave que d'habitude, c'est que les accidents sont inévitables. Parfois, les gens ignorent de quoi ils sont capables. Comme quand mon armure s'est manifestée, ce jour-là. Avant, je ne savais pas que j'étais Déviant.

— Ce que tu racontes n'a pas de sens, Drake, dis-je en arrachant un autre morceau de viande de rat. Veux-tu insinuer que, puisqu'il n'avait pas l'intention de la tuer, il n'est pas coupable de meurtre?

— Si je te faisais du mal, tu me pardonnerais, non?

Je m'assieds à côté de lui et passe mon bras autour de ses épaules.

— Évidemment.

J'y songe chaque fois que son armure apparaît et qu'il balance ses bras durs comme du fer.

Il donne une tape sur ma main.

— C'est tout ce que je dis.

Il porte de nouveau le rat à sa bouche.

— Le moment est venu de pardonner à papa, dit-il entre deux bouchées.

Je ne réponds pas. Notre père était un adulte, et non un enfant, et il s'en est pris à sa famille tout entière. C'est différent, mais je n'ai plus envie de discuter avec Drake. Qu'il reste donc un enfant pendant encore un moment.

Me relevant, je m'étire et un bâillement m'échappe. Je ne suis pas certaine d'avoir assez d'énergie pour manger davantage. Après avoir consulté Drake du regard, j'enveloppe les restes et les range dans notre petite boîte à provisions. Il y a un compartiment destiné à accueillir des glaçons, mais, depuis la mort de nos parents, nous n'avons jamais eu les moyens de nous en procurer.

Sans même ôter mes chaussures, je me couche sur le matelas posé face à celui de Drake, et la lumière de notre lanterne s'éteint peu à peu. Bientôt, la respiration de Drake ralentit et je sais qu'il dort. Ma propre respiration ralentit aussi. Par contre, je suis impuissante à modérer les transports de mon esprit.

Demain soir, j'ai rendez-vous avec un garçon et, malgré moi, je suis curieuse et excitée. Je n'ai pas mis les pieds dans un restaurant depuis la mort de nos parents. Et encore, nous n'y allions qu'une fois par année pour l'anniversaire de Drake et pour le mien, en alternance. J'aimerais bien pouvoir oublier mes soucis pendant cette sortie, mais je ne sais toujours pas comment Cal a découvert la vérité au sujet de mon frère et je n'aurai de repos qu'une fois cet écueil surmonté. Et pourtant, malgré toutes les questions importantes qui se pressent dans ma tête, je me demande surtout s'il va m'embrasser.

Ses lèvres seront-elles douces ou dures ? Son haleine aura-t-elle le même parfum épicé que son corps ? Je sens une chaleur monter en moi et soudain j'ai peur. On ne m'a jamais embrassée. Et si un baiser éveillait des émotions impossibles à maîtriser ? Je ne supporte pas l'idée de lui faire du mal. Et s'il découvrait qui je suis ?

Comme mes vêtements sont inconfortables, je me débarrasse de mes chaussures, puis je m'assieds pour enlever mon blouson. Dans une des poches, je découvre un objet que je n'y ai pas mis. Je le sors : c'est un bout de papier. Cal a dû l'y glisser pendant notre câlin. Le papier coûte cher et je suis comblée de joie à l'idée qu'il en a utilisé un bout pour exprimer ses sentiments.

Je roule sur moi-même et remonte la lanterne. Dans son sommeil, Drake soupire et pose un bras devant ses yeux. Le papier est plié plusieurs fois sur lui-même et je le lisse avec soin avant de le brandir dans la lumière.

Ma chère fille, dit le mot, *je regrette de ne pas avoir été présent pour Drake et pour toi, mais, pour votre propre sécurité, il était préférable que vous ne sachiez pas que j'avais survécu. J'ai cherché par tous les moyens à vous protéger, mais, à présent, Drake est en danger. Aie confiance en Burn. Il vous conduira en lieu sûr. Ton père aimant.*

Je laisse tomber le papier comme s'il était en flammes et m'adosse au mur. Mon cœur bat si vite et si fort que je crains que Drake l'entende, même si, j'en suis consciente, cette idée est ridicule. Il ne connaît pas mon cœur comme moi le sien.

Mon père n'a pas écrit ce mot. C'est impossible. Cependant, la présence du papier confirme que je n'ai pas imaginé Burn, que je ne deviens pas folle.

Quoique, à l'idée que mon père soit encore en vie, la folie me semble préférable.

CHAPITRE SIX

Les doigts calleux de Cal effleurent mon menton et je lève mes yeux vers les siens.

— Tu es sûre que ça ne te dérange pas ? demande-t-il.

Nous sommes sur un toit que je n'ai encore jamais vu, niché près des limites de la ville, là où le ciel est bas et fortement incliné, mais pas trop près de nous.

— C'est beaucoup mieux qu'un restaurant.

Roulant sur le côté, je lui fais face, appuyée sur un coude.

— Comment as-tu trouvé cet endroit ?

Il sourit.

— Un des gars du CJÉ travaille à l'Entretien du ciel. C'est lui qui m'en a parlé.

Cal se penche vers moi et ses biceps se gonflent. J'ai peine à me retenir de poser ma main sur la saillie dure et lisse de son bras, mais, avant de sombrer dans le monde du rêve, j'ai besoin de réponses.

Avec un couteau tranchant, il coupe une rondelle de concombre et la porte à ma bouche. Être nourrie ainsi me fait une drôle d'impression, mais le concombre est la chose la plus fraîche, la plus désaltérante et la plus délicieuse que j'aie jamais mangée. Ouvrant les lèvres, je le laisse glisser la rondelle dans ma bouche.

Quand je mords, mes yeux se ferment.

— C'est si bon…

La peau croustillante a un goût vert, tout à fait conforme à sa couleur, et la chair translucide contient de petites graines glissantes.

— C'est miraculeux.

Je parie que le concombre a coûté un mois de bons de rationnement. Je n'en avais encore jamais vu.

— Il a été cueilli aujourd'hui même dans une serre hydroponique. Un des types du CJÉ y travaille.

Il se rapproche et met un morceau de concombre entre ses dents. Pendant qu'il mâche, je ne peux détacher mon regard de ses lèvres.

Je baisse les yeux. *Concentre-toi.*

— Je me demandais une chose, Cal, dis-je tout doucement.

— Hm ?

— Comment as-tu su pour… Je veux dire… Ce n'est pas Jayma qui t'en a parlé ?

Je doute qu'elle ait pu faire une chose pareille, mais je dois en avoir le cœur net.

Il me donne une autre tranche de concombre et sourit.

— Non, je n'ai pas eu besoin que ton *amie* m'en parle. C'était évident.

Mon estomac se noue.

— Évident ? Pourquoi ? Comment ?

Je ferme la bouche pour mettre un terme au bégaiement, puis, en quête de réponses, je consulte ses yeux, fixés sur mes lèvres. Excellent choix. Mes lèvres ne tuent pas.

Il se rapproche au point où je ne distingue plus bien ses yeux.

Son haleine est chaude. Ses lèvres s'attardent au-dessus des miennes.

— Il y a deux ou trois ans que je suis au courant, Glory. Tu n'es pas du tout une de ces filles qui brandissent leurs émotions à tout propos, mais j'ai vite compris ce que tu cachais.

— Comment ?

— Tu es plutôt transparente.

— Non, c'est faux.

Je sais que c'est faux. Soit il raconte n'importe quoi, soit je n'ai plus les idées très claires. La seconde hypothèse devient plus probable lorsque son pouce repousse les cheveux sur ma joue et que je sens des étincelles dans mon ventre.

— Tu m'as donné quantité de petits indices.

Son pouce frôle ma joue, tout près de la commissure de mes lèvres.

— Quand je te surprends en train de me regarder, tu détournes les yeux en rougissant, dit-il en reculant un peu. Je me trompe ?

Je comprends enfin et mon corps tout entier s'embrase.

— Tu ne te trompes pas.

Il m'a mal comprise. Complètement.

— Je ne voulais pas parler de ça. De nous, je veux dire.

J'approche ma main de la sienne, sans la toucher.

— Ce que je te demandais, c'est… comment tu as su pour mon frère ?

— Je n'ai pas envie de parler de ton frère en ce moment, répond-il en me caressant les cheveux.

— C'est par Jayma ?

— Jayma ? fait-il en secouant la tête tout doucement. Elle est au courant pour ton frère ?

Regrettant aussitôt la question, je me mords la lèvre. Quelle bêtise ! Je n'aurais jamais dû laisser ma foi en Jayma s'amoindrir, pas même pendant une seconde. Si Cal livre Drake, on risque d'accuser Jayma, entre autres manquements aux P et P, d'avoir contribué à cacher un Parasite et omis de signaler une blessure grave. Si Cal me trahit, j'ai ni plus ni moins signé l'arrêt de mort de ma meilleure amie.

— Comment as-tu su pour mon frère ?

— J'ai vu son nom sur une liste.

— Quel genre de liste ?

— Une recherche dans une base de données. Des numéros d'employés déclassés, inactifs.

Je m'assieds brusquement. L'idée que la Direction ne sache rien de Drake me procurait un très grand réconfort. Je me berçais d'illusions. Le Système n'oublie personne.

— Qui tient cette liste ? À quoi sert-elle ?

Cal s'assied à son tour et pose sa main sur mon dos.

— Pas de panique. Ce n'est rien du tout.

— Faux.

Sa main tiède m'apaise, sans pour autant effacer ma peur.

Il secoue la tête.

— Si ton frère est un Parasite, c'est parce qu'il est blessé, non ? On n'a tout de même pas affaire à un Déviant.

Malgré mon cœur affolé, je hoche la tête et il poursuit :

— Par hasard, au travail, explique-t-il en traçant des « 8 » dans mon dos, j'ai vu la liste au verso d'un devis du service de l'Entretien. Du papier recyclé. Mis au rebut. Ne t'en fais pas. On accorde une faible priorité aux Parasites. Si les Confs planifient une rafle dans nos appartements, je serai averti d'avance parce que je fais partie du CJÉ. Je te préviendrai. Avec moi, vous serez en sécurité, tous les deux.

— C'est vrai ?

À supposer qu'il soit sincère, il court un très grand risque. Pour moi.

— Je trouve admirable que tu t'occupes de ton frère, dit-il en glissant son bras fort et chaud sur mes épaules. S'il n'en tient qu'à moi, il fera un jour aussi partie de ma famille.

À l'intérieur de moi, c'est le branle-bas de combat.

— Ta famille ?

Il saisit mon menton entre ses doigts et son pouce caresse ma joue.

— Évidemment. Après notre mariage, il deviendra mon frère.

— Notre mariage ? articulé-je, la bouche sèche.

— Un jour. Du moins, c'est ce que j'espère, dit-il en m'embrassant sur le front, ses lèvres à la fois douces et brûlantes. Je t'aime, Glory.

Il m'aime ? J'en rêve depuis toujours. Pourtant, je ne peux répondre, avec cet énorme secret entre nous.

Ses lèvres descendent et s'attardent si près que je respire son souffle. La présence de ses lèvres si proches des miennes m'embrouille les idées et j'ai des picotements sur le visage. Je sais que je devrais l'arrêter (s'il savait qui je suis, il voudrait ma mort), mais je ne *veux* pas qu'il s'arrête. Je veux qu'on m'embrasse. Je veux me sentir en sécurité. Je veux être Normale. Je veux que toutes les horreurs de ma vie s'arrêtent.

J'incline mon visage et les lèvres fortes et chaudes de Cal se pressent contre les miennes, allument dans ma poitrine un feu qui se propage de bas en haut. Il m'enveloppe de ses bras, me serre fort contre lui. Son pouls pénètre ma peau et, nos poitrines se pressant l'une contre l'autre, bat en moi, et j'espère de tout cœur que c'est en raison de cette intimité et non de ma malédiction.

Il respire bruyamment et pose des baisers brûlants sur ma gorge avant de remonter vers ma bouche. Comme si mon corps était une bonbonne d'oxygène et qu'il était dans la poussière de l'Extérieur. Comme s'il avait besoin de moi pour respirer. Bientôt, j'oublierai ma vie. Je sombrerai dans un monde de rêve où tous mes problèmes auront disparu.

Des émotions éclatent derrière mes yeux en un million d'infimes explosions, et j'ai peur de ce qui risque d'arriver si elles unissent leurs forces et se libèrent. Ce que j'ai toujours voulu arrive, mais je dois garder mon sang-froid. Fixant un point de lumière blanche qui se réfléchit sur un immeuble éloigné, j'implore intérieurement cette brillance de m'encercler, d'effacer mes émotions, d'éteindre la malédiction.

Je cligne des yeux et soudain la silhouette de Burn se découpe à l'autre bout du toit. Les bras croisés sur la poitrine, le garçon secoue la tête. Je me raidis.

Cal cesse de m'embrasser et me tient la tête entre ses mains.

— Qu'est-ce qu'il y a ?

— Rien.

Je ne dois pas le laisser regarder derrière. Burn est sûrement Déviant. Bien que je n'aie aucune raison de le protéger, je m'en sens l'obligation.

Cal m'embrasse de nouveau. Cette fois, ses lèvres se montrent plus avides, mais je ne peux m'y abandonner. Pas avec Burn tout près.

Je me dégage et je regarde derrière Cal. Burn a disparu.

— Excuse-moi, dit Cal en baissant le bras, l'air blessé. J'oublie toujours que nous n'avons pas le même âge. Je vais trop vite.

— J'ai seize ans. Je ne suis plus une enfant.

Lui, cependant, en a dix-huit, et je parie qu'il a embrassé d'autres filles, avec ou sans permis.

— Je sais bien que tu n'es plus une enfant, fait-il en souriant doucement. Ce n'est pas ce que j'ai voulu dire.

Profitant de l'occasion, je me lève.

— C'est vrai que les choses vont vite. Il faut que je reprenne mon souffle. Tu me donnes une minute ? Je vais aller faire un tour par là.

— Bien sûr. Moi, je vais ranger un peu. Il ne faut pas traîner. Le couvre-feu...

Cal essuie la lame couverte de jus de concombre sur son pantalon et j'esquisse un sourire forcé avant de me diriger vers l'endroit où j'ai vu Burn.

Il a gratté un message sur la surface du toit. *Retrouve-moi. Une heure. Même ruelle. Important.*

Tremblant de tout mon corps, je m'éloigne du message et retourne auprès de Cal.

Burn est une bombe à retardement que je dois désamorcer et je n'ai pas le temps de rentrer chez moi avant le rendez-vous dans la ruelle. À mi-chemin, j'arrête Cal juste avant un pont et je l'entraîne sur un bord de fenêtre obscur, quelques étages au-dessus du sol. Se méprenant clairement sur mes intentions, il m'attire contre lui et me serre si fort que mes pieds quittent le sol. Collée contre son corps ferme et chaud, j'oublie presque pourquoi je me suis arrêtée. L'idée de Cal me semble excellente et je me coule dans ses bras.

Un grondement résonne dans sa poitrine.

— Je suis si heureux avec toi.

Il pose ses lèvres sur mon cou. Même si la sensation est agréable, je me dégage.

— Bonne nuit.

Il rit.

— Pas question.

Ses lèvres vont de mon cou à ma mâchoire, puis à mes lèvres, et je ne peux pas me détourner, pas sans le repousser. Nous risquerions de tomber dans le vide. Ce baiser me procure un vif plaisir et, forcée de refuser ce qu'il demande, je caresse l'alliance de ma mère.

Lorsque ses lèvres se détachent des miennes, Cal a les joues tachetées de rouge, le regard plus sombre, la respiration rapide, superficielle.

— Quelque chose ne va pas ?

Je secoue la tête, mais, à force de me tortiller, je parviens à créer entre nous un espace de deux ou trois centimètres.

— Hé ! tonne une voix en provenance de l'amorce du pont.

Par-dessus l'épaule de Cal, je vois un Conf qui nous lance un regard furieux. Cal s'adosse au mur, juste à côté de moi.

— Qu'est-ce qui se passe, là-bas ?

Le Conf tend la main vers son pistolet à impulsion électrique et son armure métallique produit un bruit de ferraille.

— Nous avons un permis, lance Cal.

Nous levons nos bras pour qu'il voie les bracelets à nos poignets. Le Conf fronce les sourcils.

— Un permis de fréquentation n'excuse pas l'outrage public à la pudeur. Vous n'avez pas lu le manuel de P et P ? Il y a des enfants qui vivent sur ce pont, ajoute-t-il en sortant un mini-ordinateur d'une poche de son ceinturon. Numéros d'employés ?

Je prends une profonde inspiration. Si on m'arrête, Drake est fichu. Je regrette de ne pas avoir abandonné Cal sur ce toit pour aller tout droit retrouver Burn. Bizarre que, en ce moment, il ne me semble plus aussi dangereux.

— Écoutez, dit Cal en s'avançant vers le Conf. Vous pourriez faire une exception?

Il révèle l'intérieur de son poignet.

Le Conf sort une petite lampe rechargeable qui semble défectueuse. Elle éclaire le poignet de Cal d'une faible lueur bleutée et le Conf redresse la tête en grognant.

— Quelqu'un comme *vous* devrait le savoir, dit-il.

J'ai du mal à cacher ma surprise. De toute évidence, la Direction appose une marque sur le poignet des membres du CJÉ.

— Oui, monsieur l'agent, lance Cal en carrant les épaules. Ça ne se reproduira plus.

Le Conf range son mini-ordinateur.

— Le Havre est synonyme de sécurité. Respectez les P et P. Donnez l'exemple.

Puis, en baissant la voix, il ajoute:

— Surtout dans un secteur comme celui-ci.

Cal hoche la tête et je m'interroge sur le sens des dernières paroles du Conf. D'accord, il s'agit d'un pont densément peuplé et il y a des enfants, mais le dégoût dans sa voix était manifeste. Si nos parents faisaient partie de la Direction ou que nous habitions un quartier plus huppé, Cal et moi pourrions nous embrasser où bon nous semble, j'en suis certaine.

— Circulez.

Le Conf s'engage sur le pont suspendu, privé d'au moins un de ses câbles initiaux. Sous le poids combiné de l'homme et de sa lourde armure, la structure tremble. Les rares curieux qui n'ont pas réintégré leur cabane à la vue du Conf s'arc-boutent pour amortir les vibrations.

Je me tourne vers Cal.

— Mieux vaut que nous rentrions chacun de son côté.

— C'est absurde. Il sait que je suis membre du Comité.

Cal bombe légèrement le torse. Malgré tout, je vois bien qu'il est troublé à l'idée que nous avons failli être arrêtés.

— Je me débrouillerai toute seule, dis-je en souriant pour le rassurer et réprimer mes véritables émotions. Et, de toute évidence, je ne sais pas me tenir.

Il éclate de rire et se frotte le menton.

— Tu as peut-être raison.

Il baisse la tête vers moi.

— J'espère que personne ne m'a vu montrer ma marque.

— Ta marque?

Décidant qu'il vaut mieux feindre l'innocence, je penche la tête.

— Vas-y en premier, dis-je, tandis qu'il réfléchit à l'opportunité de s'expliquer. Je te suivrai dès que tu auras disparu.

Le Conf m'a rendu service. Je me demande ce que ce Burn espère gagner en m'envoyant un faux message de la part de mon père. Et c'était forcément un faux. Personne ne survit à une liquidation et j'ai vu mon père se faire expulser du dôme. Les caméras se sont éteintes peu après l'entrée en scène des Déchiqueteurs. S'il n'est pas mort, c'est qu'il est devenu l'un d'eux. Or, un Déchiqueteur n'aurait pas pu écrire ce mot.

Pour me calmer, je caresse l'alliance. Le but de Burn n'est sûrement pas de me faire chanter. Je n'ai aucun bien de valeur, que des secrets. Sur ce plan, me semble-t-il, nous sommes sur un pied d'égalité, lui et moi. Ce type-là n'est certainement pas Normal.

Je vais l'acculer au pied du mur, lui dire que je sais qu'il est Déviant, que j'ai des contacts au sein de la Direction, lui faire comprendre que je représente pour lui une menace.

— Sois prudente, dit Cal en se penchant pour m'embrasser.

Me détournant, je lui tends la joue.

— Compte sur moi, dis-je. Et merci pour ce soir. Pour le concombre, surtout. C'était délicieux.

Il sourit de toutes ses dents.

— J'étais sûr que ça te plairait.

Il appuie son épaule contre le mur.

— Je vais gravir les échelons au sein du CJÉ. Si je réussis les examens d'entrée du programme de formation des agents de conformité, nous aurons plein de légumes frais.

— Super.

J'ai mal au visage à force de sourire. Et je ne saurais dire si l'agitation nerveuse qui me retourne l'estomac et grimpe le long de mon échine s'explique par l'idée du mariage ou par la certitude que j'ai qu'il s'agit d'un rêve impossible.

CHAPITRE SEPT

Les nerfs en boule, je jette un coup d'œil dans la ruelle où j'ai vu Burn pour la première fois. Pour me rassurer, je me dis que je risque moins en venant à sa rencontre qu'en le laissant me suivre. Je mets ma main en visière pour protéger mes yeux contre l'éclat des lumières qui brillent au fond, là où la ruelle débouche dans le Centre. Aucun mouvement.

Malgré mes quinze minutes de retard, je ne le vois nulle part. En plus, l'heure du couvre-feu fixé pour les employés encore en FG est passée. Si on m'attrape, je risque d'être arrêtée une seconde fois ce soir.

— Tu es venue.

Au son de la voix grave de Burn, je me retourne, estomaquée. Je recule de quelques pas pour agrandir la distance entre nous. Comment a-t-il pu s'approcher à mon insu ? Je déteste ce type à cause du malaise qu'il suscite en moi, je déteste sa façon de montrer que je suis moins consciente de mon environnement que je me plais à le croire.

Je sens monter le ressentiment qui déclenche la malédiction. Au lieu de tenter d'éteindre les étincelles dans mes yeux, je regarde Burn droit dans les siens, permets que le ressentiment se transforme en colère. En concentrant mes pensées sur son ventre, j'esquisse un mouvement de torsion.

La douleur se lit sur son visage.

Abasourdie, je baisse les yeux sur le petit trou dans ma chaussure, juste au-dessus du gros orteil. Malgré le vertige qui me menace, je parviens à me maîtriser.

J'ai réussi. Je lui ai fait mal. Ainsi, mes soupçons se confirment : les effets de mes pouvoirs ne se font pas sentir que sur les rats. Ma malédiction affecte aussi les humains.

Et Burn est un humain grand format.

Il hausse ses lourds sourcils foncés.

— Hector ne ment pas : tes pouvoirs sont considérables.

Je chancelle. Le prénom de mon père m'a touchée à la façon d'un direct à l'estomac. Je n'y avais pas pensé depuis des années. Peut-être même l'avais-je oublié. C'était ainsi que ma mère l'appelait, voilà tout. Pour moi, il a toujours été « papa », puis « le meurtrier ».

Le prénom de ma mère, Anna, surgit dans ma tête, et mon pouce se pose sur son alliance. Je veux être comme elle, et non comme mon père. Pour survivre, cependant, j'ai besoin des traits des deux.

Burn se rapproche. Sentant que je risque de filer, il m'attrape par le bras. Pas si bête.

— Oui, je suis puissante, lui dis-je. Tu as intérêt à ne plus jamais t'approcher de moi.

Il me tire vers lui.

— Je suis puissant, moi aussi, fillette.

Sur mon bras, sa main serre fort, très fort, si fort que je risque d'avoir un bleu. Je me débats, puis je lève les yeux sur les siens.

— Je ne suis pas une fillette. Depuis trois ans, je m'occupe de mon frère. Toute seule.

Il desserre son emprise, sans toutefois me libérer.

— Je sais.

Je ravale la peur qui colore mon indignation.

— Laisse-moi tranquille.

Je le regarde dans les yeux. Cette fois, il a le bon sens de me lâcher. Je détourne mon regard.

Il recule d'un pas, fouille les poches de son grand manteau et en sort des lunettes aussi foncées que les masques que les Confs portent à l'Extérieur. Bizarres, les siennes, avec des cadrans de chaque côté. Elles lui voilent complètement les yeux.

— Écoute-moi bien, commence-t-il d'une voix égale et intense. Ton frère est en danger. Je dois le faire sortir du Havre.

Maintenant, j'en ai la certitude : il est cinglé.

— Quoi ?

— Tu m'as bien entendu.

— Rien ni personne ne peut vivre à l'Extérieur. Sauf les rats et les Déchiqueteurs.

— C'est ce qu'on veut vous laisser croire.

Ses longs cheveux foncés tombent le long de son visage et il les remonte d'un geste fort et puissant de la main. Je n'ai jamais rien vu d'aussi effrayant… ni d'aussi sexy. *Qu'est-ce qui me prend ?* C'est Cal que je veux. C'est Cal que j'aime.

— Qui ça, « on » ?

Malgré moi, ma voix tremble.

— Chut, dit-il en s'approchant et en baissant la voix. Je veux parler de la soi-disant Direction de cet endroit.

Mon cœur bat si fort que j'ai l'impression de l'entendre. Le sang-froid et le calme de Burn me perturbent. Je dois afficher une attitude semblable pour lui arracher des réponses et le convaincre de nous laisser seuls. J'ai beau l'avoir écouté, mes réflexions me semblent un casse-tête dans lequel aucun de ses propos n'a sa place.

Je caresse l'alliance avec tant de force qu'elle me semble chaude. Je dois néanmoins avouer que l'idée d'une vie au-delà du dôme m'intrigue. Il y a des années, mes grands-parents ont été parmi les heureux élus appelés à contribuer à l'édification du Havre. Ils ont ainsi échappé à une mort certaine. Les histoires d'Avant la poussière sont vagues, incomplètes et contradictoires. En parler en dehors des cours de FG constitue une infraction. Pourtant, si la Terre était autrefois tellement grande que des gens volaient dans les airs à bord de machines, il est inconcevable que nous soyons les seuls survivants. Les seuls qui aient trouvé le moyen de s'en sortir.

— Au nom de quoi devrais-je te croire ?

— Que tu me croies ou non, c'est sans importance.

Burn me domine et j'aperçois mon reflet dans ses verres.

Je serre les poings. Incapable de détourner les yeux, je me demande si c'est ainsi que les rats se sentent quand je les tiens en mon pouvoir. Burn ne sait *rien* de ma vie, *rien* de Drake, *rien* de moi.

— Pourquoi dis-tu que mon père est vivant ?

— Parce que c'est vrai.

— Il a été liquidé. Mis en pièces par les Déchiqueteurs.

— On vous a dit ça.

— Il est Déchiqueteur, c'est ça ?

J'ai beau haïr mon père, je préfère le croire mort que Déchiqueteur.

— Non.

— Bon, décide-toi, dis-je sèchement. Il est ou bien mort, ou bien Déchiqueteur. Ce sont les deux fins qui attendent les personnes exposées à la poussière.

— Encore un des mensonges de la Direction.

— C'est toi qui mens. Donne-moi une seule bonne raison de croire ce que tu racontes.

— Tu n'as qu'à ne pas me croire. Ton père m'a demandé de sauver ton frère. Pas toi.

Mon ventre se serre.

— Il n'a pas besoin qu'on le sauve. Je veille sur lui.

Il baisse les yeux sur moi et je vois ses fortes mâchoires tressaillir. Il ne répond pas.

J'ai envie de le frapper.

— Même si je croyais que mon père est encore vivant, ce qui n'est pas le cas, soit dit en passant, au nom de quoi faudrait-il que j'aie confiance en lui ? C'est un meurtrier.

Il remonte ses lunettes sur son front et je risque un bref regard. Quels yeux intenses et sombres !

Mes ongles s'enfoncent dans ma chair. Je ne desserre pas les poings pour autant. En ce moment, j'ai besoin de toute la colère que je peux mobiliser.

— Je connais des gens, dis-je à Burn. Des gens importants. Des gens qui pourraient te faire arrêter et liquider.

Les coins de sa bouche se retroussent.

— Tu veux parler de ton petit ami ? Le garçon du toit ?

Il se moque de moi. Je cherche son regard et, en pensée, je cible son cœur, mais il ferme les paupières et secoue la tête à temps. Puis il rouvre les yeux et me fixe d'un air furieux.

— Je suis plus difficile à tuer qu'un rat, hein ?

J'en ai le souffle coupé.

— Laisse-moi tranquille. Ne t'approche ni de Drake ni de moi. Sinon, tu vas voir avec quelle facilité je peux te tuer.

En le regardant droit dans les yeux, je concentre ma colère sur ses poumons, imagine leurs alvéoles spongieuses. Je serre, comprime l'air. Il a beau rester immobile, ne pas se débattre ni se détourner, je vois bien qu'il ressent la force de ma malédiction. Il essaie de reprendre son souffle, sa poitrine se soulève avec effort.

— Arrête, ordonne-t-il sur un ton bas et dur. Si tu me tues, ton frère mourra.

Je le quitte des yeux pour le libérer et il inspire difficilement à quelques reprises, tandis que je vacille, étourdie après avoir utilisé la malédiction pendant ces quelques secondes.

Il m'empêche de tomber.

— Doucement.

Je dégage mon bras.

— Je vais prévenir le ministère de la Conformité. D'ici quelques minutes, des Confs inonderont la ruelle.

Il m'agrippe par le bras.

— Ne fais pas ça.

Un feu brûle dans ses yeux et je sens la peur descendre le long de mon échine. Pourtant, je redresse les épaules.

Sur ses tempes, les veines se gonflent et son visage rougit. Avant même que j'aie conscience de bouger, mon dos heurte le mur derrière moi. Calme, Burn m'avait paru d'une grande intensité ; avec la colère qui monte en lui, il devient encore plus grand, plus large, remplit peu à peu le manteau jusque-là trop ample. La peur me comprime la poitrine, me paralyse un instant. Puis, mue par un élan d'adrénaline, je détale.

Je le heurte avec violence : il a couru plus vite que moi ou encore il a sauté par-dessus moi. Quoi qu'il en soit, son énorme corps me bloque le passage. Il me soulève par les épaules et me redépose un peu plus loin.

— Qui es-tu donc ? demandé-je, ma voix à peine plus qu'un murmure.

— Glory, dit-il en baissant ses yeux sombres. J'ai un don, comme toi. Nous sommes Élus.

— Élus par qui ? Pour quoi ?

Un rayon de lumière apparaît au bout de la ruelle.

— Qui est là ? crient des voix amplifiées.

Burn glisse son bras fort autour de ma taille.

— Accroche-toi.

En me tenant fermement, il bondit, attrape une poignée pendant au-dessus de nos têtes. Un déclic résonne et nous nous élevons de plus en plus vite. L'air siffle dans mes oreilles, oblitère les cris des Confs en dessous. J'ai les bras noués autour du cou de Burn, bien que je ne me souvienne pas de les y avoir mis.

L'objet auquel il se cramponne, quel qu'il soit, nous hisse le long de la paroi, si vite que la surface s'estompe. Près du toit, nous décélérons et, avant même que nous soyons immobilisés, il me dépose sur une sorte de plate-forme métallique.

— Debout.

Il décroche le machin qui nous a tirés jusque-là et l'attache sous son manteau.

À l'instant où je me lève, il me saisit et m'écrase contre lui. Puis il saute au-dessus de la rue et nous atterrissons lourdement sur le toit d'en face, le gravier crissant sous ses bottes.

Pendant qu'il court, je sens ses muscles se presser contre moi. Jamais je n'aurais pu imaginer qu'un corps aussi ferme qu'un mur de béton puisse se mouvoir avec autant de fluidité.

— Qu'est-ce qui se passe ?

Je suis à bout de souffle et les mots sont à peine audibles.

— Là-haut ! Il est cerné !

Les voix des Confs retentissent dans le noir, se répercutent sur les murs et le ciel. Je n'arrive pas à les repérer, malgré les faisceaux de leurs lampes de poche que reflètent les ponts et les immeubles. Cherchant à m'orienter, j'aperçois, sur ma droite, les murs gris et aveugles de l'immeuble de la Conformité. À partir de la ruelle, nous sommes allés vers le nord. Ma mansarde est au sud-ouest.

— Prête ?

— Où allons-nous ?

Sans me répondre, il s'élance. Nous atterrissons sur un autre toit et il reprend sa course. C'est à peine s'il a ralenti.

— Tu m'étrangles.

Je lâche son cou et rectifie ma position. Mes bras ne sont pas assez longs pour enserrer sa large poitrine. Il saute et je m'accroche, mes doigts cramponnés à son manteau.

Nous atterrissons sur un autre toit, au moins deux étages plus bas, et il pousse un grognement. L'impact est si violent que j'en ai mal aux dents.

Sans même reprendre son souffle, il court et saute de nouveau. Nous survolons une autre ruelle.

En plein ciel, je glisse de quelques centimètres et j'ai peur que sa poigne se relâche. Non, pourtant. Comme soudé à ma taille, son bras me serre contre son corps chaud.

Nous nous posons.

— Aide-moi un peu.

Il rajuste son emprise sans cesser de courir. Je bloque mes jambes autour de ses côtes et m'accroche à ses épaules.

Il saute, saute encore, saute toujours, et je résiste à l'envie de fermer les yeux, tandis que nous traversons le Havre en volant presque d'un immeuble au suivant, tant de fois que j'en perds le compte. Incertaine de notre position, je cherche des points de repère.

Un projecteur nous intercepte, m'aveugle un instant.

— Crotte.

Burn dérape sur un toit, ses bottes glissent sur le gravier fin et le bord de l'immeuble s'approche à toute vitesse. Nous allons plonger.

Nous nous immobilisons. Plus rien entre nous et l'étroite ruelle, de nombreux étages plus bas. Burn chancelle, agite follement son bras libre.

En vain.

Ses muscles se contractent et nous dégringolons.

Pendant notre chute, j'ouvre la bouche pour crier, mais aucun son n'en sort. Je ferme les yeux, me prépare à la fin.

C'est plutôt un fracas métallique, suivi du grincement strident du métal frottant contre du métal, qui me remplit les oreilles. D'où peut-il venir? Je commence à glisser. Burn resserre sa poigne. Son bras se tend. Levant les yeux, je me rends compte que nous ballons dans le vide. L'autre bras de Burn s'accroche à une échelle fixée au mur de l'immeuble opposé à celui d'où nous sommes tombés.

— Tu peux grimper?

Sans attendre ma réponse, il me hisse sur l'échelle.

— Va. Cours. Cache-toi. Je te trouverai.

Sur ces mots, il se laisse tomber.

Je sens un frisson parcourir mon corps. Les ténèbres l'enveloppent et je ne le vois pas atterrir. J'ignore même s'il a survécu. Je serre l'échelon si fort que mes jointures blanchissent.

Sous moi, le faisceau d'un projecteur balaie la paroi de l'immeuble. Je grimpe et me faufile dans le premier espace ouvert que je croise, un couloir étroit où des portes sont aménagées environ tous les deux mètres. Il n'y a pas de lumière, mais des odeurs de cuisson confirment qu'il s'agit d'un immeuble résidentiel. Comme je ne détecte aucun mouvement, je m'assieds, la tête en appui sur le mur, haletante, les mains à plat sur le sol en bois.

Que s'est-il passé? Je ne savais même pas qu'il existait des Déviants aussi forts que Burn. Ma taille, là où il me tenait, est un peu endolorie. Cela dit, il avait indéniablement l'intention de me sauver, et non de me blesser. Non pas que j'aie confiance en lui. Je ne peux pas me le permettre.

J'entends un bruissement derrière une porte, de l'autre côté du couloir.

Je me relève et détale. Puis le bout de ma chaussure s'accroche à je ne sais quoi. Mon estomac se retourne et je plonge tête première sur les lattes. La douleur explose dans mes bras et mes genoux, mais je ne peux me payer le luxe d'inspecter les dommages. Une porte s'ouvre derrière moi. Alors je me remets sur pied et j'avance en boitant dans l'espoir de trouver un escalier ou un pont au bout du couloir.

Une autre porte s'ouvre. Une femme me fait signe d'entrer, mais je secoue la tête. C'est peut-être une Vérificatrice.

J'aperçois une faible lueur, au bout du couloir. Tant bien que mal, je m'avance vers elle. Enfin arrivée, je manque de perdre l'équilibre. J'aperçois la terre ferme, au moins quinze étages plus bas. Au-dessus de ma tête, le ciel, incliné vers la gauche, est haut et assombri pour la nuit. Étant donné sa position et son inclinaison, je dois être à environ quatre cents mètres à l'est du Centre.

À mes pieds, une corde solide est attachée à une poutre. Comme il n'y a pas d'autre solution, je me penche et je me retourne, puis j'agrippe la corde et je descends le long du mur. Deux étages plus bas, l'immeuble change de configuration et je me retrouve ballant dans le vide, à près de deux mètres de la paroi. Même en me balançant, je ne peux utiliser ni le mur ni mes pieds pour m'aider. Je me laisse descendre, une main sous l'autre, et je cherche des ouvertures dans le noir.

Mes pieds heurtent un nœud et je me repose un moment avant de reprendre ma descente. Sauf que le nœud marque la fin de la corde. Je n'ai plus d'issue. À la force de mes bras, je remonte un peu, essaie de reprendre appui sur le nœud avec mes pieds, mais mes muscles refusent d'obéir. Ils brûlent et crient. Et mes mains sont poisseuses, à cause de la sueur à laquelle se mêle peut-être aussi du sang.

Je regarde autour de moi. Pas la moindre ouverture. Je regarde en bas. Rien.

Des crampes dans les mains, je me laisse glisser. Mes pieds se balancent dans le vide. Ma gorge se noue. Pourtant, je ne peux pas abandonner.

À quoi sert une corde qui ne mène nulle part ? À rien. Et, dans le Havre, on ne gaspille ni bout de corde, ni morceau de ferraille, ni chute de tissu.

Tournant la tête, je scrute les ténèbres. Si je me balance et que je me propulse vers le mur, j'atterrirai sûrement sur une sorte de corniche. Pourtant, je n'en vois pas. L'immeuble voisin est trop loin et, même si je pouvais l'atteindre, il me donne l'impression d'être en béton lisse.

Baissant les yeux, je crois détecter une faible lueur reflétée par une surface, à seulement quatre ou cinq mètres. Clignant rapidement des yeux, puis les plissant, je tente d'y voir clair, mais tout a sombré dans l'obscurité.

Mes mains glissent. Paniquée, je les laisse descendre jusqu'au nœud. Mes paumes brûlent, j'ai des crampes dans les doigts. Je ferme les yeux pour mieux réfléchir. Attendre que la lumière du soleil révèle ce qui se trouve sous moi ? Non. Des Confs viendront forcément faire une ronde de ce côté. Je ne tiendrai plus longtemps. De toute façon, je dois rentrer auprès de Drake. Il y a forcément quelque chose sous cette corde.

Je la lâche et tombe.

Bang. Mes pieds heurtent un objet qui produit un fracas métallique. Je sens une douleur cuisante dans ma cheville. Je me la suis foulée, mais, au moins, j'ai atterri quelque part. Et je suis vivante. Ma gorge se serre. Que serait-il arrivé à Drake si j'étais morte ou qu'on m'avait arrêtée ? Je ne peux me permettre de ressasser de telles idées. Pas maintenant.

M'accroupissant, j'explore à tâtons mon nouvel environnement. Sous mes pieds, des lattes de métal. Je suis sur un balcon ou une plate-forme. À quatre pattes, je trouve le mur, puis une feuille de bois bouchant une fenêtre. Elle refuse de bouger, ce qu'explique la présence d'une chaîne et d'un cadenas.

Merveilleux. Rampant toujours, je regagne le bord du balcon, où je découvre un levier. Mon cœur s'emballe au moment où ma main rencontre ce qui, je le jurerais, est le sommet d'une échelle qui descend de cette plate-forme.

Je tire sur le levier et un bruit métallique résonne dans cette paisible ruelle. Sans aucun moyen de noyer ce vacarme, je descends l'échelle en vitesse. Je dois m'éloigner au plus vite. Je n'ai vraiment pas besoin qu'un voisin sorte voir ce qui se passe ou, pis encore, prévienne les Confs.

En bas de l'échelle, l'obscurité règne toujours. Mes yeux, cependant, se sont assez bien acclimatés et j'aperçois le haut de ce qui est sûrement la porte de l'immeuble. Le sol n'est sans doute plus très loin.

Je me laisse choir et j'atterris en pliant les genoux pour amortir le choc. Ma cheville proteste, au même titre que mes égratignures. Au moins, j'ai touché terre. Le soulagement a beau inonder mon corps, je ne peux me reposer. Après tous les bonds de Burn, je ne sais plus du tout où je suis, mais je mettrai peu de temps à m'orienter. Je parviendrai peut-être à rentrer saine et sauve. Je me demande si Burn a eu autant de chance.

Quelle différence, au fond ? S'il est liquidé, nous serons plus en sécurité, Drake et moi.

Je ne peux toutefois pas compter sur son arrestation. Et il sait sûrement où nous habitons. Je dois trouver un endroit où cacher Drake.

Mais il y a pire. Burn n'est pas le seul danger qui nous guette. Quelqu'un, au sein de la Direction, est au courant pour Drake. Cal croit être en mesure de nous prévenir à temps, mais c'est trop hasardeux. Je ne peux pas risquer la vie de Drake sur la seule foi des promesses de Cal.

Nous ne sommes plus en sécurité.

CHAPITRE HUIT

En sueur, le cœur battant, je suis en dehors du dôme, encerclée par des Déchiqueteurs. Ils m'ont attrapée. Je me débats, et quelqu'un m'agrippe par l'épaule.

— Hé, chuchote une voix familière, tu rêves.

Je cligne des yeux, tandis que la lumière envahit l'espace. Les angoisses de la nuit dernière, marquée par les Confs qui nous ont poursuivis et la rencontre avec Burn, ont visiblement eu un effet sur mes rêves. Mais je suis en sécurité dans notre chambre. La main sur mon épaule est celle de Drake. Torse nu, il a une tasse d'eau et un linge à côté de lui. Il faisait sa toilette.

Tandis que je m'éveille peu à peu, je fixe son front en implorant mon cœur de ralentir.

— Ça va ? demande-t-il d'une voix qui trahit l'inquiétude. Quand tu es rentrée, je dormais.

— Ça va.

Je baisse les yeux en grimaçant. Ma cheville est violette et enflée, mes mains et mes genoux éraflés ont laissé des taches de sang sur ma couverture. Elles ne partiront jamais, même si je lave la literie aujourd'hui, ce qui est impossible : on m'attend en FG.

— Tu n'as pas respecté le couvre-feu, dit Drake en tendant la main vers sa chemise.

— Et alors ?

J'oblige ma cheville à décrire de petits cercles en essayant de bloquer la douleur et d'étouffer les émotions suscitées par le rêve.

— Ne cours pas de risques stupides, Glory.

La colère monte en moi et je le fixe dans les yeux. Aussitôt, son armure apparaît : son torse se couvre d'écailles d'acier. Je baisse les yeux, honteuse.

Il se hisse sur son matelas en se détournant, les bras croisés sur la poitrine.

— Pas la peine de me faire du mal.

— Pardon.

Il pivote sur lui-même.

— Ça ne suffit pas ! Tu dois apprendre à te maîtriser.

Bondissant, je réprime un cri, tandis que ma cheville proteste.

— Comme tu parviens, toi, à maîtriser ta Déviance ?

Il serre les mâchoires.

— Moi, au moins, je ne viens pas d'essayer de te blesser.

La culpabilité me monte à la gorge.

— Désolée. Tu sais bien que je ne te ferais jamais de mal. Laisse tomber, d'accord ?

Il hoche la tête au moment où on frappe à la porte. Jayma, sans doute. Mais si c'était Burn ? Je n'aurai peut-être pas le temps de déplacer Drake, en fin de compte.

— Qui est là ?

— Glory ?

C'est Cal.

— Ouvre-moi.

Je me retourne. Déjà, Drake enfile sa chemise à manches longues, bien que son armure ait disparu. Il tire sa couverture sur ses jambes afin qu'elles aient l'air normales.

— Une minute.

Je lisse mes cheveux, puis je me gronde intérieurement. Est-ce bien le moment de me préoccuper de ma coiffure ?

— Éteins, dis-je à voix basse.

Drake obéit et, en prenant de petites inspirations, je boitille jusqu'à la porte, que j'entrouvre. Cal est adossé au mur, sa chemise bien ajustée sur ses bras musclés. Il veut entrer, mais, une main sur sa poitrine, je le repousse et, par l'entrebâillement, je sors dans le couloir.

— Salut.

Au son de sa voix grave et rauque, je sens un frisson me parcourir. Je n'arrive pas à croire que, malgré les circonstances, j'aie envie qu'il m'embrasse de nouveau.

— Pourquoi est-ce que tu viens ici ? demandé-je.

La peine et la stupeur se lisent dans ses yeux.

— Désolée. Ce n'est pas ce que j'ai voulu dire. On m'attend en FG.

— Tu as encore quelques minutes. Il faut que je te parle, chuchote-t-il en regardant autour de lui. Entrons.

Je secoue la tête. Il grimace et dit :

— Viens chez moi, dans ce cas.

Il me prend par la main et m'entraîne.

— Qu'est-ce qu'elle a, ta cheville ? demande-t-il en s'arrêtant. Je n'aurais jamais dû te laisser rentrer seule.

Maintenant que nous sortons ensemble, j'ai la responsabilité de veiller sur toi. J'ai manqué à mes devoirs.

— Je me suis blessée *après* être rentrée.

Je m'étonne de la facilité avec laquelle je mens. C'est mal.

Se penchant, il soulève mon bras et le fait passer sur ses épaules, puis il enserre ma taille. J'avoue qu'il est plus facile de marcher avec son soutien, même si nous devons nous déplacer de côté.

Dans le couloir suivant, nous tombons sur Jayma. Elle a retroussé sa manche, sans doute pour mieux exhiber son nouveau bracelet. Son visage rayonne de bonheur.

— Prête pour la FG ? demande-t-elle, la tête inclinée. Tu ne travailles pas, aujourd'hui, Cal ?

— Congé, répond-il. Et Glory aura peut-être quelques minutes de retard. Dis à votre professeur…

Il s'interrompt.

— Non, ne lui dis rien du tout, conclut-il.

— Tu vas avoir des ennuis. Si Mme Cona te donne une mauvaise évaluation, ton placement va s'en ressentir. Ça risque de te suivre toute ta vie.

Parfois, Jayma ressemble tellement à sa mère que la mienne me manque.

J'aimerais bien pouvoir demander conseil à maman. Elle saurait à qui je peux me fier et m'aiderait à voir clair dans mes sentiments pour Cal. Comment puis-je devenir de glace à l'idée de le savoir dans le CJÉ et brûler de fièvre dès qu'il s'approche de moi ?

Je prends les mains de Jayma.

— J'arrive tout de suite. Je dois juste dire un mot à Cal. Vas-y, toi. Ne t'inquiète pas.

En ce moment, je me moque de l'affectation qui m'attend. Ménage, Égouts, Bureau du Président ? Quelle importance ! Compte tenu des événements des derniers jours, ma carrière est le cadet de mes soucis.

Jayma touche son permis de fréquentation et un doux sourire éclaire son visage.

— Je ne veux pas être en retard. Je vais rattraper Scout.

— Jayma ! crié-je en la voyant s'éloigner.

Je me tourne vers Cal.

— Une minute, d'accord ?

Il hoche la tête et je m'avance vers elle. Le mouvement réveille la douleur dans ma cheville.

— Qu'est-il arrivé à ta jambe ? demande Jayma.

— Ce n'est rien, dis-je en agitant la main. J'ai quelque chose d'important à te demander.

Je me penche vers elle.

— Promets-moi que, s'il m'arrive quelque chose, tu t'occuperas de Drake.

Elle se détache de moi et me regarde dans les yeux, comme si elle y cherchait la cause de ma requête. Je regrette de ne pas pouvoir lui parler de Burn, qui soutient que mon père est vivant, de ne pas pouvoir lui dire que Cal est membre du CJÉ. Je regrette par-dessus tout de ne pas pouvoir lui dire que je suis Déviante. Ces secrets, je ne peux les confier à personne.

— Pourquoi cette question ? demande-t-elle, son visage trahissant l'inquiétude. Cal a dépassé les limites fixées par le permis ? Tu veux que je prévienne les RH ?

— Non, non, rien à voir. Franchement. J'ai juste besoin de savoir que tu veillerais sur lui.

— Évidemment, répond-elle en serrant ma main dans la sienne. Tu peux compter sur moi, tu le sais bien.

Mon cœur déborde d'amour pour mon amie.

— Tu es sûre que ça va ?

Je hoche la tête.

— Vas-y. On se voit plus tard.

Elle m'embrasse sur la joue et s'élance dans le couloir.

Je me retourne. Cal s'approche et me prend dans ses bras.

— Ça ira plus vite comme ça, explique-t-il.

— Non, dis-je en poussant contre sa poitrine. Pose-moi. Si je ne me sers pas de ma cheville, elle va se raidir.

La vérité, c'est que je suis trop bien dans ses bras et que je ne peux laisser libre cours à mes émotions. D'autant que je sais maintenant que ma Déviance peut causer des torts aux humains.

Il me dépose, laissant son bras autour de ma taille. Par un dédale de couloirs, nous nous dirigeons vers l'appartement qu'il partage avec Scout et leurs parents. Il ouvre la porte et je me tourne vers lui, une question dans les yeux.

— Il n'y a personne.

Ses joues s'enflamment et sa frange tombe sur ses yeux, de la manière qui me plaît tellement.

J'entre. Leur appartement est presque trois fois plus grand que celui que nous habitons, Drake et moi, et il s'ouvre sur le dôme. Ils ont donc une vue imprenable sur l'immeuble voisin et le ciel incliné. Une rampe qui m'arrive à la taille court le long de l'ouverture, sans doute vitrée, autrefois, et j'espère qu'elle était fixée plus bas quand Cal et Scout étaient petits. Aux deux extrémités de la pièce, des paravents en tissu délimitent les espaces où dorment les membres de la famille, ce qui leur confère un minimum d'intimité. Il y a aussi une chaise avec des pieds en métal et un siège en plastique vert foncé. Quel luxe!

— C'est magnifique. Parlant d'appartement, ajouté-je en prenant une profonde respiration, il faut que je déménage.

— Comment ça?

— Maintenant que je connais l'existence de la liste dont tu m'as parlé. On viendra chercher Drake, ce n'est qu'une question de temps. Je ne peux pas le permettre.

Sans parler de l'autre raison, que je dois taire: Burn.

— Je te l'ai dit, insiste-t-il en posant ses mains sur mes épaules. Je veille sur votre sécurité, moi.

— Je sais que tu feras de ton mieux, mais…

Il secoue la tête.

— Vous devez rester ici. Ailleurs, je ne pourrai pas vous protéger.

— Mais…

Seule, je suis incapable de transporter Drake sur une longue distance. Avec l'aide de Cal, ce serait plus facile.

— Je déménage. C'est décidé. Tu me donneras un coup de main?

— Tu es en sécurité, ici, Glory. J'en suis certain.

— Comment peux-tu en être si sûr?

Il retire ses mains.

— Voilà justement ce dont je voulais te parler, répond-il en souriant. J'ai eu des renseignements par M. Belando.

Tu sais bien, le vice-président adjoint de la Conformité avec qui nous avons eu une conversation ?

Mon cœur cogne dans ma poitrine. Je recule d'un pas.

— Tu lui as raconté pour Drake ?

— Non, dit-il, manifestement blessé. J'allais te raconter hier soir, mais...

— Mais quoi ? demandé-je en croisant les bras sur ma poitrine.

— Je ne devrais pas parler des affaires du CJÉ, tu sais.

— Et pourtant, tu veux que je te fasse confiance.

Des taches rouges apparaissent sur ses joues.

— Je te raconte ou non ?

Je hoche la tête, les nerfs à fleur de peau.

— Hier, M. Belando a prononcé devant le CJÉ un discours dans lequel il a clairement exposé les priorités du ministère. On n'entend pas pourchasser activement les Parasites. Pas tant que le problème des Déviants n'aura pas été éliminé.

Il sourit comme si c'était la nouvelle du siècle et je me mords l'intérieur de la lèvre. Les mots « éliminé » et « problème » me blessent, bien que, depuis toujours, j'entende des expressions pareilles.

Ses doigts glissent sur mes bras jusqu'à mes mains.

— Tu vois ? Inutile de déménager.

J'étudie son visage, à la recherche de signes de duperie, et je n'en détecte aucun. Cal se croit capable de protéger Drake. Je ne peux toutefois pas me détendre. Pas tant que Burn représentera un danger.

Cal me prend dans ses bras.

— Tout s'arrange. Si je suis admis dans le programme de formation des Confs, nous pourrons nous offrir un appartement confortable à un niveau inférieur, où l'air est sain et frais. Peut-être même aurons-nous l'eau courante.

En ce moment, dans la relative sécurité offerte par les bras de Cal, je pourrais me laisser glisser dans un monde de rêve, m'en remettre entièrement à lui, croire qu'il est en mesure de protéger Drake. Je pourrais aspirer à une vie plus facile, à une vie normale. C'est pourtant impossible. Pour moi, pas de vie facile en vue.

Je serai toujours Déviante.

CHAPITRE NEUF

À cause de mon retard, Mme Cona, à la fin de la journée, m'oblige à rester après les autres. Jayma propose de m'attendre, mais je lui suggère de rentrer avec Scout. Se souvenant qu'ils sont désormais autorisés à marcher seuls ensemble, elle ne discute pas longtemps. Puis, en élève modèle, j'aide notre professeur à prélever la poussière de craie sur les murs et à ramasser les fragments tombés sur le sol. Ainsi, on pourra façonner de nouvelles craies pour les générations futures. Aussitôt qu'elle me libère, je rentre chez moi en courant.

Le front couvert de sueur à cause de ma cheville douloureuse, j'ouvre la porte et je fige.

Jayma est là. Je me glisse dans la chambre. Drake est assis sur son matelas, l'air préoccupé.

— Qu'est-ce que tu fais là ? demandé-je à Jayma.

Elle se lève brusquement.

— Je bavardais avec Drake. Il m'a invitée à venir le voir. Tu te souviens ? Je suis passée lui dire que tu étais retenue et qu'il ne devait pas s'inquiéter.

— C'est gentil de ta part, dis-je en lui faisant un câlin. J'ai été surprise, c'est tout.

Drake n'affiche toujours pas l'énorme sourire auquel je me serais attendue. Il est peut-être déçu que j'aie interrompu son premier tête-à-tête avec son béguin. J'ai l'impression qu'il cherche à me dire quelque chose. Veut-il que je m'en aille ?

Jayma, assise par terre, devant mon frère, lève les yeux sur moi. Le malaise de Drake s'accentue. Il a l'air tendu.

— Drake m'expliquait ces équations géométriques que j'ai complètement ratées au dernier examen. Pas étonnant que tu réussisses si bien, Glory. Si je devais tous les jours répéter les leçons à quelqu'un, je retiendrais peut-être quelques notions, moi aussi.

Elle sourit.

— Comme il ne peut pas accepter de placement, j'ai cru qu'il n'avait pas besoin de formation.

Elle s'interrompt et baisse les yeux.

Drake se racle la gorge pour attirer notre attention.

— Tu as vu mes derniers dessins, Jayma ?

Il montre du doigt la partie inférieure du mur d'en face. Au moment où elle se retourne, il me regarde et désigne le plafond d'un geste de la tête.

Levant les yeux, je tressaille. *Burn.*

Dos au plafond, il se maintient en suspension, les mains et les pieds appuyés sur les murs opposés de notre chambre de moins de deux mètres. Regardant vers le bas, il secoue la tête et indique Jayma du regard. Je me laisse tomber sur le matelas.

Par miracle, elle ne l'a pas aperçu, sans doute grâce à nos plafonds hauts de plus de trois mètres. L'un des avantages de vivre dans les Mans. Je dois la distraire, m'assurer qu'elle ne regardera pas en l'air. Je tousse.

Elle se tourne et pose la main sur mon épaule.

— Tu n'as pas attrapé quelque chose, au moins ?

— Tu devrais peut-être nous laisser, dis-je en toussant de nouveau, les nerfs à vif. Si je suis malade, je ne voudrais surtout pas te contaminer.

Je caresse l'alliance.

Elle se lève et pose une main sur mon front.

— Tu es toute rouge.

— C'est gentil de t'être arrêtée, dis-je d'un ton enjoué en me tournant vers la porte.

Son sourire s'efface.

— Tu essaies de te débarrasser de moi ?

— Il faut que je me repose. J'ai mal à la cheville.

— Je croyais que tu préférais la garder en mouvement.

— Elle est fatiguée.

À force de me retenir de regarder au plafond, j'ai des crampes dans le cou.

— À bientôt, Jayma, dit Drake. Merci d'être venue.

Flanquer Jayma à la porte doit lui briser le cœur.

— Je vais aller voir si Scout a fini ses corvées.

Les lèvres de Jayma sourient, mais pas ses yeux. Elle est blessée et je ne vois pas comment réparer les pots cassés. En ce moment, j'ai des problèmes autrement plus sérieux sur les bras, notamment un garçon énorme et effrayant accroché à mon plafond.

Dans l'embrasure de la porte, Jayma s'arrête et me glisse à l'oreille :

— Qu'est-ce qui ne va pas avec ton frère ?

Elle plisse le front.

— Il m'invite à passer le voir plus souvent. Puis, quand je viens, il est tout bizarre, comme si je le dérangeais.

Je sors dans le couloir.

— Ce n'est rien du tout, j'en suis sûre.

J'espère que ma voix n'est pas aussi tendue qu'elle me le semble.

— Je vais tirer ça au clair.

Elle me serre le bras.

— Attention à toi aussi.

Elle m'embrasse sur la joue et me serre contre elle.

Si je m'écoutais, je me liquéfierais dans ses bras. Au contraire, je me raidis pour qu'elle me libère, puis je rentre dans notre chambre, terrifiée à l'idée que Burn ait pu tuer Drake. L'intrus, cependant, est adossé à un mur, en propriétaire des lieux.

Folle de rage, je le regarde droit dans les yeux. Futé, il se détourne.

— Laisse mon frère tranquille.

— Ça va, dit Drake, comme si la présence de Burn chez nous était la chose la plus naturelle du monde. C'est papa qui l'envoie.

— Nous n'avons pas de papa.

Drake s'appuie sur ses bras et regarde Burn. On dirait deux vieux amis se demandant quoi faire de moi.

Désemparée, je fixe le mur, examine le minutieux dessin des rues et des immeubles entourant le Centre réalisé par Drake. Qu'il gratte des dessins aussi complexes avec ses ongles et se souvienne avec autant de précision de lieux qu'il n'a pas vus depuis ses dix ans m'impressionne. Il sera déchirant d'abandonner ces œuvres. En revanche, les murs de notre nouveau chez-nous lui serviront de toiles vierges.

Burn se détache du mur.

— Réunissez autant d'eau et de nourriture que possible. Pour le reste, tenez-vous-en à l'essentiel. Cette nuit, la lune est dans sa phase la moins visible. Nous bénéficierons donc d'une bonne couverture. Nous partons à quatre heures du matin, au moment de la relève des Confs. Je transporterai Drake dans mes bras. Glory, tu te débrouilleras toute seule.

— Tu veux qu'on réunisse nos affaires pour aller où, au juste ? demandé-je.

— Je vous mettrai au courant plus tard.

— Tu vas me le dire maintenant.

Il m'ignore et, oubliant ma cheville, je fonce vers lui d'un pas lourd.

— Tu n'es pas notre patron.

— Merde. Quand t'es-tu blessée ?

Faisant fi de son langage – le gros mot qu'il a employé contrevient carrément aux politiques –, je me campe plus fermement sur ma cheville douloureuse.

— Nous n'irons nulle part avec toi.

— Moi, oui, déclare Drake, dont la voix se casse.

Il répète les mots d'une voix d'adolescent plus grave.

— Moi, je pars avec lui, que ça te plaise ou non.

— Ne dis pas de bêtises. Il va te tuer.

— Je ne vais pas passer le reste de ma vie dans cette pièce minuscule.

M'accroupissant, je pose mes mains sur les épaules de mon frère.

— Tu préfères donc mourir ?

Je le secoue un peu, mais le haut de son corps est si robuste qu'il bronche à peine. Avec un peu de chance, mes paroles auront plus d'effet. Il verra la situation d'ensemble.

Drake pose la main sur mon bras.

— Il faut que je parte d'ici. Même si je dois y laisser la vie.

J'ai le cœur brisé. J'étudie ses yeux à la recherche de sens cachés, tout en caressant l'alliance par mesure de précaution. Drake, cependant, semble sincère et résolu à partir. *Pourquoi ?*

Je me tourne vers Burn.

— Tu as le pouvoir de mettre des pensées dans la tête des autres ?

Je n'ai aucune idée des limites de la Déviance de Burn.

Il se redresse et croise les bras sur sa poitrine. Le tissu de son manteau se tend sous la pression de ses muscles.

— Et toi ?

Il hausse un sourcil.

Je me retourne vers mon frère en essayant de rester calme.

— Au nom de quoi te fierais-tu à cet inconnu, Drake ? Je suis ta sœur. Celle qui t'aime. Celle qui s'occupe de toi. Et tu ne resteras pas dans cette petite pièce jusqu'à la fin de tes jours. Nous allons déménager. J'ai trouvé quelque chose de plus grand, dans un coin plus beau, avec une fenêtre et plus de lumière.

C'est ce que j'espère, même si ce n'est pas tout à fait la vérité.

Burn grogne.

Je pivote sur mes talons.

— Je veille sur lui depuis trois ans. Nous n'avons pas besoin de toi.

Burn sort une montre de l'une des nombreuses poches de son pantalon. Je n'ai encore jamais vu un non-membre de la Direction avec sa propre montre. Il l'a sûrement volée.

— À quatre heures. Soyez prêts.

Il ouvre la porte d'un coup sec, brisant ses charnières, sort et la fait claquer derrière lui.

Je cours jeter un coup d'œil dans le couloir. Bien que quelques secondes à peine se soient écoulées, il s'est volatilisé.

Me penchant, je pose mes mains sur mes genoux et prends de profondes inspirations. Drake a raison : sa vie, en ce moment, n'a rien de très réjouissant. J'aurais dû m'en rendre compte plus tôt. Cela dit, je ne peux me fier aveuglément à ce garçon qui affirme que notre père est toujours vivant. Pas si d'autres possibilités s'offrent à moi.

Des pas retentissent sur ma droite. Je m'accroupis, feins d'épousseter mes chaussures. Je ne lève même pas les yeux pour regarder le visage du propriétaire des bottes brunes et rapiécées qui passent devant moi et donnent l'impression d'être en usage depuis des générations.

Je dois trouver un autre logement. Vite. Quel est le plus grand danger ? Les Confs ou Burn ?

Les yeux baissés, je supplie le responsable des logements à louer sur le toit.

— J'ai seulement besoin d'un petit espace.

Il est presque dix heures, la lumière du soleil s'est estompée il y a longtemps et l'heure du couvre-feu est passée. Je n'ai plus de temps et plus d'argent : j'ai dû céder vingt points de rationnement pour qu'on m'oriente vers ce ramassis de taudis qui sentent l'urine, les vêtements sales et le désespoir.

Il faut ce qu'il faut.

— Rien de disponible, dit l'homme en caressant sa longue barbe grise. Rien du tout.

Je balaie des yeux l'assemblage hétéroclite d'appentis et de boîtes que les habitants du toit considèrent comme des logements.

— Et là-bas, au bout ?

La lumière émanant du bel immeuble d'en face compenserait l'absence d'électricité. Je n'ai toujours pas compris comment les gens d'ici se débrouillent pour cuisiner. L'idée de manger de la viande crue me répugne. Bon, chaque chose en son temps.

— Pas moyen de construire de ce côté, dit l'homme. Trop exposé.

Me saisissant le menton, il me force à le regarder.

— T'es une espionne ? Une des filles du CJÉ ?

Je secoue la tête et ses doigts rugueux resserrent leur emprise. Je me doutais bien que cette résidence sur le toit était officieuse et remplie de Parasites. J'en ai maintenant la confirmation.

Il m'agrippe par les épaules et ses doigts osseux s'enfoncent dans ma chair.

— Parce que, si tu me dénonces, je te jette en bas.

— Je vous promets que non.

Cet homme s'illusionne s'il croit que les Confs ne savent pas où il est. Le plus probable, c'est qu'il soudoie un Conf corrompu. Le nombre d'employés du Havre qui habitent des lieux officieux augmente chaque année. Il y a pénurie de logements. En gros, les Confs ferment les yeux sur ces habitations illicites. Chaque année, ils se contentent de nettoyer une ou deux des nombreuses colonies établies sur les toits ou les ponts, question d'entretenir le climat de terreur.

— Faut que tu me donnes une raison de te faire confiance, petite, dit l'homme en malaxant mes biceps. T'as même pas peur de moi.

Je m'efforce d'écarquiller les yeux et d'avoir les lèvres tremblantes. Qui aurait cru que ma capacité à cacher mes émotions avait aussi des inconvénients ?

— Je vous en prie, je suis orpheline. Mon propriétaire, il… bredouillé-je, mes lèvres tremblant un peu plus, il me harcèle, il me t-t-touche. Je ne peux pas rester où je suis.

Barbe-Grise desserre son emprise, sans pour autant me libérer. Je vois bien qu'il réfléchit. Parce qu'il a pitié de moi ou parce qu'il compte lui-même me harceler sexuellement ? Le premier qui s'y risque, je le tue.

Il laisse sa main glisser sur mon bras, puis, me prenant par le coude, il m'entraîne dans une étroite ruelle, entre les cabanes branlantes. Derrière lui, je trébuche, essaie de ne pas heurter les murs. Quelques enfants au visage barbouillé jettent un coup d'œil entre deux longueurs de tissu crasseux, leurs yeux, dans l'obscurité, semblables à des pointes de lumière émoussées.

S'arrêtant brusquement, l'homme désigne une ouverture d'environ un mètre sur trois.

— Tu peux dormir là, dit-il.

— M-m-merci.

Je tente de me montrer humblement reconnaissante. En réalité, des pensées se bousculent déjà dans ma tête. Dans cet espace, nos matelas, mis bout à bout, tiendront peut-être. De justesse. En attendant que je récupère d'autres matériaux, nous devrons de toute façon renoncer à ce luxe et utiliser notre literie pour nous faire un toit de fortune. La priorité sera de cacher Drake. Je doute qu'il y ait ici des membres du CJÉ, mais je suis certaine qu'il se trouve des gens assez désespérés pour vendre des renseignements sur un garçon aux jambes paralysées.

Comment emmener mon frère jusqu'ici ? Il n'y a qu'un seul accès et il oblige à passer par une corde. Drake a beau avoir les bras très forts, il n'a pas grimpé depuis des années.

— C'est d'accord, dis-je à l'homme en lui tendant mes derniers bons de rationnement.

Il grogne.

— C'est pas assez.

— Je peux en avoir d'autres. Beaucoup d'autres.

C'est faux, mais je dois aborder les problèmes un à la fois.

— Bienvenue dans ton nouveau chez-toi.

L'homme me gratifie d'un sourire presque édenté.

CHAPITRE DIX

De retour sur notre palier, j'aperçois Cal dans l'aire ouverte voisine des escaliers du côté est. Il discute avec une personne dissimulée à ma vue. Cal, le visage blême, sue à grosses gouttes, comme s'il avait mangé de la viande de rat avariée. Instinctivement, je reste en retrait, puis je m'avance pour évaluer les risques.

Je m'immobilise dès que mon angle de vue me permet de distinguer qui est avec lui : des agents de conformité équipés de la tête aux pieds. J'en vois seulement deux, mais un bruit de ferraille trahit la présence d'un troisième. Cal a promis de me prévenir en cas de descente. Il a menti.

Mon corps s'affaisse, comprime mes poumons, tellement que je respire avec difficulté. Je plaque mon dos contre le mur. Il m'a trahie. Ses attentions n'étaient qu'un leurre. J'aurais dû m'en douter. Seules les idiotes perdent tout jugement en présence des garçons et j'ai prouvé que j'en suis une. Je m'étais pourtant promis de ne jamais en venir là.

L'un des Confs se tourne vers moi.

— Toi, approche, ordonne-t-il.

Je recule d'un pas. Cal s'élance vers moi. Je pivote sur mes talons et je déguerpis.

— Arrête, Glory ! crie Cal. Les agents ont seulement quelques questions à te poser !

— Halte !

La voix du Conf me poursuit et je cours, désespérée de récupérer Drake.

Ne les entendant plus derrière moi, je ralentis après un nouveau tournant. Je dois me calmer ou commencer à bousculer mes voisins. De toute évidence, ils sont au courant de la présence des Confs et nombreux sont ceux qui, parlant à voix basse, encombrent les couloirs. Les yeux baissés, je ne salue personne.

Tremblante, j'entre chez nous. Le moment est venu d'emmener Drake, même si je ne suis pas certaine de savoir comment.

— On part, lui dis-je. Tout de suite.

— Burn est en avance ?

— Non.

— Qu'est-ce qu'il y a ?

Son armure apparaît et il enfile ses gants.

Devant la futilité de toutes les précautions que j'ai prises, je sens le découragement me gagner. Dès que les Confs mettront les pieds ici, la blessure de mon frère et sa Déviance seront découvertes. Qu'importent les horreurs qu'il risquerait de subir à l'Hôpital ; il n'y mettra jamais les pieds. Il sera liquidé avant. Parcourue d'un frisson, j'imagine mon petit frère à l'Extérieur, incapable de courir, impuissant devant la poussière et les Déchiqueteurs. Le seul espoir qu'il me reste, c'est d'être liquidée avec lui.

— Qu'est-ce qu'il y a ? demande Drake d'une voix plus dure et plus grave que d'habitude. Dis-moi.

— Les Confs.

Il écarquille les yeux.

— Qu'est-ce qu'on fait ?

— Je nous ai trouvé un nouveau logement.

Drake met dans ses poches l'eau et la viande dont nous disposons. Il saisit sa taie d'oreiller et je m'aperçois qu'il y a entassé la quasi-totalité de nos possessions, même si je ne lui avais pas encore dit que nous partions. A-t-il vraiment cru que je le laisserais s'en aller avec Burn ?

Je tire les coins de la couverture de son matelas et je remonte les bords sur ses hanches. J'écarte ses jambes, me retourne et m'accroupis entre elles.

— Accroche-toi à mon cou, lui dis-je. Vite.

J'agrippe les bords de la couverture.

Il fait passer la taie d'oreiller devant moi et ses bras autour de mes épaules. Puis, tenant fermement la couverture, je me redresse et le prends sur mon dos. Sa position est instable et ses avant-bras refermés m'étranglent presque. Il est beaucoup plus grand et lourd que la dernière fois que je l'ai porté. Je tire vers moi les bouts de la couverture en priant pour qu'elle passe bien sous ses cuisses et ses fesses.

Avec soin, j'assujettis ses jambes dans la couverture et j'en noue solidement les coins devant moi. Il glisse, puis il se rattrape avec ses coudes et se remonte, tandis que, penchée vers l'avant, j'ajuste le nœud. Certains transportent ainsi du linge et d'autres articles volumineux. Nous avons peut-être une chance, à condition que sa tête et ses jambes restent bien cachées. Je ne sais toujours pas comment je vais négocier les échelles ou les cordes, ni ce que je vais raconter aux gens qui risquent de poser des questions, mais je n'ai plus le choix. Nous devons partir.

Je prends la taie d'oreiller et je risque un coup d'œil dehors. Cal s'avance à grandes enjambées. Je claque la porte.

— Glory, lance Cal en poussant la porte.

Je pousse de l'autre côté.

— Laisse-moi entrer, dit-il. Ou viens parler aux Confs. Ils te laisseront tranquille, à condition que tu collabores.

Moi, peut-être. Cal, cependant, croit que je serais prête à sacrifier Drake, ce qui confirme que, aveuglée par les hormones et mes fantasmes de vie de couple avec lui, j'ai eu tort de me fier à lui.

— Laisse-moi entrer, Glory, dit-il à travers la porte. Je peux t'aider.

Faute d'autre solution – il attire l'attention –, j'entrouvre la porte pour lui laisser le passage. Il a l'air effrayé.

Je puise dans mes dernières réserves d'optimisme.

— Aide-moi à déjouer les Confs et à sortir Drake d'ici.

Ses mâchoires se durcissent.

— Trop tard. Plus moyen de leur échapper.

Il a l'air coupable et nerveux. Ça ne lui ressemble pas. La sensation ne me plaît pas du tout.

Mes poings cognent sur sa poitrine.

— Tu avais promis de me prévenir.

Je veux le frapper de nouveau, mais il m'agrippe par les poignets. Le bracelet de fréquentation mord ma peau.

— Désolé, Glory, dit-il en me libérant. Je ne…

— Les excuses ne suffisent pas.

Le regardant droit dans les yeux, j'établis le contact, puis je perds courage et me détourne. Je ne suis bonne à rien. Comment pourrai-je protéger mon frère si je n'arrive même pas à utiliser ma malédiction contre ceux qui m'ont trahie ?

— Tu t'es engagé à protéger Drake.

Ma voix est tendue et mes émotions menacent d'exploser.

Cal me serre le bras.

— Viens avec moi. Allons parler aux Confs. Toi et moi. En t'enfuyant, tu aggraverais ton cas.

Je ravale les injures que j'ai envie de lui crier au visage et je me dégage.

— Parce que, à ton avis, ça pourrait être pire ?

Cal s'éponge le front.

— Ils n'ont pas encore découvert Drake et… l'Hôpital n'est peut-être pas si terrible, au fond. J'en glisserai un mot à M. Belando.

Drake se crispe. Son armure durcit, s'enfonce dans la peau de mon dos.

— Va-t'en ! crié-je.

Quand il partira, je courrai dans la direction opposée. Je ne sais pas comment nous quitterons l'étage, ni même si nous y parviendrons, mais les Confs, venus arrêter un Parasite aux jambes paralysées, n'ont peut-être pas bloqué toutes les issues, encore moins celles qui requièrent l'usage d'une corde.

— File. Tout de suite.

Ma voix est dure comme de la glace.

Cal sort à reculons, l'air blessé et décontenancé.

Je m'en moque.

Je lui claque la porte au nez et Drake sort la tête de la couverture.

— Pose-moi, Glory, et sauve-toi. Pars avant que les Confs débarquent. Trouve Burn. Il te conduira auprès de papa.

— Papa est mort.

Mes mots sont aussi tranchants que du métal fraîchement coupé.

Nous entendons, venu du mur du fond, un grattement.

Je me retourne. Au ras du sol, un énorme couteau-scie découpe le mur. Les Confs nous encerclent. Ils entrent par-derrière.

Drake se penche sur mon épaule et il… sourit.

— C'est Burn.

En se contorsionnant, il descend de mon dos et je me rends compte qu'il a profité de ma distraction pour dénouer l'espèce de sac formé par la couverture.

— Il m'a montré son couteau. Il est super solide et tranchant.

— Qu'est-ce que tu fais ?

Je tends les bras, mais il se laisse tomber en tas sur le sol.

— Je vais me faufiler par ce trou, explique-t-il. Quand je serai passé, tu me suivras avec notre boîte à provisions.

Il prend la taie d'oreiller entre ses dents et se traîne vers le mur.

Son enthousiasme me semble incroyablement déplacé. Même s'il a raison et que c'est bien Burn qui fait un trou dans le mur, suivre ce garçon nous conduira à la mort. D'une autre façon, voilà tout.

Dans le couloir, cependant, j'entends les pas lourds des Confs et je me rends compte que je suis prête à tout pour ne pas les affronter, pour retarder la capture de Drake. Pas question d'abandonner.

Avec un bruit sourd, une portion du mur tombe dans notre chambre. Burn passe les bras par le trou, saisit le pan de mur qu'il a découpé et le tire vers lui.

Affolée, je me demande qui habite l'appartement adjacent; plus j'essaie de m'en souvenir, plus je m'embrouille. Il faut dire que je ne brille pas particulièrement par mes habiletés spatiales. Je suis toujours abasourdie et figée sur place lorsque je vois Drake s'avancer à l'aide de ses bras, plus vite que jamais, y compris quand il avait l'usage de ses jambes. Trop vite pour que je puisse réagir, Burn l'a tiré par la mince ouverture.

— Attends!

À plat ventre, je tente d'attraper les pieds de Drake. De ses mains fortes et solides, Burn m'empoigne et m'aide à traverser.

Aussitôt, je fonce vers Drake et le prends dans mes bras.

— Tu es blessé?

— Burn ne me ferait pas de mal.

— Tu es trop confiant, dis-je en le saisissant par les épaules. Tu ne connais pas le monde.

Burn grogne.

— Parce que tu le connais, toi, le monde?

Glissant ses bras chez nous, il saisit la boîte en bois qui nous sert à la fois de table et de garde-manger et s'en sert pour boucher le trou. Puis, se relevant, il soulève un énorme meuble en bois. Plus grand que moi, il a des portes sur le devant. Il le dépose de ce côté-ci de l'ouverture.

— C'est le mieux que je puisse faire, dit-il en s'approchant de la fenêtre.

J'ignore chez qui nous nous trouvons. Par chance, les occupants étaient sortis. Sinon, Burn leur a flanqué la peur de leur vie. L'armoire que Burn a déplacée n'est pas le seul meuble de grande taille. Je me demande si nous sommes chez l'agent de liaison. Aucun autre résident des hauteurs ne peut s'offrir des trésors pareils. Contre le mur, un matelas repose sur une plate-forme. Au-dessus de nos têtes, je vois trois ampoules recouvertes d'une jolie petite cage de verre qui diffuse également la lumière. Contre le mur s'alignent des tablettes en bois chargées de plusieurs rangées de livres. Comme la bibliothèque n'en prête qu'un à la fois, je dois en conclure qu'ils appartiennent aux occupants des lieux. Un luxe inimaginable !

Pendant que je suis distraite par cette opulence – il y a un tapis ! –, Burn retire son manteau, prend Drake et le met sur son dos.

— Je vais le porter, dis-je en tendant les bras vers Drake.

M'ignorant, Burn fait passer une sorte de harnais sous les fesses de mon frère et, en le ramenant vers l'avant, le glisse sur sa propre tête. Il le serre sur sa large poitrine, puis il enfile son manteau géant. Tandis qu'il couvrait mon dos tout entier, en dépassait même, Drake, sur celui de Burn, a l'air d'un petit appendice.

Il est plus pratique de laisser Burn le porter, bien que je me rebiffe à cette idée.

À grandes enjambées, Burn fonce vers la fenêtre et saisit une corde qu'il a nouée à une poutre d'acier, là où il y avait autrefois un cadre. Il la remonte, en compte des longueurs, puis, choisissant l'endroit où il va la saisir, l'enroule autour de sa large taille.

— Tu viens ?

Il me lance un regard furieux, mais il est assez futé pour détourner les yeux avant que je puisse me concentrer. Enjambant la poutre, il se balance dangereusement sur la paroi de l'immeuble.

Sur le dos de Burn, mon frère, impuissant, est en suspension au-dessus du vide. Si les courroies glissent ou cassent, il fera une chute mortelle.

— Pourquoi une corde ? Pourquoi ne pas sauter là ? lui demandé-je en montrant du doigt l'immeuble voisin.

J'ai été témoin de la puissance de ses jambes.

— Nous sommes trop haut. En plus, c'est trop risqué, en ce moment.

— Pourquoi ?

À force de raisonnements, je parviendrai peut-être à le décider à rentrer dans la pièce, au lieu de se balancer de l'autre côté de la fenêtre. Je trouverai peut-être alors un moyen de faire descendre Drake de son dos.

— Si on te voit emmener Drake, tu crois vraiment que ta méthode - descendre une corde ou sauter dans les airs - va changer quelque chose ?

— Ce serait bête d'afficher mon don aux yeux de tous.

— Ton don ?

— Ma Déviance.

À sa façon de le prononcer, on dirait que le mot a mauvais goût. Il revérifie les courroies qui retiennent Drake. Puis, tirant sur la corde pour en éprouver une dernière fois la solidité, il lève les yeux sur moi.

— Tu viens ou pas ?

— Halte ! Conformité ! lance une voix.

La porte s'ouvre brusquement et trois Confs, suivis de Cal, font irruption dans la pièce, leurs lourdes bottes résonnant sur le parquet.

Burn m'agrippe par le bras.

— Lâche-la ! crie Cal. Arrêtez-le !

L'indécision me tenaille. Devrais-je rester ? Confier Drake à Burn ?

Les Confs pointent leurs pistolets à impulsion électrique, mais ils ne tirent pas. S'ils atteignent Burn, ce sera, pour nous trois, la dégringolade du haut du trente-deuxième étage.

— Maintenant ou jamais, gronde Burn à mon oreille.

— Je t'aime, Glory, dit Cal.

Mon indécision s'évanouit aussitôt.

Cal est un menteur. Il m'a trahie. Il a trahi mon frère.

Jayma va me manquer. Sinon, rien ne me retient ici.

Je fais signe à Burn. Il referme son bras sur ma taille, puis, tenant la corde d'une main, il saute.

Nous tombons et j'ai l'impression que mon cœur va exploser.

CHAPITRE ONZE

— Tu permets que je bouge, au moins? dis-je en tentant de modifier ma position contre le corps massif de Burn. Crois-moi, je ne partirai jamais sans mon frère.

Depuis des heures, me semble-t-il, il me plaque contre lui dans le minuscule espace où il m'a parquée après notre saut du haut de la fenêtre. Tout ce que je sais, c'est que nous sommes dans une cave, sous notre immeuble, à l'intérieur d'un petit cagibi sale et sombre. Il a remonté sa lanterne une seule fois pour nous permettre, à Drake et à moi, de constater que nous étions tous deux présents et indemnes. J'entends mon frère respirer et bouger, de temps en temps. Sinon, dans les ténèbres, je suis complètement aveuglée.

Burn, lui, n'a pas les mêmes problèmes. Ses drôles de lunettes lui permettent de voir dans l'obscurité. L'idée qu'il me voie alors que je suis dans le noir me donne la chair de poule. La proximité de n'importe quel garçon, en ce moment, me retourne l'estomac. Alors celle d'un type aussi effrayant que Burn… Depuis des heures, je cherche une autre explication à l'arrivée des Confs sur notre palier, à leur traque, à la participation de Cal, et j'en viens toujours à la même conclusion.

Cal m'a trahie et le poids de cette révélation pèse presque aussi lourd que Burn. Pire encore, cette idée me transperce, mine ma confiance et me fait douter de mon jugement. Suis-je de nouveau dans l'erreur en comptant sur Burn pour nous tirer de ce mauvais pas ?

— Où sommes-nous ? demandé-je.

— Dans un vide-ordures.

La voix grave de Burn remplit l'espace caverneux.

— Qu'est-ce que c'est ? demande Drake, sincèrement curieux.

— Avant la poussière, répond Burn en se déplaçant, ce qui a pour effet de me tasser, les gens jetaient leurs déchets ici, du haut de leur palier.

— Des déchets ? fait Drake.

J'ai entendu le mot, mais je ne me souviens plus de son sens.

— Des détritus. Des rebuts, explique Burn. Des choses dont on n'a plus besoin.

— Il t'a posé une question franche, dis-je en frappant Burn au bras. Le moins que tu puisses faire, c'est lui donner une réponse franche.

Je croise les bras sur ma poitrine en me demandant s'il a vu mon geste dans le noir. Je ne sais pas de quel côté il regarde. S'il veut me faire croire que, à une certaine époque, les gens jetaient des choses sans y penser, les lançaient de leur palier dans une chute, c'est qu'il me prend vraiment pour une idiote.

— Ils jetaient quoi ? demande Drake.

— Des peaux, des os, répond Burn. Des noyaux de fruits. De vieux vêtements. Des objets dont ils ne voulaient plus.

— Ouah ! fait Drake, qui donne l'impression d'avoir dix ans, et non treize. ALP, tous les habitants du Havre devaient être super riches !

— Ouais, je suppose.

— Mais s'ils jetaient les restes de nourriture, comment fabriquaient-ils de la terre ?

— Bonne question, dis-je. Elle ne tient pas debout, ton histoire de déchets.

— La terre se formait toute seule, dit Burn, d'une voix basse et grave.

Pourtant, nos questions ne semblent pas l'agacer.

— Par magie ? demande Drake.

— Non, rien à voir, répond Burn. Dans la nature, les choses se décomposent naturellement pour donner de la terre.

— C'est quoi, la nature ? demande Drake.

— Les animaux, les plantes… mais en dehors des fermes. Non, dans les fermes aussi. Mais pas comme dans celles du Havre. Des fermes en plein air, et pas dans des usines.

— Génial !

Devant l'enthousiasme de Drake pour les histoires de Burn, pour tout, en réalité, je reprends courage et je commence à me détendre. De plus en plus, le poids de Burn contre moi me semble une couverture, et non un fardeau.

— Combien de temps allons-nous rester dans le noir ? demande Drake.

— Plus pour longtemps, dit Burn en appuyant ses jambes contre les miennes. Nous allons attendre qu'ils aient fini de fouiller ce secteur.

— Comment sais-tu où ils concentrent leurs recherches ? demandé-je. Tu peux lire dans l'esprit des Confs ou sentir leur présence ?

Ma remarque se voulait sarcastique. À la réflexion, cependant, je me rends compte que je n'ai aucune idée des pouvoirs que sa Déviance lui confère. Je ne sais qu'une chose : il m'effraie.

— J'ai étudié le comportement des Confs, leurs habitudes, répond Burn calmement, sans tomber dans le piège que je lui tends.

— Quand on sortira d'ici, dis-je, tu m'aideras à emmener Drake dans notre nouveau logement ?

— Comment ça ?

— Je nous ai trouvé un nouvel endroit où habiter.

Burn grogne.

— Tu veux parler de ce toit ? Vous ne pouvez pas habiter là.

Mes ongles s'enfoncent dans mes paumes.

— Tu m'as suivie ?

Évidemment. Il ne répond pas.

— Je suppose que tu as une meilleure idée ? dis-je.

— Tu le sauras bien assez tôt.

— J'exige de le savoir là, maintenant, sinon je ne vais nulle part avec toi.

Je sens la frustration monter en moi. Je donnerais n'importe quoi pour me sortir de cette situation sans avoir à me fier à Burn. Je ne peux pas avoir confiance en lui.

— Il nous emmène auprès de papa, dit Drake.

On dirait que mon frère s'apprête à vivre une grande aventure ou à recevoir une gâterie.

— Drake, dis-je en caressant l'alliance de maman, il est impossible que papa soit encore vivant. Et s'il a survécu, il est Déchiqueteur. C'est dur à entendre, je sais bien, mais c'est la vérité.

— Il est Déchiqueteur? demande Drake d'une voix tremblante.

— Non, répond Burn d'une voix basse. Il va bien, crois-moi.

La main de Drake se pose sur mon pied.

— Nous formerons de nouveau une famille.

Pas une famille. Pas sans maman. Intérieurement, je m'effondre, comme si j'utilisais la malédiction contre moi-même. Une douleur me traverse, vite chassée par la colère.

— Même si papa est vivant, comment peux-tu te réjouir à l'idée de le revoir? Il a tué notre mère. Il a détruit notre famille. Il a tout détruit.

Burn chuchote quelques mots que je ne saisis pas.

— Quoi?

Il change de position.

— Chaque chose en son temps. Nous devons d'abord échapper aux Confs.

Je serre les dents. Il a raison. Ce n'est pas le moment de pleurer sur le passé. Je dois me montrer pratique, songer à la suite des choses, malgré l'incertitude.

Je déplace mon bras et le bracelet de fréquentation s'enfonce dans mon poignet. Soudain, on dirait qu'il est en acide. À force de contorsions, je parviens à le glisser vers le bas. La douleur est si cuisante que je me demande si je ne suis pas en train de me briser les os. Je finis par l'ôter. Je lève le bras pour le jeter, mais quelque chose me retient. Je ne veux pas heurter Drake avec ce déplaisant projectile et... je ne suis pas prête à me défaire du passé.

Je mets le bracelet dans ma poche. Malgré la déception que Cal m'a inspirée, ma colère envers Burn et ma volonté de survivre, je sens la tristesse m'envahir, s'insinuer douloureusement dans les moindres interstices. Je suis tentée de la laisser me subjuguer. De me plaindre. De pleurer. Je n'en ferai rien. J'ai trop déployé d'efforts pour maîtriser mes émotions et il est dangereux de ruminer les événements récents. Presque en même temps, tout est passé du bonheur total à l'horreur pure et simple.

M'apitoyer sur mon sort ne m'aidera pas. Je dois arrêter un plan.

Si Burn ne ment pas, s'il a vraiment l'intention de nous conduire auprès de mon père, j'aurai la chance de l'affronter, de le mettre en accusation, de lui montrer la profondeur de ma haine. Et ma haine, me dis-je en frissonnant, tue.

— Nous ne devrions pas passer par là, dis-je à Burn. C'est trop proche du Centre.

Il se tourne vers moi en fronçant les sourcils. Drake se trouve toujours sous son grand manteau, sauf que, à présent, il est face à lui, sur son ventre, comme un bébé. Il faut y regarder de près pour constater sa présence. Burn semble simplement plus grand, plus costaud.

J'essaie de mon mieux de suivre Burn en boitant, puis je l'agrippe par le bras.

— Si nous entrons dans le Centre, nous serons pris, c'est sûr.

Burn tourne vers moi un regard enflammé.

— Silence, dit-il, et dépêche-toi.

Il bifurque dans une ruelle si étroite que ses épaules frôlent les murs des deux côtés. Les ponts qui s'entrecroisent au-dessus de nos têtes bloquent la lumière du jour qui se lève lentement. Burn tourne de nouveau et je reconnais la ruelle. C'est celle où je l'ai vu la première fois, celle qui mène au Centre.

Il s'arrête et je percute son dos. Il balaie les environs du regard et pose un genou par terre.

— N'aie pas peur, Drake, dis-je. Je suis là.

— Chut.

D'un geste du bras, Burn me plaque contre le mur, puis il s'assure que la ruelle est déserte. Penché, il promène ses mains sur la surface rugueuse de la chaussée. Là, il découvre un petit anneau en métal. Il y passe l'index et soulève un énorme disque de fer, pour lui aussi léger qu'une plume. Un trou noir et profond apparaît. Super. Il va nous jeter dans une fosse.

— Vas-y la première, me dit-il en désignant l'ouverture.

Je voudrais secouer la tête, mais la peur paralyse mon cou.

— Prends l'échelle, ordonne-t-il. Attends-moi en bas. File. Tout de suite.

Bien que posée, sa voix a la force d'un canon. Me voyant immobile, il ajoute :

— Tu n'es pas assez forte pour replacer le couvercle derrière nous. Alors si tu viens, tu descends avant moi. Dépêche-toi.

Mon corps se met en mouvement. Je m'accroupis. Après m'être assurée qu'il y a bel et bien une échelle, juste sous la surface, je cherche du pied le premier échelon. Alors que je tâtonne à la recherche d'une bonne prise, Burn s'empare de moi et me fiche dans le trou, les jambes en premier. J'étouffe un cri. Cependant, il me fait descendre si doucement que je parviens à prendre appui avec mes pieds et mes mains. Quelques secondes plus tard, la lumière s'éteint. Burn et mon frère se sont à leur tour engagés dans le trou.

Les vibrations de l'échelle se répercutent dans mes mains, mes bras et mes épaules. Pour éviter qu'une des énormes bottes de Burn m'écrase les doigts, j'accélère. C'est de la folie. Je m'enfonce dans un trou sans fond, dans le noir absolu. En surface, les rues ne sont toutefois pas plus sûres, du moins pas pour nous. Plus maintenant.

Du pied, je cherche vainement un échelon. Descendant encore un peu, j'étends la jambe dans l'espoir de toucher la terre ferme. Et maintenant ?

Les pieds de Burn résonnent toujours sur les échelons.

— Saute ! aboie-t-il.

Prenant une profonde inspiration, je m'élance en pliant les genoux par anticipation. Sous la force de l'impact, une vive douleur me parcourt l'échine, se réverbère dans mes articulations. Ma cheville blessée proteste.

— Pousse-toi ! crie Burn.

Je m'écarte d'un pas et je sens un courant d'air au moment où, avec un bruit mat, il atterrit à quelques centimètres de moi.

— Drake ?

J'ai besoin d'entendre sa voix.

— Tout va bien.

À peine s'il semble un peu effrayé. Bien que soulagée, je suis presque tentée de me mettre en colère. Ne se rend-il donc pas compte qu'il est ficelé sur le corps d'un fou dangereux qui a peut-être l'intention de nous dévorer ?

Burn allume une torche qui révèle un petit espace. Par miracle, je ne me suis pas cogné la tête contre le mur en bondissant de côté. Quelques centimètres de plus et je m'assommais. Burn desserre son manteau et Drake dresse la tête.

— Ça va ? demande Burn.

Drake sourit. Il sourit !

— De l'autre côté, dit Burn en montrant une porte que je n'avais pas encore remarquée, reste près de moi et ne parle pas. Aie l'air de savoir où tu vas. Nous devons passer rapidement, éviter qu'on nous demande nos numéros.

— Qu'est-ce qu'il y a, là-dedans ? demandé-je.

— Un centre commercial. Seuls les membres de la Direction y sont admis. Mais nous devons passer par là pour atteindre l'entrée du tunnel.

— C'est quoi, un centre commercial ? demande Drake.

J'en suis contente parce que je me posais la même question.

— Un petit regroupement de magasins souterrains traversé par une allée centrale.

Burn se tourne vers moi.

— Fais semblant d'être à ta place.

Je réprime un rire. Depuis que j'ai découvert ma malédiction, c'est mon unique préoccupation.

— Tu as parlé d'un tunnel ?

Burn hoche la tête sans répondre. Cal m'a dit que le Havre comptait une série de tunnels qui s'éloignent de l'agglomération principale, à la façon des rayons d'une roue. Comme ses frontières sont fixes, la ville n'a pas d'autres moyens de s'étendre. Si j'ai bien compris, ces tunnels servent pour la plupart d'entrepôts et d'usines. Burn vit sans doute dans l'un d'eux.

— Reste près de moi, dit Burn d'un ton bourru. Et tiens-toi tranquille.

Il ouvre la porte, puis, me prenant par la taille, me serre contre lui. Je devine la jambe de Drake à travers le manteau. J'espère qu'il ne souffre pas. Il ne sent rien, mais il marque facilement.

Les images et les odeurs qui m'assaillent me font vite oublier l'envie de protester. On dirait que nous sommes entrés dans une ville entièrement différente, comme dans les contes. Il y a de la lumière, ici, et les couleurs sont renversantes. Ce sont celles de toujours, évidemment, mais plus vives et plus intenses, comme si tout ce que j'ai vu jusqu'ici était recouvert d'une mince pellicule grise et terne. Mon blouson miteux, que je croyais vert, me semble brun.

Et les parfums ! Devant certaines boutiques, on aperçoit des fruits et des légumes frais – étalés à la vue de tous ! – et je me demande comment les marchands arrivent à empêcher les passants de les voler. Pas le moindre Conf en vue. Il y a sûrement des caméras, mais j'ai beau regarder, je n'en vois pas. Une femme vêtue d'une robe rouge et de chaussures à talons hauts en cuir luisant étudie une pomme et la pose dans un petit panier, où se trouve déjà une plante feuillue aussi grosse qu'une tête. Elle choisit aussi un truc jaune, frais et lustré, terminé par une tige verte, puis s'avance vers le marchand et lui tend une carte. Il la scanne avant de la lui rendre.

— N'attire pas l'attention sur nous, siffle Burn à mon oreille.

Nous croisons une femme qui nous dévisage d'un air interrogateur. Il faut admettre que nous détonnons, ici. Surtout que j'ai l'air de vouloir m'échapper. Je m'arrête. Je comprends l'inquiétude de Burn. Nous devons rapidement traverser ce centre commercial avant que quelqu'un signale notre présence aux Confs. Je ne peux toutefois me retenir de jeter un coup d'œil dans certains magasins.

Mes narines détectent un arôme et je manque de trébucher. Ma tête se tend vers sa source, une boutique où s'alignent de longues masses brun pâle dont le parfum est beaucoup plus agréable que celui du rat rôti. Plus agréable même que celui du concombre que Cal m'a fait goûter. Au-dessus de la vitrine, un écriteau proclame: « Boulangerie ».

— Qu'est-ce que c'est ? demandé-je à voix basse.

— On appelle ça du pain. Avance.

J'essaie, mais la quantité et la diversité des articles offerts, sans parler des couleurs brillantes, transforment mon émerveillement en colère. Quel contraste par rapport aux tristes rations pour lesquelles nous attendons en ligne chaque semaine ! Nous nous nourrissons de viande de rat et de gruau déshydraté, mes amis et moi. Avec de la chance, nous avons droit à un ou deux trucs frais par cycle de paie. Et c'est ainsi que vivent les membres de la Direction ?

Pour comble d'insulte, ce « centre commercial », avec ses incroyables richesses, est caché directement sous le Centre où on nous distribue nos grises rations et où on nous présente la liquidation de nos voisins, de nos amis et de nos pères.

Avec ses lumières vives clignotantes, une autre vitrine m'attire, et je me détache de Burn pour l'examiner. La devanture est en vrai verre. Derrière se trouvent au moins une douzaine d'écrans, comme ceux qu'on voit dans les hauteurs du Centre, mais en plus petit. Devant chacun est posé un petit écriteau où figure un chiffre, un montant insensé, bien supérieur aux points de rationnement. Ces écrans sont-ils vraiment destinés à un usage personnel ? Inimaginable.

Les écrans changent tous ensemble et une photo de Burn apparaît. Dans mes poumons, l'air se comprime. Ma photo suit. Elle est un peu floue, mais on y voit clairement Burn, qui me tient par le poignet, m'entraîner vers la fenêtre par où nous avons fui, la nuit dernière.

Au moins, sous le long manteau de Burn, qui tourne le dos, on ne voit pas Drake. Sous l'image, on lit : « Jeune employée prometteuse kidnappée par un terroriste Déviant. »

CHAPITRE DOUZE

Je regarde l'écran, saisie. Je n'en crois pas mes yeux. Je ne suis pas absolument certaine que Burn n'est pas un terroriste, mais je suis sidérée de constater que les Confs ont interprété comme un enlèvement la scène dont ils ont été témoins. Bonne ou mauvaise nouvelle ? Vérité ou malentendu ? Je n'arrive pas à me décider. Quoi qu'il en soit, je ne peux pas demander de l'aide. Entre deux maux, je préfère Burn aux Confs.

Il me prend par le bras et m'entraîne dans le couloir. Je fixe les carreaux luisants qui recouvrent le sol pour éviter de montrer mon visage aux passants ou à d'éventuelles caméras de surveillance.

— Tu as vu ces écrans ? lui demandé-je doucement.

Il ne répond pas, mais ses doigts se resserrent sur mon bras et il accélère le pas, tête baissée lui aussi. Des pas retentissent derrière nous, se rapprochent. Mon cœur bat si vite et si fort que tout le monde l'entend sûrement.

Je suis sur le point d'exploser lorsque deux personnes nous dépassent. Ce sont des garçons, plus jeunes que Drake, mais beaucoup mieux habillés, qui jouent à se pourchasser dans le centre commercial.

Mes épaules se détendent et le soulagement inonde ma gorge. Pour un peu, je me mettrais à pleurer.

Burn me tire d'un côté et, sans perdre un instant, saisit un code sur un clavier numérique encastré dans le mur. Devant nous, la porte s'ouvre et Burn m'entraîne vers l'avant. Cet endroit est silencieux : on n'entend que le bourdonnement bas des génératrices. Le couloir tout entier – les murs, le plafond, le sol – est en béton gris, couvert de marques d'eau et effrité par endroits. On dirait le Havre que je connais. Comme n'importe quelle rue, mais sous terre.

En suivant Burn, je jette un coup d'œil dans l'une des salles, remplie de boîtes et de tablettes. Un entrepôt, peut-être. Il s'arrête devant une autre porte, saisit un autre code et nous pénétrons dans une pièce sombre pleine de gros cageots en bois. Dans le dédale qu'ils forment, je le suis jusqu'au mur du fond. Alors que je m'apprête à ouvrir la bouche pour l'interroger sur ses intentions, il tape sur le coin d'un cageot. On entend un déclic.

L'un des côtés s'abaisse, révélant une échelle qui s'enfonce dans un trou sombre et profond. Cette échelle est plus sinistre que la précédente, comme si, en l'empruntant, j'allais abandonner tout ce que je connais.

Burn enlève son manteau et remplit ses multiples compartiments rembourrés d'armes prises dans le cageot : de longs poignards, d'énormes et lourds gourdins et divers bouts de métal tranchants.

— Qu'est-ce que tu regardes ? me demande-t-il d'une voix bourrue.

Puis il prend trois respirateurs sur des crochets. Il en fait passer un, auquel il manque un cache-œil, sur sa tête, les courroies tournées vers l'avant. Puis il en tend un à Drake.

Les yeux écarquillés, mon frère promène son doigt sur les filtres qui recouvrent la bouche et le nez du masque.

— Pourquoi faut-il mettre ça ?

— Simple précaution.

Burn me donne le dernier masque, puis il lance son manteau dans le trou. Lorsqu'il touche le fond, on entend un bruit de ferraille.

Je palpe la jambe de Drake, celle qui était coincée entre Burn et moi. Je ne sens rien d'anormal, mais, évidemment, un bleu échapperait à ce genre d'examen. Au moins, il n'a rien de cassé.

Burn recule la tête et baisse les yeux sur Drake, attaché à sa poitrine.

— Ça va, mon pote ?

— Il n'est pas ton pote, compris ?

Les événements se précipitent et, à cause de mon impuissance, j'ai le sentiment d'être sur le point d'exploser.

— Ça va, répond Drake.

Burn me montre le trou.

— Tu viens ?

Il évite de me regarder dans les yeux.

— À toi de choisir. Mais si tu parles de ce passage ou de l'entrée du centre commercial à qui que ce soit – en particulier à ton petit ami –, je te tue.

Paralysée par les paroles de Burn, je me rends compte que j'ai le choix. Ma forme de Déviance est plus facile à déguiser que la plupart. Bien que je ne souhaite pas confier à un autre la responsabilité de mon frère, je ne dois pas songer à mes propres préférences. Seule compte la sécurité de Drake. Sans moi et ma cheville blessée, Burn pourrait se déplacer beaucoup plus rapidement. Les Confs croient que j'ai été kidnappée. Je pourrais donc continuer de vivre dans le Havre comme si de rien n'était.

Puis je réfléchis à tout ce qui est arrivé.

De rapides et superficielles respirations soulèvent ma poitrine. Si je reste, plus rien ne sera comme avant. La trahison de Cal me remue et des émotions s'embrasent derrière mes yeux, embuant mes réflexions. Pour prendre cette décision, je dois mettre ces émotions de côté.

Burn se penche sous le couvercle du cageot.

— Dernière chance.

Je caresse l'alliance en essayant de dissiper le brouillard dans ma tête, de chasser les ténèbres pour ne conserver que la logique.

— Trop tard, dit Burn.

Il me prend le masque, le remet à sa place, puis pose le pied sur l'échelle. Avec Drake sur sa poitrine, il passe à peine par le trou. Quand il s'y est enfoncé jusqu'à la taille, il saisit une corde qui permet de remonter le côté du cageot.

— Attends ! crié-je, penchée sur le bord.

Il cesse de tirer juste avant que mes doigts soient écrasés.

— Laisse-moi au moins dire adieu à mon frère.

Burn lâche la corde et le bois pèse sur mes bras. Je recule et Burn dépose le côté du cageot sur le sol. J'entends le bruit d'un objet en métal qui, derrière moi, heurte le plancher. Je ne me retourne pas.

— Vas-y, dans ce cas, lance-t-il sur un ton dur.

— Viens avec nous, s'il te plaît.

Drake tend vers moi une main sans gant. Il a peur ; son armure est déployée. Burn n'a pas réagi. Il était au courant de la Déviance de Drake. Évidemment.

— Sois prudent, dis-je, d'une voix qui se brise. Soigne-toi bien. Je t'aime.

Je ne sais pas quoi ajouter.

Dans le couloir, des bruits résonnent.

— C'est le moment. Maintenant, dit Burn.

Il me regarde dans les yeux et j'observe dans les siens une profondeur insoupçonnée. En plus de la frustration et du sentiment d'urgence, je détecte un soupçon de compassion.

Rien ne me retient ici.

— Pousse-toi, dis-je en reprenant le masque.

En remontant juste assez pour me laisser passer et prendre pied sur l'échelle, Burn esquisse presque un sourire. En descendant, je vois la source du son métallique que j'ai entendu plus tôt. Mon bracelet de fréquentation gît sur le sol en béton, à côté du cageot. Je tressaille, mais je décide de ne pas tenir compte de ce pincement de regret. Bon débarras, au fond.

D'ailleurs, il est trop tard pour remonter le prendre. Le cageot se referme et, pour la deuxième fois de la journée, je descends dans l'inconnu. Cette fois-ci, plus moyen de revenir en arrière.

CHAPITRE TREIZE

Les ténèbres m'écrasent, me broient, m'étouffent, me serrent de toutes parts. Trébuchant, je me cramponne au manteau de Burn. Il s'arrête, sans doute pour s'assurer que je tiens toujours debout.

— On ne pourrait pas utiliser la lanterne ? demandé-je à voix basse.

— Pas encore.

— Drake ?

— Ça va, répond-il d'une voix assourdie, mais ferme.

Burn nous conduit peut-être vers la mort, mais, pour le moment, nous sommes encore bien en vie. Entendre mon frère me réconforte. Tendant la main, je touche la paroi du tunnel, humide et poisseuse, tout près. J'ignore comment Burn, même avec ses lunettes spéciales, arrive à naviguer sans se cogner aux murs ou au plafond. Nous avançons si vite que je halète. Je frissonne en sentant une goutte de sueur onduler dans mon dos.

— Prête ? demande Burn.

Sans attendre ma réponse, il se remet en marche et son manteau m'échappe. Je m'élance pour m'y accrocher de nouveau.

Est-ce l'existence que je mènerai désormais, à supposer qu'il n'ait pas le projet de nous tuer ? Vivre sous terre, dans le noir ? Respirer cet air humide qui sent le renfermé ?

Résidant depuis toujours dans les Mans, j'enviais les enfants des membres de la Direction, qui habitent aux étages inférieurs, où l'air est plus sain et plus frais. Sans avoir soupçonné l'existence d'un lieu comme ce centre commercial, je savais que le Havre comptait une couche souterraine. Dans mon esprit, c'était un lieu magique. Sur ce plan, le centre commercial ne m'a pas déçue. Il a surpassé, et de loin, mes rêves de luxe les plus fous. Jamais, pourtant, je n'aurais pu imaginer un lieu aussi horrible que celui dans lequel nous nous trouvons. Dans le Havre, les étages inférieurs sont synonymes de statut social élevé. Pas ici.

Au bout d'innombrables pas, Burn s'immobilise et je lui rentre dedans.

Un vrombissement, suivi de la lumière de torches, envahit le tunnel.

— Tu as besoin de repos ?

La silhouette de Burn est impressionnante. Quand il se tourne vers moi, je secoue la tête.

— Bois.

Il me tend une gourde souple, en peau de rats géants, sans doute, et je bois quelques gorgées d'eau avant de la passer à Drake. Toujours harnaché à la poitrine de Burn, il est tourné vers l'avant, à présent, les jambes pendantes.

Ici, les murs du tunnel sont en pierre, et non plus en béton. Hormis quelques signes d'explosion, çà et là, ils semblent presque naturels, et non artificiels, avec des supports en pierre et en acier, comme quand nous y sommes entrés. Et, sur le sol, les étranges rails en fer ont disparu.

Plus d'une fois, j'ai traversé le Havre de part en part, et j'ai le sentiment d'avoir franchi une distance beaucoup plus grande. À cause des nombreux virages que nous avons effectués, je ne peux toutefois jurer de rien. Je n'ai pas le sens de l'orientation. Et encore moins dans le noir.

— Où sommes-nous ?

— Au point de rencontre, répond Burn, comme si ses mots avaient un sens.

Puis, en tenant Drake avec soin, il défait les harnais et dépose mon frère contre le mur du tunnel.

— Nous allons nous reposer et attendre. Il arrivera d'un moment à l'autre.

Tout mon corps se crispe.

— Qui ça ?

— Papa ? demande Drake.

— Tu verras.

Ignorant la non-réponse de Burn, je m'accroupis pour examiner les jambes de Drake.

— Ça va, Glory, dit-il en repoussant mes mains.

Burn retire son manteau.

— Tu es bien installé ? demande-t-il à Drake.

Sans attendre la réponse, il replie le manteau rempli d'armes et le glisse derrière Drake, comme un coussin.

Burn pose par terre la lanterne, dont la flamme s'étiole. Je m'en empare et je remonte la manivelle. Il ne s'y oppose pas. Il s'adosse plutôt au mur, les bras croisés sur la poitrine. J'éclaire devant nous. Le halo est petit et je ne vois pas la fin du tunnel.

— Pose ça et détends-toi, dit Burn.

— Je ne prends pas mes ordres de toi, répliqué-je en brandissant la lanterne dans son visage.

Il se renfrogne et plisse les yeux.

— Arrête.

— Il me faut des réponses.

Il repousse la lanterne. Je l'éloigne donc.

— Tu as quel âge ?

J'ignore pourquoi je tiens à le savoir, pourquoi c'est important, pourquoi, parmi une multitude de questions plus cruciales, c'est celle qui m'est venue en premier. Sauf que sa manie de me donner des ordres me rend folle.

Il ne répond pas et je ne m'en étonne guère. Jamais il ne communiquerait un renseignement personnel qui risquerait de le rendre vulnérable, humain. C'est exclu.

— Seize ans, peut-être dix-sept, répond-il en déplaçant sa masse contre le mur de pierre.

— Pourquoi cette imprécision ?

— Jamais connu mes parents.

Ses épaules tressaillent.

— Assieds-toi. Repose-toi. Essaie de dormir. Plus tard, tu me remercieras.

— De m'avoir entraînée dans ce tunnel ?

Il pousse un grognement qui ressemble fort à un rire.

Je m'avance, les épaules en avant.

— Tu te paies ma tête ?

— Je n'oserais jamais.

Ses yeux foncés esquissent un sourire, tandis que la lumière de la lanterne s'estompe.

Mes yeux s'ouvrent d'un coup dans la quasi-obscurité. *Crotte de rat.* Je me suis endormie.

À côté de moi, Drake dort encore et je constate avec satisfaction que Burn ne nous a pas assassinés dans notre sommeil. C'est déjà ça. Dans ces profondeurs, sans la lumière du soleil ou de la lune, je ne saurais préciser l'heure qu'il est, mais j'ai l'impression de n'avoir fait qu'une courte sieste.

Des voix étouffées s'approchent et c'est sans doute ce qui m'a réveillée. En me retournant, je distingue, plus loin dans le tunnel, la faible lueur d'une torche et deux silhouettes masculines. Je m'adosse un moment au mur et je respire à fond dans l'espoir de chasser la peur qui monte en moi.

Me levant doucement, toujours dos au mur, je m'avance furtivement vers les voix, incertaine de mes intentions. Comment puis-je concevoir un plan sans savoir à qui j'ai affaire ? La meilleure stratégie me semble de les espionner.

De ce côté-ci du tunnel, la silhouette est celle de Burn. Impossible de se méprendre sur sa taille. L'autre est beaucoup moins haute et large. L'inconnu plie une jambe à la hauteur du genou et, posant le pied sur le mur du tunnel, derrière lui, promène sa main sur sa cuisse inclinée et tambourine sur son genou.

Je plaque ma main sur ma bouche pour étouffer un cri. Voilà un geste que je reconnaîtrais n'importe où.

Papa ?

La joie afflue en moi, monte, se gonfle, tellement que je crains d'éclater. Je m'élance, puis, me ravisant, je m'immobilise.

Qu'est-ce qui me prend ? Ce monstre a tué ma mère et paralysé mon frère avant de nous abandonner. Et voilà que je réagis de la même façon que le jour où, à quatre ans, j'ai aperçu mes parents après m'être perdue dans la cohue du Centre. Comme un bébé, en somme.

Et c'est loin d'être le seul problème. Je me laisse dominer par une émotion inappropriée. Et que devient ma volonté d'agir en catimini ? Me précipiter à la façon d'une enfant ne me permettra pas de rester dans l'ombre pour comprendre ce qui se passe. Je devrais avoir un peu plus de bon sens. Et laisser un meurtrier me voir ne m'aidera certainement pas à rester en vie.

Mon cœur bat violemment. Cependant, ma quasi-intrusion leur a échappé et je m'avance à pas de loup jusqu'à une distance d'environ trois mètres. Tapie dans l'ombre, je tends l'oreille.

— Elle est surtout effrayée, dit Burn. Et en colère.

— Dangereuse ? demande mon père.

Je voudrais crier que oui, mais je me retiens.

— Non, répond Burn. Elle se maîtrise bien.

Mon père hoche la tête.

— Parfait. C'est une fille intelligente. Tout ce que j'espérais, c'est qu'elle trouverait le moyen de s'adapter, une fois qu'elle aurait compris ce qui lui arrivait, dit-il en se grattant la tête. N'empêche que j'aurais dû être là pour l'aider.

Sa voix est plus grave que dans mes souvenirs, plus rocailleuse aussi. Sans le tambourinement sur son genou, je me demande si je l'aurais reconnu. Maintenant que mes yeux se sont acclimatés, son visage me semble différent. On dirait sa peau plus dure et plus épaisse, semblable à du cuir tanné.

— Nous l'avons à l'œil depuis ta liquidation, dit Burn. Je m'occupe d'elle depuis un an.

— Je sais. Merci.

Il me fait espionner *depuis trois ans* ?

— Elle doit me haïr.

Sans blague.

Burn se tasse contre le mur.

— Drake est excité à l'idée de te revoir.

— J'ai hâte de le serrer dans mes bras.

Là, c'est trop. Il est hors de question que je laisse cet homme essayer d'achever mon frère.

Même si telle n'est pas son intention, il ne mérite pas l'adoration inconditionnelle de Drake. Et cette petite conversation entre Burn et mon père est plus que je n'en peux supporter.

Je m'avance en sortant de l'ombre, trop fâchée pour rester cachée, trop fâchée pour réfléchir.

— Je t'ai bien entendu remercier Burn de m'avoir suivie partout ? crié-je à mon père. Depuis combien de temps me fais-tu surveiller ? Et dans quel but ? Revenir auprès des membres de ta famille et finir ton sale boulot ?

S'il croit qu'il peut nous nuire, à Drake et à moi…

— J'ai des pouvoirs, à présent, et je peux me défendre. Drake aussi.

Sous l'afflux du sang, je sens la pression monter dans mes oreilles.

Mon père se détache de la paroi du tunnel et se dresse devant moi, d'un air emprunté et raide, les muscles tendus. Dans la lumière de la lanterne, inclinée vers le bas, je ne distingue que sa silhouette, délicate par rapport à celle de Burn, bien qu'il soit plus costaud que dans mes souvenirs. Sa main s'avance vers moi avant de retomber.

— Salut, Glory.

— C'est tout ce que tu trouves à me dire ?

Je serre les poings. Si je voyais ses yeux, je le tuerais, là, maintenant. Toutefois, ils ont tourné vers moi une de leurs lanternes et elle m'aveugle. Je fixe donc l'endroit où devraient se trouver les yeux de mon père.

Je vais lui donner une petite idée du danger que je représente.

N'entendant pas de cris de souffrance, je me voile les yeux et m'avance pour mieux viser.

Le faisceau de la torche s'abaisse, puis, sur le sol, se transforme : Burn s'avance vers moi.

— Je vais chercher le petit.

— Laisse-le tranquille, dis-je à Burn en lui attrapant le bras au passage.

Il se penche, grogne.

— Je ne vais pas lui faire de mal.

Malgré son ton menaçant, je le crois. Mieux vaut que Drake soit avec lui, en tout cas, qu'avec mon père. Je retourne mon attention vers le véritable danger.

La présence menaçante de Burn au cours des derniers jours, l'impression d'être sous un poids écrasant retenu par un fil, me semble soudain rassurante. Pour éviter qu'il me laisse seule avec mon père, je recule d'un pas, vers Drake et lui.

Mon père sent ma peur. Sinon, c'est lui qui a peur, car il ne bouge pas, laisse s'accroître la distance entre nous. La torche qu'il brandit éclaire le tunnel et les doigts de son autre main remuent. Il est tendu, lui aussi. Ou bien il s'apprête à m'étrangler avec ses longs doigts ou à me briser le dos, comme il l'a fait pour Drake. Je ne connais même pas la nature de la Déviance de mon père.

Il entend rester là, sans rien dire, et me menacer avec sa taille et son silence ? C'est un petit jeu qui se joue à deux. S'il s'imagine que je vais lui pardonner, voire lui adresser la parole, il se trompe royalement.

Il s'avance vers moi et je recule de quelques pas.

— Glory…

— Ne me touche pas !

Il baisse la main.

— Tu as tellement grandi…

— Trois années se sont écoulées.

— Je sais et j'en suis désolé. Je vous aurais envoyé prendre plus tôt, mais ma vie, dit-il en fixant ses pieds… Je ne voulais pas vous enlever à vos amis, au seul monde que vous aviez connu…

Sa voix s'estompe.

— Les regrets ne suffisent pas.

J'ai craché les mots. Je me rends alors compte que j'ai avancé d'un pas. Avec ses longs bras, il pourrait combler la distance entre nous, mais il reste immobile.

Il baisse la tête et je vois ses doigts frémir le long de son corps, se serrer et s'étirer selon un rythme constant, comme s'il résistait à l'idée de s'en servir pour me tuer.

En étudiant la main de mon père, j'imagine les dommages qu'elle pourrait causer, essaie de déterrer des souvenirs depuis longtemps enfouis. D'autres images, pourtant, m'inondent: cette main frémissante dans mon dos, ses mouvements rythmiques qui me réconfortent, me caressent, écartent mes peurs d'enfant quand, la nuit, un cauchemar me réveille. Maman s'occupait de nous, mais lui aussi. Ma gorge se serre.

Mon père relève la tête. Quand nos regards se croisent, son expression se transforme. J'y vois non plus de la souffrance, mais au contraire un sourire qui se lit dans ses yeux, un sentiment doux. Il tend de nouveau la main vers moi.

Je me secoue pour sortir de ce bonheur induit par la nostalgie. Je ne dois pas laisser mon seul souvenir heureux obscurcir les vraies, les authentiques émotions du moment. Plissant les yeux, je laisse la colère remonter à la surface et je donne libre cours à ma haine.

— Meurtrier!

Le mot jaillit, chargé de venin. Nos regards se croisent. Je sens son cœur battre fort et vite. J'exerce une pression.

Sa main se porte à sa poitrine. La torche tombe sur le sol dallé avec un son métallique. Il gémit.

Je lui ai fait mal, vraiment mal. Je devrais m'en réjouir; j'en suis incapable.

Rompant le contact visuel, je cours vers lui au moment où il tombe en position accroupie. Ma main se plaque sur son dos. Il m'empoigne, se relève, m'attire contre lui. Et l'odeur de sa peau, celle du cuir et de la fumée, provoque un nouvel afflux de souvenirs qui suscitent des émotions indésirables.

Je le repousse.

— Lâche-moi, sinon je te tue comme tu as tué maman.

Ses bras retombent comme si nous étions des aimants de polarité opposée et mon dos heurte le mur.

— Non, Glory ! crie Drake.

En me retournant vivement, je vois Burn qui le transporte. Au bout de la main de Burn, mon masque pend.

— Ne le laisse jamais derrière.

Je m'en empare.

— Papa !

Drake tend les bras et mon père, s'approchant de Burn, le prend dans les siens.

— J'étais sûr que tu viendrais nous chercher.

Drake, ce petit traître idiot, enfouit son visage dans le cou de notre père.

— Lâche-le.

J'agrippe mon frère par les épaules et tente de l'arracher des bras du monstre meurtrier.

— Arrête ! dit Drake. Papa ne va pas me faire de mal.

— Comment peux-tu dire ça ? C'est lui qui…

Burn, mettant sa main devant ma bouche, étouffe la suite de ma diatribe et lève la main pour nous intimer le silence.

Il rajuste le harnais, saisit Drake et le réinstalle sur sa poitrine.

— Nous avons de la compagnie, chuchote-t-il en inclinant la tête du côté d'où nous sommes venus. En route. Vite. Sans bruit. Tout de suite.

Sa voix est un bourdonnement bas. Il éteint sa torche, me prend par le poignet et pose ma main sur les basques de son manteau. Accrochée à lui, je cours dans le noir, l'haleine tiède de mon père dans mon cou.

CHAPITRE QUATORZE

Burn s'arrête, puis, sans crier gare, me soulève au-dessus de sa tête et me pousse dans une alcôve étroite, presque une tablette creusée dans la paroi du tunnel. Affolée, je tends la main et je tâte le fond, le dessus et un côté ; en tendant le pied, je touche l'autre. Cet espace est comme une boîte taillée dans la pierre : moins de deux mètres de profondeur sur un peu plus de un mètre de hauteur.

— Glory ?

Je tends les bras vers Drake et l'attire contre moi. Puis un autre corps se glisse à côté de nous. Je reconnais mon père à son odeur. Il me touche le bras, mais je me dégage d'un geste brusque, et il émet un petit bruit, comme si je l'avais giflé.

Au bout d'un moment, je me demande ce que Burn fabrique. S'est-il caché ailleurs ? Est-il parti se battre à lui tout seul ? Cela fait-il partie de son plan ? Peut-être nos poursuivants sont-ils ses alliés et nous a-t-il rangés ici comme de la nourriture dans un garde-manger.

Bientôt, cependant, je détecte l'odeur chaude de Burn. Avec ses lunettes, lui seul y voit quelque chose et est assez fort pour se hisser dans ce trou sans aide. Sa présence réchauffe l'espace confiné et il corrige notre position. Nous sommes tous assis, maintenant, alignés contre le mur du fond. Drake est entre mon père et moi, Burn de l'autre côté de moi.

Les pas se rapprochent et une faible lueur révèle une intersection. Le tunnel continue tout droit, mais il y a aussi un embranchement. Si nous avions choisi l'un ou l'autre chemin, nous aurions eu cinquante pour cent de chances de nous en tirer. Prisonniers de cette alcôve, nous sommes cuits si on nous trouve.

— Par où ? demande quelqu'un.

Je vacille. On aurait dit la voix de Cal. C'est impossible. J'ai des picotements dans tout mon corps, comme si mes nerfs cherchaient à s'échapper. Je ne saurais dire si j'ai envie de courir me jeter dans ses bras ou au contraire de le tuer pour sa trahison.

Burn me plaque contre le mur de l'alcôve. Il a reconnu la voix de Cal, lui aussi.

— C'est toi qui soutiens qu'ils sont descendus ici, dit une voix.

— On court pour rien, ajoute un homme d'un ton bourru.

— J'ai trouvé son bracelet, c'est tout, déclare Cal d'une voix posée et forte.

J'ai des palpitations dans le ventre. De toute évidence, il a oublié la trahison de Cal, celui-là.

— De quel côté sont-ils allés ? demande l'homme au ton bourru.

— Si je le savais, nous y serions déjà, répond Cal. J'ignorais jusqu'à l'existence de ce tunnel.

Il aide les Confs à nous poursuivre. Voici mes pires soupçons confirmés. Ma gorge se contracte et je sens les signes de ma malédiction se concentrer derrière mes yeux. Je hais Cal. Je le hais de tout mon cœur. Si je pouvais le regarder dans les yeux, en ce moment, je lui en donnerais la preuve.

Un objet m'effleure la tête et je me raidis pour m'apercevoir aussitôt que c'est Burn qui me met ses lunettes de vision nocturne sur le visage. Dès qu'elles sont en place, tout baigne dans une sorte d'étrange lumière verte et je me tourne vers Drake. Il a peur, sans doute, parce que mon père a passé son bras autour de ses épaules. De quel droit ose-t-il ?

Non, je m'imagine des choses. La tête au creux du bras de mon père, Drake s'abandonne, comme si c'était la chose la plus naturelle du monde. Je ravale mon incrédulité. S'il a peur, ce n'est pas à cause de la personne qui l'a paralysé.

Burn me touche le bras et je me tourne vers lui.

— Silence, font ses lèvres.

Il passe son index sur sa gorge.

L'un des hommes entre dans mon champ de vision et s'appuie contre le mur du tunnel, presque en face de l'alcôve, à côté de l'embranchement. C'est un Conf équipé de pied en cap : le lourd plastron de son armure réfléchit la lumière de sa torche. L'ouverture de l'alcôve se trouve à la hauteur de sa tête. S'il élève la torche, il nous verra.

— Éclaire de côté.

Cal apparaît à son tour et montre l'embranchement.

— Je ne prends pas mes ordres de toi.

L'homme à la voix bourrue le pousse et le plaque contre le mur, devant nous. La tête de Cal est si proche que je n'aurais qu'à me laisser glisser et à allonger les jambes pour lui asséner un bon coup de pied. Pendant un moment, j'y songe, puis mon bon sens triomphe.

Un Conf illumine la direction indiquée par Cal.

— Regardez ! Des empreintes vont par là.

— En route, dit l'homme à la voix grave.

Le Conf et Cal empruntent le tunnel qui va du côté droit.

Au bout de plusieurs heures, me semble-t-il, de quelques minutes en réalité, Burn soulève son bras lourd comme du fer et je peux enfin respirer librement. Cependant, l'air de l'alcôve sent mauvais et j'ai envie d'en sortir.

— On y va ? murmuré-je.

— Burn, dit mon père, je peux avoir une minute avec ma fille ?

— Non, chuchote Drake d'une voix dure et ferme.

Je suis très fière de mon petit frère : il veut me protéger contre notre père monstrueux.

— Pas le temps de parler, tranche Burn en s'avançant.

Il descend de l'alcôve, allume sa lanterne et la pose par terre, d'où elle diffuse vers le haut une terne lueur.

— Ils ne vont pas tarder à se rendre compte que les traces que j'ai laissées ne vont pas très loin.

Brillant. Burn est plus futé que je le croyais. Par l'autre embranchement, nous disposerons maintenant d'une longueur d'avance.

Burn me prend la cheville et tire.

— Hé ! dis-je en me dégageant.

Il lève les mains, comme s'il se rendait.

— Descends par tes propres moyens, si tu préfères. Mais dépêche-toi.

— Vas-y, me dit mon père. Je vais passer Drake à Burn.

Je laisse Burn m'aider à descendre, puis il tend les bras vers mon frère. Dans le tunnel, du côté droit, la lumière des torches des Confs tressaute, se rapproche. Ils reviennent vers nous. Ils ont déjà compris l'astuce. Burn repousse Drake dans l'alcôve, puis il se retourne pour éteindre notre torche.

Je dois agir. Vite.

Courant vers l'entrée du tunnel où ils se trouvent, je crie :

— Au secours ! Vous êtes partis du mauvais côté !

Ma voix résonne dans le tunnel et je détale dans l'autre direction. Je ne sais pas ce que je ferai lorsqu'ils m'auront rattrapée, ce qui, compte tenu de ma cheville blessée, ne saurait tarder. Tout ce qui compte, c'est qu'ils ne trouvent pas Drake. Burn le protégera.

De lourds bruits de pas retentissent derrière moi et je trébuche dans le noir, ma cheville m'élance horriblement.

Un bras puissant me saisit par la taille et me soulève. C'est Burn. Je suis à la fois soulagée et terrifiée. Il m'a suivie, laissant mon frère seul avec mon père.

Il s'arrête et me pousse vers l'avant. Mes mains touchent du métal.

— Grimpe.

CHAPITRE QUINZE

Tandis que je grimpe, une faible lueur s'avance vers moi. Au sommet, l'échelle débouche sur l'entrée d'un petit passage, semblable à une glissière ou à un tuyau qui monte abruptement. La lumière se réfléchit sur une chaîne qui pend. Je l'agrippe et, dans l'ouverture, trop étroite pour que je m'y mette à quatre pattes, je commence à me hisser vers le haut. J'essaie quand même d'utiliser mes jambes pour accélérer mon ascension.

Les yeux rivés sur l'anneau de clarté, j'érafle mes genoux sur la surface rugueuse. Le seul endroit extérieur aussi bien éclairé, à ma connaissance, c'est le Centre. Puisqu'il serait insensé d'y apparaître, je me dis que le tunnel débouche dans une pièce à l'éclairage vif.

Tout en haut, je pousse sur le couvercle qui obstrue la sortie. Il ne bronche même pas. Sous moi, j'entends les halètements de Burn, qui se hisse en ahanant.

— Attends.

— Pourquoi me suis-tu ? sifflé-je en guise de réponse.

À l'aide de la chaîne, moins capable encore que moi de se mettre à quatre pattes, il se hisse et se retrouve à moitié à cheval sur moi. Dans cet espace exigu, le poids de son corps me comprime.

— Chut, fait-il en approchant sa bouche de mon oreille. Nous ne pouvons pas remonter à la surface ici. Nous ne sommes pas encore à l'Extérieur.

C'est confirmé: nous sommes toujours sous le Havre. Si je sors, Burn ne me suivra pas. Après tout, c'est un kidnappeur recherché par les autorités. Étant donné la lumière que je perçois, je n'aurai nulle part où me cacher, si je passe de l'autre côté. Burn rebroussera chemin et sauvera Drake; il n'aura pas le choix. Mon frère a raison: le moment est venu de se fier à quelqu'un.

— Retourne auprès de Drake, dis-je.

Burn met sa main sur ma bouche.

Des voix montent vers nous, mais il est difficile de saisir les mots. Burn se soulève et recule un peu, sans doute pour mieux entendre ou encore pour déterminer s'il serait prudent de redescendre dans le tunnel. Le long du tuyau incliné, il se laisse glisser jusqu'à l'échelle.

Je suis toujours appuyée contre le couvercle, au bord duquel ma main découvre une pince à ressort. C'est le moment ou jamais. Je tire sur le levier et la pince se libère. M'élançant hors du trou, je boule sur la surface, un peu plus bas.

La lumière est si éblouissante que je ne peux pas ouvrir les yeux. L'endroit où j'ai atterri est sale et chaud. Je promène ma main sur le sol dans l'espoir de déterminer où je suis et je sens le gravillon s'enfoncer dans mes paumes et mes genoux. Suis-je dans la chaudière de l'une des usines?

Non. La chaleur n'est pas si intense. Les yeux hermétiquement fermés, je tente de reconnaître la sensation en me fiant uniquement à mon toucher. La texture me rappelle celle de notre poudre vitaminée, mais ce n'est pas exactement ça. Je tente d'entrouvrir les yeux; devant l'assaut de lumière vive, ils se mettent à piquer. Je n'ai pas le temps de laisser mes pupilles s'ajuster. Les paupières closes, je m'éloigne avec difficulté de la sortie.

— Ton masque! crie Burn.

Un objet heurte mon dos et atterrit à côté de moi. Toujours à quatre pattes et incapable d'ouvrir les yeux pendant plus d'une fraction de seconde, je le cherche à tâtons. C'est mon respirateur.

— Va sauver Drake! crié-je.

La main en visière, je vois Burn sortir du trou étroit, son masque sur le visage.

— Mets-le! hurle Burn.

Je reconnais enfin la substance granuleuse sous mes mains.

La poussière. N'a-t-il pas dit que nous n'étions pas à l'Extérieur?

La panique me serre la poitrine. J'espère, en tout cas, que c'est la panique, et non la poussière, qui me suffoque. J'enfile le masque, ajuste les courroies.

La visière voilée du masque atténue la clarté aveuglante et, en me retournant, j'examine l'extérieur du Havre, qui s'élève au loin, recouvert de panneaux au schéma indistinct. Entre le dôme et moi, des éoliennes se dressent dans un paysage de poussière et de ruines. Je n'arrive pas à en détacher le regard.

Encore plus laid de l'extérieur, le prétendu dôme n'est pas du tout conforme à l'image qu'on en donne au Centre. Il est de forme irrégulière avec, par endroits, des courbes et des angles aigus. Détail plus inattendu encore, le dôme est doté de vrilles qui le relient à d'autres dômes, d'autres structures. Rien ne correspond à l'image que j'en avais de l'intérieur.

Le paysage, loin de n'être qu'un vaste océan de poussière, est jonché de débris. Des coquilles d'immeubles en ruine jaillissent çà et là, à la façon d'os fracturés crevant la surface. Partout, j'aperçois des amoncellements de métal tordu. Compte tenu de tout ce qui est entré dans la fabrication du Havre, je m'étonne de la présence de ces matériaux. À voir son aspect désordonné, on comprend encore mieux que notre cité s'est construite sur des ruines.

Balayant l'horizon des yeux, je suis frappée par le caractère absolument désespéré de ma situation, l'échec total de mon plan. Confs ou pas, nous devons retourner dans les tunnels. Burn me saisit par le bras, m'entraîne vers lui et me soulève en plaquant mes bras contre mon corps à l'aide d'un seul des siens.

— Qu'est-ce qui te prend?

Le masque altère sa voix, comme s'il avait la tête sous l'eau.

— Tu as dit que nous n'étions pas à l'Extérieur.

— À l'extérieur de ceci.

Pivotant sur lui-même, Burn me montre, au loin, un mur gigantesque. D'une hauteur de plus de quinze mètres, il est fabriqué de béton, d'acier et de métaux que je ne connais pas. De la poussière s'y est accumulée en longues traînées: on dirait des doigts s'étirant dans l'espoir de s'échapper.

Un mur encercle le Havre? Pourquoi? D'ici, je suis incapable d'évaluer les distances. Je n'ai jamais vu de si vastes espaces s'étirer devant moi, même du toit des immeubles les plus hauts.

Le mur sert sans doute à éloigner les Déchiqueteurs. Comme les monstres sont légion, je frissonne à l'idée de ce qui se trouve derrière ce mur. Et c'est de ce côté-là que Burn nous conduit ?

— Cesse de gigoter, grogne Burn à mon oreille. Nous devons regagner le tunnel avant qu'ils nous trouvent.

— Les Confs ?

Je ne m'étais pas rendu compte que je me débattais. Je me calme. Puis, en comprenant enfin qui sont ces « ils », je manque de glisser des bras de Burn.

Les Déchiqueteurs.

Il me laisse tomber dans la poussière et un nuage s'élève autour de moi. Je porte la main à mon nez et à ma bouche, oubliant le masque jusqu'à ce que mes doigts l'effleurent. La chaleur est encore plus intense qu'au point le plus élevé du Havre et je m'aperçois qu'elle émane du même endroit que la lumière vive. Levant les yeux, je distingue une sorte d'énorme boule de feu.

— D'où vient la lumière ?

— Du soleil.

— Il brille en dehors du Havre ?

— Je veux parler du *vrai* soleil, répond Burn avec impassibilité.

— Ah bon ?

La fébrilité, l'émerveillement que trahit ma voix me plongent dans l'embarras. Depuis que je suis toute petite, le mot « soleil » évoque la lumière que reflète le ciel pendant les heures de jour, à l'intérieur du Havre. Cette lumière monstrueuse, si haute que je ne vois même pas à quoi elle est accrochée, confère un sens tout nouveau au mot familier.

— Merde, dit Burn.

Je me tourne vers lui.

Il bondit et plonge vers le cercle de métal qui recouvre l'entrée du tunnel. Avant qu'il y touche, j'entends un fracas métallique.

J'attends que Burn le rouvre. À ma grande surprise, il jure et frappe la porte du pied à plusieurs reprises. Un seul coup de cette botte suffirait à me casser le dos, à écrabouiller mes côtes, à fracasser mon crâne.

Le trou d'où nous sommes sortis se trouve à côté d'une structure basse en béton, recouverte de poussière. Maintenant que la porte en métal foncé est refermée, j'ai du mal à distinguer la forme circulaire. Burn renonce à donner des coups de pied et s'accroupit à côté.

— Qu'est-ce qui se passe ? demandé-je en essayant de dissimuler ma panique.

— La porte est verrouillée.

— Pourquoi l'as-tu refermée ?

Il se dresse et fonce vers moi, si vite que je tombe sur le sol. Au contact de la poussière, mes mains brûlent.

— Je ne l'ai pas refermée, dit-il en balayant les environs du regard.

Me relevant, je l'imite.

— Comment se déverrouille-t-elle ?

— Elle ne se déverrouille pas. Si on ne désarme pas le ressort, elle se referme automatiquement. On ne peut pas l'ouvrir de l'extérieur. C'est un dispositif anti-Déchiqueteurs.

— Il y a sûrement une combinaison, une serrure.

Les combinaisons se déchiffrent, les serrures se crochètent. Vite, je m'accroupis et promène mes mains sur le couvercle en acier. Sur sa surface rugueuse, je ne sens rien.

Je me tourne vers Burn.

— Il faut l'ouvrir, pourtant.

— Les codes d'accès sont encryptés dans les gants des Confs. Nous ne pouvons pas l'ouvrir. Fais-moi confiance.

Je ne lui fais plus confiance. Plus maintenant.

— Si tu savais que la porte allait se refermer, pourquoi ne l'as-tu pas bloquée avec un objet quelconque ? Tu es sorti le dernier.

Je respire trop rapidement et ma visière s'embue. Mon frère est quelque part en bas, seul avec notre père monstrueux et les Confs. Tous veulent sa mort.

— C'est toi qui t'es enfuie, répond-il en s'avançant vers moi d'un pas lourd. C'est toi qui as ouvert la porte. C'est toi qui as omis de désarmer le ressort pour nous permettre de rentrer.

— Comment voulais-tu que je le sache, moi ?

Ma voix est faible parce qu'il a raison. Tout est de ma faute. Et j'ai laissé mon frère derrière.

— Écoute, commence Burn en me foudroyant du regard. Ta petite tentative était téméraire, mais elle a peut-être marché. Les Confs nous ont suivis sans s'arrêter devant l'échelle. Drake et Hector ont une chance. En route, maintenant.

— Non ! crié-je en tapant sur la porte du tunnel, puis en parcourant des doigts ses bords invisibles. Pas question que j'abandonne mon frère !

— Trop tard.

Burn me prend par le bras et m'entraîne. Devant ma résistance, il me lâche et mon dos cogne contre la porte.

— Eh bien, reste ! hurle-t-il. Je m'en moque. Attends l'arrivée des Confs ou des Déchiqueteurs. C'est cinquante-cinquante. Dans un cas comme dans l'autre, bonne chance.

Mon cœur s'affole, mon cerveau manque d'oxygène. Je n'arrive plus à penser.

À grandes enjambées, Burn s'éloigne vers le mur, à l'opposé du Havre. Je tourne sur moi-même dans l'espoir de m'orienter sans le perdre de vue. Le Havre est plus proche que le mur et mon instinct me commande de rester près du dôme, près du seul foyer que je connaisse.

En ce moment, cependant, le Havre n'est pas synonyme de sécurité.

De toute façon, y retourner m'obligerait à affronter les Déchiqueteurs, autant dire la torture et la mort. Les Confs me trouveraient peut-être avant, mais c'est peu probable. Et ils ne me laisseraient jamais revenir auprès de mon frère.

Préférant le danger que je connais, je cours vers Burn en évitant les débris qui dépassent de la poussière. Même si ma cheville est un peu moins douloureuse, je mets une minute à rattraper Burn, qui m'ignore superbement.

Drake doit être mort de peur, à supposer qu'il soit encore vivant, à supposer que notre père n'ait pas achevé le travail qu'il a amorcé il y a trois ans. Je dois continuer d'espérer. Je dois croire que Drake est vivant. Jusqu'à preuve du contraire, chaque fibre de mon être sera vouée à sa survie.

— Où va-t-on? demandé-je à Burn en essayant de reprendre mon souffle.

Devant son silence, je lui prends le bras et essaie de nouveau.

— Il y a un autre moyen de regagner les tunnels, hein?

— Plus la peine de descendre.

— Mais mon frère...

— Ils vont sortir de l'autre côté du mur.

— Pourquoi? Où nous emmènes-tu? Où est Drake? Comment allons-nous le retrouver?

Burn dégage sa manche et poursuit sa route en balayant les environs du regard, comme si je n'étais pas là.

— Où allons-nous? Dis-moi!

Il s'arrête un instant et redistribue les armes dans son ample manteau.

J'en ai assez de sa manie de me cacher ses intentions, de ne rien me confier. De quel droit s'est-il mis en colère? Je n'avais même pas conscience de commettre une erreur. Je ne le laisserai plus m'ignorer.

Il me tourne le dos et se remet en marche. Je cours vers lui et je saute sur son dos, serre mes bras autour de son cou. Puis je me penche vers l'arrière, tire sur sa gorge de tout mon poids. En l'étranglant, je parviendrai peut-être à lui arracher quelques bribes d'information.

— Réponds-moi!

Il se contorsionne et le mouvement violent m'envoie valser au loin.

— S'il te plaît...

Le désespoir que trahit ma voix a quelque chose d'humiliant.

— Je dois retourner auprès de mon frère.

Il s'arrête et ses épaules se soulèvent, puis s'affaissent.

— Hector sait où nous retrouver.

Un bruit assourdissant me distrait et je me tourne vers sa source. Environ à mi-chemin entre le Havre et nous, quelque chose - ou quelqu'un - s'approche rapidement. Un cri strident retentit dans la poussière et la silhouette tombe. D'autres se profilent derrière la première, forment un rempart noir mouvant.

— Cours ! hurle Burn en détalant. Les Déchiqueteurs !

CHAPITRE SEIZE

Les poumons et les jambes en feu, je saute par-dessus un bout de ferraille tordu et calciné et je trébuche. Autour de nous, sous nos pas, se trouvent des vestiges de la vieille ville d'ALP. Burn s'arrête pour me laisser le rattraper. Dès que j'arrive à sa hauteur, il me prend sur son dos.

— On ira plus vite comme ça.

Il détale sans me donner le temps de lui répondre. Cramponnée à lui, je n'ai aucune idée de notre destination. Je m'en moque, pourvu qu'on échappe aux Déchiqueteurs. Le mur me semble très lointain. Incapable d'évaluer les grandes distances, faute d'expérience, j'ignore combien de temps nous mettrons à y parvenir. Tout ce que je sais, c'est que nous n'avançons pas vite.

Sur notre droite se dresse le squelette d'un immeuble plus haut que les autres. Quelle taille avait-il ALP ? En tout cas, les poutrelles d'acier et les blocs de béton qui dépassent de la poussière atteignent au moins trois étages, plus par endroits.

Nous atteignons les limites de cette ruine et je me laisse descendre du dos de Burn. Me prenant par les cuisses, il me soulève au-dessus de sa tête.

— Attrape.

En m'étirant au maximum, je réussis à accrocher le bord de la poutrelle du premier étage.

— Monte.

Ses mains se portent à mes chevilles et il me pousse en même temps que je tire.

Lorsque mon ventre touche la poutrelle, il me lâche et je sens la morsure de l'acier. Je retourne ma jambe et je me retrouve à califourchon sur la poutrelle large de trente centimètres. Burn empoigne un des montants et se déplace sans effort; les semelles de ses bottes grimpent, tandis que, les mains sur la poutre, il semble marcher à quatre pattes, à la verticale. Je ne peux détacher mes yeux de son torse puissant, des muscles qui gonflent son manteau. En haut, il se hisse sur la poutrelle où je me suis perchée.

D'une main, il m'indique de le suivre, puis, sur une autre poutrelle en acier, il s'avance rapidement jusqu'à une dalle en béton, haute de deux mètres. En m'accrochant à la poutrelle, je prends mon élan et me mets en position accroupie. Les Déchiqueteurs, plus proches, poussent des cris de mort. Je me demande s'ils suivent notre odeur. Les Déchiqueteurs ont-ils le sens de l'odorat?

Je me relève et, en équilibre précaire, m'avance vers Burn et la dalle. Les Déchiqueteurs sont si proches qu'ils peuvent nous voir, désormais, et j'entends un rugissement.

Baissant les yeux, j'aperçois plutôt un homme ceint d'énormes chaînes attachées à des blocs de béton. Y aurait-il eu une deuxième liquidation cette semaine? Compte tenu de tout le poids qu'il trimballe, l'homme se déplace avec rapidité, mais ses poursuivants gagnent du terrain. Il est si près, à présent, que je distingue son masque, un gros machin noir comme en portent les Confs, sauf que le sien est brisé. Il tombe à genoux. Voyant l'écart se rétrécir, les membres de la meute, derrière lui, poussent un autre rugissement.

Je devrais avoir pitié de cet homme, mais, franchement, je suis soulagée de constater que les Déchiqueteurs ont une autre victime dans le collimateur. Nous pourrons peut-être nous éclipser pendant qu'ils le taillent en pièces. Il est futile d'espérer avoir échappé à leur attention.

À plat ventre sur la dalle de béton, Burn tend les bras et me hisse vers lui. Je vois, d'un côté, un escalier qui monte et, devant, les vestiges d'un autre, qui descend. L'endroit où nous nous trouvons a autrefois servi de palier entre deux étages. La première marche du second escalier est plus ou moins intacte, tandis que des tiges de métal dépassent de la suivante. En dessous, il n'y a rien.

— On continue de monter ? demandé-je.

L'escalier qui permet d'accéder au niveau supérieur semble en meilleur état. J'ai l'impression qu'il vaut mieux grimper. Le plus loin possible de ces monstres.

Burn secoue la tête et pose un doigt sur le protecteur buccal de son masque.

L'homme, qui s'est relevé, se trouve à environ huit mètres de la ruine. Il lève les yeux. Je crois qu'il nous voit, mais Burn se jette à plat ventre et je l'imite. Risquant un coup d'œil, je me rends compte que les Déchiqueteurs ont fondu sur l'homme… au sens propre. Ils lui enfoncent la tête dans la poussière. Quatre d'entre eux le maintiennent, leurs bottes sur ses membres. L'homme étire le cou dans l'espoir de trouver de l'air. Un autre se jette sur lui et lui arrache son masque. Il le jette au loin. Les autres rient.

Au moins six blocs de béton, retenus par des chaînes, sont répartis autour de l'homme ; d'autres entravent ses bras. Pourtant, il avançait à vive allure. Sa Déviance a sûrement à voir avec la vitesse. Les Déchiqueteurs utilisent sans doute le béton et les chaînes pour le ralentir.

En riant, l'un des Déchiqueteurs casse un long bout de chaîne, aussi facilement qu'un fil, et attache les pieds et les genoux de l'homme. Ainsi ficelé, il ne pourrait pas courir, même s'il réussissait à se remettre sur pied. En grognant, il essaie de se libérer. En vain.

— Debout ! crie l'un des Déchiqueteurs, dont la voix grince dans mes oreilles. Je veux voir ton visage pendant que nous t'écorchons vif.

Je suis sidérée. Les Déchiqueteurs parlent ! La voix de celui-ci est horrible, tonitruante et éraillée, mais je distingue les mots. Riant et grognant, les autres soulèvent l'homme et l'entraînent jusqu'à une poutrelle qui dépasse du sol, non loin de l'entrée de l'immeuble. Ils l'y attachent et l'un d'eux plante un couteau dans la cuisse de l'homme. Du sang se répand sur son pantalon gris poussiéreux. Pendant ce temps, un autre Déchiqueteur effleure la joue de l'homme de la pointe de son couteau, laissant dans son sillage une fine coulée de sang.

De plus loin, un martèlement parvient jusqu'à nous. Levant les yeux, j'aperçois un détachement de sept Confs, équipés de leur lourde armure noire et du respirateur qui leur obstrue le visage. Ils courent et marchent à moitié, deux par deux, leur équipement et leurs pistolets sautillant, *boum, boum, boum, boum.*

Je suis paralysée. Sans doute sont-ils là pour sauver cet homme, même s'il a été liquidé. Au moment où cette réflexion me vient à l'esprit, je me rends compte que je me trompe. Les Confs diffusent les scènes de torture dans le Centre. Le plus probable, c'est qu'ils ramèneront tout ce beau monde là où des caméras capteront le spectacle.

J'espère au moins qu'il n'y a pas de caméras ici. Je frissonne. Ignorant la peur, je me prépare à assister au combat. J'ai beau vouloir que les Déchiqueteurs soient terrassés et l'homme sauvé, j'espère que la scène ne sera pas trop brutale.

Quelques Déchiqueteurs se tournent vers le rempart de Confs qui s'avance, puis, indifférents, ils se remettent à dépouiller la victime de ses vêtements et à inciser sa peau avec leurs armes blanches. L'un des Déchiqueteurs porte un collier qui tinte à chacun de ses mouvements. Je me rends compte avec horreur qu'il est fait de dents… de dents humaines.

J'avale de la bile et ferme les yeux pour les rouvrir aussitôt. La scène ne disparaîtra pas simplement parce que je m'en détourne. Il me semble plus sûr de savoir ce qui se passe et d'être prête à réagir au cas où on nous découvrirait.

Les Confs s'immobilisent en bloc.

Celui du milieu, le capitaine, de toute évidence, s'avance et dit :

— Donnez-nous les chaînes.

— Non, réplique le gros Déchiqueteur au collier de dents en repoussant le capitaine des Confs. Celui qui les trouve les garde.

Je n'y comprends rien. Je ne saurais dire ce qui me désarçonne le plus : que les Déchiqueteurs s'expriment intelligiblement ou qu'ils semblent *collaborer* avec les Confs.

— Nous l'avons ralenti pour vous. Ces chaînes sont à nous, dit le capitaine.

Les six autres Confs dégainent. Ils pointent leurs pistolets, les plus gros que j'aie vus de ma vie, sur les Déchiqueteurs.

Le chef des Déchiqueteurs éclate de rire et je n'ai jamais rien entendu d'aussi effrayant. On dirait du métal frottant contre du métal, mais en plus grave.

— C'est à cause de vous qu'il s'est enfui, dit le Déchiqueteur en écartant un peu plus les jambes. Celui-là, il aurait fallu l'entraver dès le début.

Le capitaine des Confs soulève deux doigts et donne un signal en leur imprimant un mouvement.

Bang.

L'un des Confs tire sur un Déchiqueteur. Sous l'effet du projectile, le monstre, projeté vers l'arrière, atterrit dans la poussière. Il a un trou béant à la place de la poitrine, mais il ne saigne pour ainsi dire pas.

Les autres Déchiqueteurs l'observent pendant une seconde, puis ils recommencent à effleurer la peau du Déviant avec leurs couteaux, juste assez pour le faire saigner. Ils rient en l'entendant crier.

Le capitaine des Confs met en joue le Déchiqueteur au collier de dents.

— Nous reprenons les chaînes.

Le monstre lève son couteau à la hauteur du cou du Conf. Étant donné l'armure que porte celui-ci, le geste semble futile. Le Conf du bout de la formation lui tire dessus. Le Déchiqueteur tombe et son collier macabre se balance dans le vide, là où se trouvaient ses côtes.

C'est la première fois qu'on abat quelqu'un sous mes yeux. Je n'avais encore jamais vu un vrai pistolet en action. Dans le Havre, on utilise seulement des pistolets à impulsion électrique. Et encore, très rarement. Dans mes pires cauchemars, je n'ai jamais imaginé qu'une arme puisse causer des blessures comme celles qu'a subies le Déchiqueteur, dont la moitié du torse a été arrachée.

Le capitaine soulève sa main, bouge son poignet et les Confs ouvrent le feu. Je me bouche les oreilles, tandis que les Déchiqueteurs tombent en morceaux sur le sol. À cause de la douleur ou du sang qu'il a perdu dans la poussière, à ses pieds, le Déviant s'évanouit. Sans les chaînes qui le retiennent, il s'écroulerait.

Je respire trop rapidement, impuissante à me remplir les poumons. Je voudrais retirer le masque pour me soulager. Pour retenir mes mains d'exécuter ce geste que tout mon être, sauf sa partie logique, considère comme une bonne idée, je les coince contre le béton. L'un des bras de Burn se pose sur mon dos. Son poids m'apaise et m'aide à ralentir ma respiration.

Les Confs réunissent leurs chaînes, les enroulent et les rangent dans des sacs accrochés à leurs dos. Débarrassé de celles qui lui entourent la poitrine, l'homme tombe de la poutrelle et s'affaisse sur le sol.

Lorsque l'un des Confs se penche pour l'aider à se relever, le chef secoue violemment la tête.

— Laisse-le. Une autre meute de Déchiqueteurs le trouvera bien assez tôt.

Les Confs se remettent en formation. Le capitaine soulève son poignet et le tourne brusquement. À son signal, les sept pivotent sur eux-mêmes. Ils marchent en V, le capitaine à la pointe. Cap sur le Havre.

Le Déviant est immobile. Vit-il toujours ?

Lorsque les Confs disparaissent derrière une dune, Burn se lève d'un bond et court jusqu'à la poutrelle qu'il a utilisée pour grimper. Il s'en sert comme d'un poteau pour se laisser glisser jusqu'au sol. Près de l'homme, il se tourne vers moi.

— Descends. D'autres Déchiqueteurs vont venir. Il ne faut pas tarder.

Je me lève et supplie mes muscles de m'obéir. Je respire à fond pour dominer ma peur. Le blessé va nous ralentir. Mais nous ne pouvons pas l'abandonner ici.

CHAPITRE DIX-SEPT

Je croyais que nous allions sauver l'homme, mais non. Burn lui enfonce le nez dans la poussière et je tire sur son bras pour l'obliger à le lâcher. L'homme lève les yeux sur moi, la bouche et le nez couverts de poussière. Je ne le reconnais pas et j'en suis heureuse.

La peur me serre la gorge. L'homme a les yeux affolés. Sa bouche tordue esquisse une grimace torturée. Il se noie dans la poussière, se démène comme un fou dans l'espoir d'échapper à Burn. Dire que le pauvre homme vient tout juste d'éviter d'être écorché vif par des Déchiqueteurs !

Je martèle le bras de Burn.

— Ne le tue pas !

— Lâche-moi, dit-il en me repoussant. Nous n'avons plus un instant à perdre.

Il est tellement plus fort que moi que toute résistance est inutile. Je recule d'un pas et je m'assieds par terre, adossée à l'une des poutrelles du squelette de l'immeuble.

Au moment où je commençais à avoir confiance en lui, à croire qu'un être humain se cachait sous ses dehors rudes, Burn tue un homme qu'il semblait vouloir sauver. C'est peut-être plus humain, au fond : peut-être vaut-il mieux le noyer dans la poussière que de le laisser ici, où une autre meute de Déchiqueteurs le trouvera sans doute. D'autant que ces derniers risquent de mal réagir en voyant les restes de leurs amis éparpillés autour de lui.

Incapable d'assister à l'assassinat de cet homme, je lève les yeux vers le ciel. Il est si haut. Et si bleu. Si c'est ce qu'on a cherché à imiter en peignant l'intérieur du dôme, on a échoué lamentablement. Je remonte les manches de ma chemise et je laisse la chaleur de ce soleil immense caresser ma peau. La sensation, réconfortante, me donne une odeur différente. Un peu salée et aussi… presque sucrée. Le parfum me rappelle celui de la boutique appelée *boulangerie*. J'en oublie presque que Burn, à quelques mètres de moi, est en train d'achever un homme.

— Ça suffit, dit Burn d'un ton bourru.

Je tressaille. L'homme est encore vivant. Plus bizarre encore, Burn l'éloigne de la poussière, alors qu'il en veut encore. Il tend les bras vers elle, tandis que Burn l'empêche d'y replonger.

Je cours vers eux.

— Laisse-le mourir, si c'est ce qu'il souhaite !

— Quoi ? demande Burn en se tournant vers moi.

Ses bras encerclent la poitrine de l'homme, plus petit et beaucoup plus âgé, et le retiennent, malgré ses mains qui se tendent vers la poussière.

— Pourquoi voudrait-il en inhaler, sinon ? demandé-je. D'abord, tu l'obliges à en prendre ; ensuite, tu l'empêches de continuer.

— Hé, mon vieux, dit Burn en soulevant l'homme. Tu as eu ta dose. Calme-toi.

L'homme se détend dans les bras de Burn et celui-ci le pose par terre.

— Là.

Tenant l'homme par le bras, Burn se penche pour ramasser son masque cassé. D'une des poches de son manteau, il sort un long bout de tissu et le place sur le filtre brisé.

— Tu auras peut-être de la difficulté à respirer avec ce machin, mais ça devrait empêcher la poussière d'entrer.

Il fait passer le masque sur les cheveux gris en broussaille de l'homme. Comme il est apaisé, Burn le libère.

— Qu'est-ce qui se passe ?

Je ne me souviens pas d'avoir été aussi désorientée. Je venais tout juste d'apprivoiser l'idée que Burn s'apprêtait à commettre un meurtre par compassion. Cherchait-il simplement à vérifier si l'homme allait se transformer en Déchiqueteur ?

— Merci, mon garçon.

L'homme donne un petit coup sur le bras de Burn et, penché, les mains sur les cuisses, il recommence à respirer normalement. Il se redresse.

— Gage. Du Havre.

Entre ses mots syncopés, il halète.

— Liquidé aujourd'hui. Que faites-vous... à l'Extérieur ?

— Moi, c'est Burn. Elle, c'est Glory, ajoute-t-il en me désignant. C'est sa faute, tout ça.

— Quoi ?

Je m'avance vers lui et je lui assène un coup de poing sur le bras.

— Tu nous as emmenés, mon frère et moi, sans nous dire où nous allions, ni pourquoi, et c'est à cause de moi que nous sommes à l'Extérieur ?

Burn me foudroie du regard.

— Sans ta petite initiative, nous serions encore en sécurité dans les tunnels, sans doute au-delà du mur, à présent. Mais tu es incapable de suivre de simples directives. Et voilà le résultat. Nous risquons d'être taillés en pièces par des Déchiqueteurs ou…

Il s'interrompt et secoue la tête. À voir son expression, je ne tiens pas à savoir ce qu'il était sur le point d'ajouter.

— Dans ce cas, je suppose que je te dois des remerciements, jeune fille, dit l'homme.

Gage soulève légèrement son masque et me sourit avant de le remettre en place. Burn grogne.

— Je ne comprends toujours pas, dis-je en secouant la tête à mon tour.

Gage enfile ses habits en lambeaux. Ses blessures ne saignent plus. Certaines, déjà, se couvrent de croûtes. Si vite ? Avec tout ce sang, j'ai du mal à me rendre compte.

— Vos coupures ?

Devant la multitude de questions qui se pressent dans ma tête, je n'arrive même pas à formuler des phrases complètes.

Burn regarde au loin.

— Il faut y aller.

Il se tourne vers Gage.

— Si je comprends bien, tu es rapide ?

— Très.

Sans même une grimace, il promène ses doigts sur les plus vilaines blessures de sa poitrine.

— En tout cas, je l'étais avant d'être blessé.

Burn sort un énorme couteau.

— Une fois la douleur disparue, tu seras comme avant.

Je saisis Burn par le bras.

— Je ne comprends pas.

La guérison rapide est-elle une des caractéristiques de la Déviance de Gage ?

— Je t'expliquerai plus tard. Nous devons trouver un endroit où nous cacher en attendant la nuit. Ensuite, nous poursuivrons notre route vers le mur.

Burn pivote et, le couteau à la main, traverse le rez-de-chaussée de l'immeuble dans lequel nous nous terrons.

— Restez près de moi.

— Pourquoi le soleil tombe-t-il ? Où va-t-il ? demandé-je.

La portion inférieure du ciel se colore de rose et d'orange. Je n'aurais jamais rien pu imaginer d'aussi beau.

Burn, assis à côté de moi sur une dalle de béton surélevée, ne répond pas. Pour ne pas détacher mes yeux du ciel, ne serait-ce qu'une minute, je pousse Burn avec ma jambe. Le soleil s'est métamorphosé en une boule orangée et incandescente ; les couleurs du ciel se transforment sans cesse. Si le spectacle n'était pas si grandiose, j'aurais l'impression d'assister à la fin du monde.

En face de nous, Gage dort. Je me tourne pour secouer Burn. Il grogne.

— Je dormais. Tu devrais m'imiter.

— Le soleil ne risque pas d'incendier le monde ?

Les épaules et la poitrine de Burn tremblent.

— Tu ris de moi ?

Feignant l'indifférence, je me retourne vers le ciel.

Il pose la main sur mon épaule.

— C'est ce qu'on appelle un coucher de soleil, explique-t-il. Il y en a un tous les jours.

— Comment ça ?

Dans le Havre, il est vrai que, tous les jours, le soleil s'adoucit avant de s'éteindre. La nuit, une lune à la lueur plus bleutée et plus faible le remplace. Jamais, pourtant, je n'aurais pu imaginer une scène comme celle qui se joue devant mes yeux.

Burn remonte ses jambes et se penche vers l'avant, les mains sur les tibias.

— Le soleil est une étoile.

— Les étoiles sont de minuscules ampoules à DEL qui ponctuent le ciel nocturne.

C'est ce que mon père m'a un jour expliqué en ajoutant qu'il y en avait davantage quand il était petit. Parce qu'on ne les remplace pas quand elles grillent, les lumières deviennent plus rares, en particulier dans le secteur du Havre où nous habitons.

— Je te parle des *vraies* étoiles, dit Burn qui, retirant son masque, se tourne vers moi.

— Ton masque.

— Ça ira, répond Burn. Tu peux ôter le tien, si tu veux. Il n'y a pas de vent, ce soir, et la poussière ne monte pas jusqu'ici.

Il promène sa main sur la surface où nous resterons cachés jusqu'à la nuit tombée. Je n'ai aucune idée de ce qu'était cet immeuble ALP. Désormais, c'est une ruine. Il est miraculeux qu'une structure se dresse encore ainsi, me dis-je, compte tenu des matériaux dont on a eu besoin pour ériger le Havre, sans parler du mur. Nous sommes plus hauts, cette fois-ci, au moins trois étages au-dessus du sol, et beaucoup plus proches du mur. Je me demande si Drake, sorti des tunnels, se trouve déjà de l'autre côté. Je refuse d'imaginer que des Confs ou des Déchiqueteurs aient pu le capturer.

Après l'ascension, les blessures de Gage ont recommencé à saigner. À la pensée de son expression affolée, tandis qu'il respirait de la poussière, je passe ma main devant le filtre qui me couvre la bouche.

Tendant le bras, Burn enlève mon masque. Sur mon visage, l'air, frais et réconfortant, est agréable. Tandis que la chaleur du soleil s'amenuise, je sens la sueur s'évaporer. Sans la distorsion causée par le plastique foncé de la visière, le ciel est encore plus spectaculaire. La faible lueur jaune qui en émane confère une teinte plus chaude à la peau de Burn, l'adoucit.

Il m'étudie, lui aussi, et j'en suis mal à l'aise. Lissant mes cheveux, emprisonnés depuis le matin par le masque, je me concentre sur le coucher du soleil.

— On ne t'a rien appris sur les étoiles ou les planètes, à l'école ?

— L'école ?

— La FG.

— Oui, mais je n'aurais jamais rien imaginé de pareil.

On nous parle des planètes et des étoiles pour nous expliquer l'origine de la poussière, mais je me rends compte maintenant que la Direction nous raconte ce qui l'arrange.

— Les étoiles sont des boules de feu, distantes de millions de kilomètres.

La voix de Burn est grave. En même temps, elle n'a jamais été si douce.

— Le Soleil est l'étoile la plus rapprochée. C'est pour cette raison qu'il nous semble plus grand. Il réchauffe la Terre en plus d'être une source de lumière.

— Et, la nuit, c'est la Lune qui prend la relève, dis-je pour lui montrer que je ne suis pas tout à fait ignorante.

Il secoue la tête.

— La lumière de la Lune vient du Soleil. Elle se contente de la refléter.

Je fronce les sourcils sans le contredire. De toute évidence, il raconte n'importe quoi. Pourtant, il en sait manifestement plus que moi sur l'Extérieur, même s'il ment ou invente tout au fur et à mesure.

— C'est une étoile qui a frappé la Terre ? C'est pour cette raison que la planète a pris feu ?

Il étire ses longues jambes.

— Non. C'étaient des astéroïdes. Une pluie d'astéroïdes. D'énormes rochers, en fait.

— Comment les feux ont-ils pris naissance ?

— Volcans. Tremblements de terre.

— Ah bon.

On nous l'avait dit en FG.

— Les astéroïdes ont frappé si fort qu'ils ont détaché des fragments de la Terre, non ?

Il hoche la tête.

Je poursuis :

— Ensuite, l'atmosphère s'est chargée de cendres et de poussière, ce qui a bouleversé les conditions climatiques, rendu les voyages en avion impossibles, bloqué les communications… Et puis la poussière s'est mise à tomber.

Je répète ce qu'on nous a appris. Burn ne me corrige pas.

— Qu'y avait-il dans la poussière ? Pourquoi nous a-t-elle changés ?

— Je ne sais pas. Personne ne le sait, je crois. Les astéroïdes ont apporté quelque chose, j'imagine. Ou les volcans, peut-être…

Pour la première fois, je le sens hésiter. Il se penche vers l'arrière.

— C'est sans importance.

Et il a raison. Après tout, nous ne pouvons pas revenir en arrière, éliminer la poussière et les Déchiqueteurs, faire de lui ou de moi des Normaux.

— Qu'est-ce qu'il a, le soleil ?

Il n'est plus rond. La portion inférieure a été retranchée et la couleur orangée s'est intensifiée.

— Ne t'en fais pas, dit-il en se penchant pour me donner un petit coup sur l'épaule. Il n'a rien. Nous nous détournons de lui pour la nuit, c'est tout.

Une fois de plus, je suis déroutée. Mais tant pis.

— Il est magnifique.

— Oui.

Sa voix est plus rauque que d'ordinaire. En pivotant vers lui, je m'aperçois qu'il m'examine. Quand nos regards se croisent, il tourne de nouveau les yeux vers le soleil.

— Où est mon frère ?

Il se déplace, plie une jambe et, en se tenant le tibia, me regarde.

— Il y a une porte dans le mur. Nous la franchirons à la faveur de la nuit.

— Et Drake sera de l'autre côté ?

À l'idée de ne pas savoir s'il est en sécurité, j'ai peur. Je me sens coupable de ne pas avoir mieux veillé sur lui et j'ai honte d'avoir songé à autre chose qu'à le retrouver. Je sens ma poitrine s'affaisser.

— Hector s'occupe de lui, dit Burn. Ne t'inquiète pas.

La mention de mon père avive ma peur, mais la curiosité l'emporte.

— C'est comment, de l'autre côté du mur ?

— À peu près comme ici, d'abord. Puis, plus loin, il y a moins de ruines, moins de poussière.

— Moins de poussière ?

— Le mur emprisonne la poussière, la retient à proximité du Havre. Ici, elle tourbillonne et se dépose le long du mur.

Il se frotte le menton.

— Certains prétendent qu'ils apportent volontairement plus de poussière ; moi, je ne les ai jamais vus faire.

Il hausse les épaules.

— C'est seulement la quatrième fois que je me retrouve en surface dans la zone critique.

— La zone critique ?

— L'espace infesté de Déchiqueteurs qui entoure le Havre.

— Comment font les Déchiqueteurs pour apporter de la poussière ?

— Pas eux. Je voulais parler des membres de la Direction.

— Mais…

Dans mon esprit, les implications volettent à la façon des étincelles provoquées par une prise de courant défectueuse. La Direction apporterait volontairement de la poussière ? J'ai tellement de questions à poser que je ne sais pas par où commencer.

— Quand nous avons rencontré Gage, j'ai cru que les Confs et les Déchiqueteurs étaient alliés.

— Tu as vu juste.

J'avais cru qu'il y aurait une autre explication.

— Mais les Confs ont tué les Déchiqueteurs.

Burn grogne.

— Ouais. Pour des chaînes, fait-il en secouant la tête. Celles qu'ils ont utilisées pour ralentir Gage et permettre aux Déchiqueteurs de l'attraper.

Il rit.

— Je me demande si les caméras ont pu capter quelque chose de l'évasion de Gage. Privés de leur spectacle, les membres de la Direction sont très mécontents. Ils ont sûrement interrompu la diffusion tout de suite après la fuite de Gage. Puis ils ont raconté que de la poussière s'était infiltrée dans l'appareil.

— Alors la Direction…

— … est heureuse de la présence des Déchiqueteurs autour du dôme. Comme ça, vous, les habitants du Havre, filez doux parce que vous en avez peur.

— Et les Déchiqueteurs ? Pourquoi sont-ils aussi sadiques ?

— Trop de poussière, répond Burn en haussant les sourcils. Sans compter qu'ils recrutent.

À l'entendre, on croirait que c'est l'évidence même. Pour ma part, je ne suis pas certaine de pouvoir digérer plus de données pour le moment. Séparément, les bribes d'informations que me communique Burn semblent totalement insensées ; ensemble, elles commencent à former une image cohérente. Dans le Havre, on nous ment. Tout le temps.

CHAPITRE DIX-HUIT

De la lumière et des étincelles jaillissent derrière un immeuble long et bas, non loin du mur. Selon Burn, c'est un avant-poste où les Confs entreposent des armes et des provisions. Et il y a tant de Déchiqueteurs que les Confs ne semblent pas être de faction, ce soir. Des cris et des hurlements polluent l'atmosphère. Les ombres et les silhouettes qui se profilent çà et là ne permettent pas d'évaluer le nombre exact de ces créatures. Nous avons beau être montés le plus haut possible, je ne vois toujours pas l'autre côté de l'avant-poste, au-delà duquel se trouvent le camp des Déchiqueteurs et la porte du mur.

Une main sur les courroies du masque posé sur ma hanche, au cas où le vent s'élèverait et nous obligerait à fuir, je frissonne dans mon blouson léger. En mouvement, étant donné les efforts qu'il faut déployer pour avancer dans la poussière meuble et inégale, de même que pour enjamber les obstacles, j'étais bien. Depuis que nous nous sommes arrêtés, l'air nocturne traverse mes vêtements et glace la fine couche de sueur qui, après cette interminable course, me recouvre.

Bien au chaud dans son épais manteau, Burn ne semble pas remarquer que je grelotte. Il a donné un de ses chandails à Gage. Celui-ci est adossé à un mur en partie préservé de la ruine. Le vêtement lui arrive à mi-cuisse.

Gage se tourne vers Burn.

— Elle est loin, la prochaine issue ?

— Je ne sais pas, répond Burn. Je ne sais même pas s'il y en a une autre.

— Nous devons attendre que les Déchiqueteurs s'en aillent ? demandé-je.

Nous sommes séparés depuis une journée complète, Drake et moi, et il doit être terrifié.

— Ils ne donnent pas exactement l'impression d'avoir hâte de partir, dit Gage.

Il se détache du mur et, penché, chuchote quelques mots à l'oreille de Burn.

Bondissant, je m'approche. Pour ce que j'en sais, Gage lui suggère de m'offrir en sacrifice. Et je ne serais pas particulièrement étonnée que Burn accepte.

— Qu'est-ce que vous vous racontez, là ?

Gage me regarde et hausse les épaules.

— Je disais que je suis rapide et que je pourrais courir le long du mur à la recherche d'une autre porte de sortie.

— Dans le noir, c'est trop dangereux, fait Burn.

— Pas avec tes lunettes, dit Gage.

Il montre l'appareil de vision nocturne que Burn a remonté sur son front.

Burn ne répond pas. À la lueur de la lune, je le vois froncer les sourcils. De toute évidence, il ne renoncera à ses lunettes pour rien au monde. Il se lève et se rapproche du bord de la plate-forme.

— Je descends voir à quoi nous avons affaire.

Il saute et atterrit dans la poussière, cinq mètres plus bas.

Je crierais si je ne craignais d'attirer l'attention des Déchiqueteurs et de mettre Burn en péril. Je me contente donc d'attendre et d'espérer. Penché prudemment dans l'ombre, il progresse vite, et bientôt je le perds de vue.

— Il va s'en sortir ? demandé-je à Gage.

— Je ne sais pas.

Il s'appuie de nouveau contre le mur partiellement écroulé et glisse une main tremblante dans la manche du chandail.

— Il aurait dû me les prêter, ses lunettes. Il est méfiant, ton petit ami.

— Ce n'est pas mon petit ami, dis-je, les joues brûlantes. Et qu'est-ce qui nous dit que vous seriez revenu, si vous aviez pris les lunettes ?

Je comprends très bien cet aspect de la personnalité de Burn. À sa place, j'aurais réagi de la même façon.

Contre le mur, Gage change de position et gémit.

— Vous devriez vous asseoir, lui dis-je. Vous souffrez, de toute évidence.

Il se tourne vers moi, sa peau presque transparente à la clarté de la lune.

— Pas trop, compte tenu des circonstances.

Je m'approche.

— Pas la peine de jouer les héros. Je les ai vus vous taillader la peau.

— Les coupures guérissent rapidement. Les plus petites sont déjà presque cicatrisées.

Pourtant, il s'assied en tailleur sur le béton et s'adosse au mur. Je l'imite, un peu plus loin.

— Le pouvoir de guérir vite fait partie de votre Déviance ?

Il secoue la tête.

— Alors comment…

— Franchement, je n'en sais trop rien, répond Gage en peignant avec ses doigts ses cheveux, qui s'emmêlent davantage. Si j'ai bien compris les explications très fragmentaires de ton petit… de Burn, la poussière a accéléré la guérison.

— Ah bon ?

— C'est ce qu'il a prétendu en m'y enfonçant le visage.

J'ajuste mon masque.

— C'était comment…, lui demandé-je en me rapprochant, d'inhaler de la poussière ?

Si ce n'était pas si indiscret, je lui demanderais s'il est en voie de se changer en Déchiqueteur. Sans compter que je ne suis pas certaine d'avoir envie d'entendre la réponse.

Pendant quelques minutes, Gage ne dit rien et je suis résignée à ce qu'il ne me réponde pas lorsqu'il se tourne vers moi.

— C'était incroyable, explique-t-il. J'avais l'impression de respirer de l'énergie à l'état pur. Comme si je me transformais en ampoule électrique.

Il triture son masque et examine le sol avec convoitise.

— J'en veux encore. Je ne peux penser à rien d'autre.

Je le fixe d'un air incrédule, incertaine de ce qu'il faut dire.

— La poussière est mortelle, récité-je, régurgitant le refrain qu'on nous a inculqué. Elle suffoque les gens. J'en ai moi-même été témoin.

En prononçant les mots, je me rends compte que je ne suis pas certaine d'avoir été témoin de véritables morts. À force d'entendre des récits, j'en suis peut-être venue à me fabriquer des images que je n'ai jamais eu de raison de remettre en question.

Gage prend une profonde inspiration.

— Moi aussi, dit-il en secouant la tête. Manifestement, elle n'est pas toujours mortelle pour les Déviants.

— Ni pour les Déchiqueteurs, ajouté-je.

C'est sans doute pour cette raison que Burn a empêché Gage d'en inhaler davantage. Pour ce que j'en sais, Gage est peut-être à une bouffée de poussière de se métamorphoser en Déchiqueteur. Je m'éloigne de lui, imperceptiblement.

Il lève les yeux vers moi et je m'en veux aussitôt de ma méfiance. J'essaie de comprendre Gage. Tantôt, il est gentil et je me réjouis de la présence d'un adulte auprès de nous ; tantôt, il donne l'impression de se décomposer. Je n'arrive pas à oublier l'expression complètement folle qu'il arborait pendant que Burn lui faisait respirer de la poussière.

— Votre Déviance, c'est la rapidité ?

Il fait signe que oui.

— Comment les Confs vous ont-ils découvert ?

— J'ai tout raconté à une femme, dit-il d'une voix dure. Elle m'a trahi.

— Vous aviez confiance en elle ?

Il hoche la tête.

Se fier à autrui… Première erreur.

— J'ai été trahie, moi aussi.

Gage essuie ses yeux chassieux de la manche du chandail de Burn.

— Qui était-ce ? demandé-je doucement.

Il secoue la tête, le regard perdu dans la nuit. Son expression se durcit.

— Vous avez de la famille, au Havre ?

Il bondit et se met à faire les cent pas. Il grimace et je ne saurais dire si c'est à cause de la douleur ou de ma question. Les deux, peut-être.

Je me lève dans l'espoir qu'il s'immobilisera. Il va de plus en plus vite, cependant, traverse en quelques secondes la dalle de béton, longue de six ou sept mètres.

Je suis étourdie et inquiète.

— Ça va ?

Il s'arrête et pivote vers moi.

— Non. Mes coupures me font mal. Il me faut de la poussière.

Gage m'agrippe et ses doigts osseux s'enfoncent dans mon bras.

— Va m'en chercher.

— De la poussière ?

Malgré les facultés curatives de cette substance, l'idée me semble mauvaise.

— S'il te plaît ! Juste un peu !

Je secoue la tête et dégage mon bras.

— Aide-moi !

Il s'élance vers moi et je recule d'un pas.

— Je ne peux pas descendre. Pas dans cet état. Si Burn me surprend en train de respirer de la poussière...

Gage a les yeux exorbités et transpire. Il tremble de tout son corps.

— Il m'a prévenu. Je ne dois pas y aller. Je risque d'en prendre trop.

Il se laisse tomber sur le béton et se met à se frapper les cuisses, si fort que, même sans coupures, il aurait mal.

— Arrêtez ! crié-je en lui saisissant le bras. Vous allez vous blesser.

Du sang frais coule de la jambe de son pantalon. Visiblement, la guérison est moins avancée qu'il le laisse entendre. Il se recroqueville, le visage enfoui dans les genoux, et gémit. C'est une plainte basse et sinistre. Bien qu'une partie de moi se dise qu'il m'incombe de le réconforter, je ne peux m'y résoudre. Je m'éloigne plutôt, aussi loin que me le permet la plate-forme.

L'adulte, ici, c'est Gage. Par comparaison, Burn et moi ne sommes que des enfants. Gage exagère en exigeant que je veille sur lui. D'ailleurs, je ne suis pas qualifiée. Il n'y a qu'à voir le gâchis que j'ai fait avec Drake. Je suis incapable de remplacer notre mère.

La tristesse tombe sur moi à la façon d'un panneau du ciel et je me laisse choir sur le sol, le poids des derniers jours ayant eu raison de ma force.

Je caresse l'alliance dans l'espoir de convoquer l'esprit de ma mère, mais je suis au-delà du réconfort, au-delà du salut, au-delà de l'espoir. Cal m'a trahie. J'ai perdu mon frère, Burn m'a abandonnée et Gage est devenu fou. Et me voilà seule, entourée de ténèbres et de poussière et de mort.

Gage sanglote et son apitoiement sur lui-même m'arrache au mien.

Pas question que je reste là, les bras croisés. Et je ne pleurerai pas.

Burn est parti depuis beaucoup trop longtemps. Au bord de la dalle, je regarde devant moi, balaie les environs des yeux, en vain. Qu'il nous ait abandonnés ou qu'il ait besoin d'aide, je ne peux pas rester là à écouter les jérémiades de Gage. Il faut que je m'occupe. Il faut que je me rende compte par moi-même des dangers que nous courons.

Je remets mon masque. Aussitôt, le monde s'assombrit. Je détache la visière et je la remonte sur ma tête. Sans même dire au revoir à Gage, j'empoigne la poutrelle qui longe la plate-forme et je l'enjambe. Je m'y accroche, en position accroupie, les pieds en équilibre sur le métal rouillé. Une main à la fois, je descends en utilisant mes pieds pour me retenir. Puis, près du sol, je saute.

La poussière m'arrive aux genoux et je suis heureuse de porter mon masque, même si l'air vif de la nuit me manque déjà. Je n'ai pas eu mal à la cheville au contact du sol. L'adrénaline, sûrement. Je refuse d'admettre que c'est un effet de la poussière.

Je ne crois pas un mot de ce qu'a raconté Gage au sujet du pouvoir curatif de la poussière et je ne veux pas y croire. Un frisson me parcourt. Si je respirais assez de poussière pour que ma cheville guérisse, je serais plus près que jamais de basculer du côté des Déchiqueteurs. J'ai bien vu à quel point elle a affolé Gage.

À la recherche de Burn, je m'approche lentement du camp des Déchiqueteurs. La rumeur s'intensifie, et ma peur aussi. J'arrive devant un amas de bouts de métal tordus. Au lieu de le contourner, je l'escalade avec prudence. À mi-parcours, un bruit me fait sursauter. Dans le coin, un rat détale et mes épaules se détendent. Au moins, je sais où trouver à manger.

Je me glisse sous une poutre. Le bord tranchant d'une feuille de métal reflète un croissant de lune et je me penche pour éviter de me couper le visage. Devant, la lumière est plus vive et je suis presque sortie de cette bizarre structure semblable à un antre.

Arrivée au bord, je fais le geste de baisser ma visière, puis je me ravise. Le visage en partie découvert, je cours le risque que de la poussière s'insinue sous les côtés du filtre ou entre dans mon corps par l'entremise de mes larmes, mais j'ai besoin d'y voir le plus clair possible.

L'avant-poste se trouve à une cinquantaine de mètres devant moi. À cause des cris et des hurlements qui en émanent, cependant, le camp me semble beaucoup plus près. Le feu allumé par les Déchiqueteurs projette des reflets orangés dans la poussière et sur les murs de la bâtisse. Des piles de béton et de métal surgissent ici et là, certaines dans la lumière, d'autres dans l'ombre, mais je n'ai aucun moyen de savoir si quelqu'un se tapit derrière. Burn, peut-être ? La cachette la plus rapprochée est à une vingtaine de mètres. Dès que je prendrai mon élan, je serai complètement à découvert.

La meilleure solution, c'est de sprinter vers l'un des amas latéraux. De là, j'aurai une vue imprenable. Burn a peut-être été capturé ou encore, pour ce que j'en sais, il est de mèche avec les Déchiqueteurs, prêt à nous échanger, Gage et moi, contre un sauf-conduit.

Je n'y crois pas vraiment, mais je suis dans le noir, à plus d'un point de vue, et j'ai besoin de renseignements pour échafauder un plan.

Tournée vers les ombres, les yeux rivés sur les cachettes éventuelles, je choisis une direction et je cours, penchée vers le sol. Arrivée à destination, je presse le dos contre le côté éloigné du mur de béton effrité.

Malgré la courte distance que j'ai franchie, je halète. Pour reprendre mon souffle, je me concentre sur l'air que j'inspire par le filtre. Tassée contre la dalle pour réduire mon ombre au maximum, je m'approche du bord et je jette un coup d'œil.

Vingt Déchiqueteurs, peut-être davantage, sont réunis autour d'un énorme feu de camp. À première vue, il n'y a que des hommes. De l'autre côté, deux d'entre eux s'invectivent d'une voix hideuse et grinçante qui m'agresse les oreilles. Je ne saisis pas les mots. Le plus petit soulève l'autre et le jette dans les flammes.

Le Déchiqueteur qui brûle rugit et je me bouche les tympans, qui me donnent l'impression d'avoir éclaté. Il sort du feu en rampant, mais, au moment où il se roule dans la poussière pour éteindre les flammes qui l'entourent, il heurte les jambes d'un autre Déchiqueteur, qui le repousse dans le brasier.

Mon estomac se soulève. Toujours aucun signe de Burn. Je m'étire le cou pour mieux observer la foule. Quelques Déchiqueteurs sont allongés sur le sol et, entre le feu et la bâtisse, une autre bagarre a éclaté, mettant aux prises six ou sept belligérants. Est-ce la lumière qui me joue des tours ? J'ai l'impression que l'un des membres de ce groupe a des pointes de fer qui dépassent du revers de ses mains. De ses mains, et pas de ses gants…

Nauséeuse, je sens la peur me comprimer la poitrine. De l'autre côté du feu, un homme ou un Déchiqueteur – difficile à dire – est accroché entre deux poteaux, ses membres attachés. Est-il vivant ? Quelqu'un bouge et les flammes tremblotantes éclairent le corps du captif. Je recule d'un pas, dissimule mon visage derrière la barricade de béton.

Mort. Aucun doute possible : ses boyaux sortent de son ventre.

Le dos contre le béton, je me plie à la taille et, haletante, je retire mon masque. Si je ne me ressaisis pas, je serai leur prochaine victime.

Apaisée, je remets mon respirateur et je me glisse de l'autre côté de la dalle de béton, où je suis mieux cachée. Burn n'était pas dans les parages de ce feu. D'ici, j'aurais besoin de seulement quelques minutes pour atteindre le mur. Les Déchiqueteurs me verraient à coup sûr, cependant, et j'ignore si la porte est verrouillée. Sans compter que je ne sais comment retrouver mon frère, de l'autre côté. J'ai besoin de Burn. Je dois rebrousser chemin. Peut-être est-il déjà revenu ?

Je mobilise la force de partir en courant lorsqu'une forme immense, une sorte de rocher monstrueux, atterrit entre l'avant-poste des Confs et moi. Un nuage de poussière s'élève autour de cette chose, que je n'arrive pas à identifier.

De l'autre côté de la bâtisse, des silhouettes émergent, beaucoup plus faciles à reconnaître : des Déchiqueteurs. Je me plaque contre le béton, me dissimulant du mieux possible derrière la dalle, sans rien perdre de la scène.

Les trois Déchiqueteurs s'avancent vers la masse. Lorsqu'ils arrivent à sa hauteur, celle-ci grossit et se dresse. Elle a l'apparence d'un homme. Haute de deux mètres trente et plus large que tout autre homme de ma connaissance – Burn y compris. La forme soulève ses bras et décrit lentement un cercle.

Je tressaille. C'est lui, Burn.

En tout cas, cette gigantesque créature à l'aspect monstrueux porte les habits de Burn. Son manteau, ample d'habitude, celui que j'ai vu effleurer le haut de ses bottes, a peine à contenir son corps et lui arrive au-dessus des genoux. Les paumes de la créature font vingt-cinq centimètres de largeur, et ses doigts sont épais et menaçants.

Burn bondit et abaisse ses bras, de la taille de poutrelles d'acier, sur les épaules de l'un des Déchiqueteurs. Sous la force de l'impact, le corps du Déchiqueteur s'affaisse, sa colonne vertébrale sectionnée d'un coup. Il tombe sur le sol. Les autres continuent d'avancer en brandissant des armes.

Burn hurle et se penche pour extirper de sa jambe ce qui a l'apparence d'une hache. Il s'avance en boitant, attrape le Déchiqueteur qui a lancé l'objet, le soulève au-dessus de sa tête et le propulse six ou sept mètres plus loin. Le corps du Déchiqueteur s'écrase contre un mur en béton et tombe sur le sol en un amas inerte.

Le Déchiqueteur écrasé dans un premier temps se relève et lance une pointe de fer qui se loge dans l'omoplate de Burn. Celui-ci pousse un nouveau rugissement et se contorsionne pour la retirer, mais la masse de ses bras musclés l'en empêche. Il fonce, s'empare de la tête du Déchiqueteur, la tord, l'arrache et la jette au loin, comme un ballon.

Je couvre ma bouche pour étouffer un cri.

Le dernier Déchiqueteur, plus circonspect, s'approche en transportant une longue chaîne semblable à celle qui entravait Gage, en plus solide. Chaque fois que Burn s'avance, le Déchiqueteur balance la chaîne. Burn tente de l'attraper. Avec ses gros bras et ses mains énormes, sa coordination laisse à désirer.

Burn se rapproche encore et le Déchiqueteur fait tournoyer la chaîne et la lance. Elle s'enroule autour du géant, lui emprisonnant les bras. La bête en accroche le bout à un morceau de métal dépassant de la poussière. Burn tire de toutes ses forces et, pendant un moment, je crois qu'il réussira à se dépêtrer, mais il n'arrive qu'à resserrer le nœud. Le Déchiqueteur tire un autre long éclat de métal d'un fourreau dans son dos et le lance vers Burn.

Distrait par la chaîne, ce dernier ne se penche pas pour éviter le projectile au bord tranchant, qui se plante dans le haut de son bras gauche. Sous mes yeux, Burn retrouve sa taille normale. Pendant qu'il rétrécit, il se débat pour se libérer de la chaîne, qui se serre autour de lui, le paralyse. S'il était resté immobile pendant qu'il rapetissait, elle serait peut-être tombée par terre. Mais il n'y a pas songé.

Burn est pour ainsi dire mort.

Le Déchiqueteur sort un long couteau. Au lieu de s'en servir contre Burn, il saisit le bout de la chaîne et tire, faisant tomber Burn le visage dans la poussière. La pointe en métal dépasse de son dos. Le Déchiqueteur, que ce détail semble amuser, traîne Burn vers le mur.

Prenant conscience de ce qui va arriver, je tressaille. En ce moment, Burn affronte un seul Déchiqueteur : celui qu'il a catapulté contre le mur ne s'est pas relevé et l'autre n'a plus de tête. Si celui qui reste parvient à l'amener de l'autre côté de la bâtisse, Burn est cuit.

Je m'élance.

Avec son lourd fardeau, le Déchiqueteur ne progresse pas très vite. Je dois néanmoins attirer son attention. Comme je courrais un risque trop grand en criant, je me penche pour attraper une brique. Visant bien, je la lance de toutes mes forces. Je rate la cible, mais le projectile atterrit dans un amas de poussière voisin. Le Déchiqueteur s'immobilise et tourne la tête.

Sans cesser de courir, je mobilise toute la haine et toute la colère dont je suis capable. Cette créature stupide et sadique ne tuera pas Burn. Elle ne détruira pas la seule chance qu'il me reste de sauver mon frère.

— Va-t'en ! crie Burn en m'apercevant.

Le Déchiqueteur, lui, incline la tête et rit.

— Je parie que tu goûtes bon, toi.

Il esquisse un baiser et je sens ma colère s'exacerber. J'enlève mon masque et m'avance.

— Lâche-le.

Le Déchiqueteur sourit et les bords de ses lèvres presque noires se fissurent, se craquellent. Puis il commet une erreur.

Il me regarde droit dans les yeux.

J'établis le contact, laisse gonfler la haine et la colère. La peur m'envahit aussi. Doutant de son utilité, je me concentre sur ma colère, ma rage, mon dégoût absolu.

Dans l'espoir de détacher ses yeux des miens, le Déchiqueteur recule la tête de quelques centimètres et raidit les tendons de son cou desséché, mais je ne le laisserai pas s'en sortir si facilement. Son cœur bat plus lentement que celui d'un rat ou d'un humain, son sang semble épais et lent. Je laisse ma malédiction s'emparer de son cœur et je serre. Le sang afflue à ma tête. Bien qu'étourdie, je refuse de m'arrêter.

Le Déchiqueteur tombe à genoux. Le monde s'obscurcit et devient flou, comme si on avait jeté une couverture sur la lune. Je respire si rapidement que je sens presque ma poitrine vibrer. Je n'y arrive pas. Je ne peux pas l'arrêter. Le Déchiqueteur est trop fort.

C'est alors que je me rends compte que le cœur de la créature a cessé de battre.

Je serre une dernière fois. Puis tout devient noir.

CHAPITRE DIX-NEUF

J'ouvre les yeux. Il fait noir. Je suis prisonnière. De lourds liens emprisonnent mon corps. Je suis paralysée. Je vais être écorchée vive.

Mobilisant toute ma force et toute mon énergie, je tente de me libérer.

— Hé, hé, hé, du calme, grogne une voix grave dans mon oreille.

Je me rends compte que je suis retenue non pas par des cordes, mais bien par un corps chaud et lourd : Burn.

Nous sommes assis dans l'antre formé par la structure en métal tordu que j'ai traversée plus tôt en rampant. Il est adossé et je suis roulée en boule entre ses jambes, blottie contre son corps dur, son manteau géant drapé sur nous deux. Pour le reste, je n'y comprends rien.

— Quoi ?

Je suis incapable de formuler une question complète. Ma voix est faible et rauque, ma tête m'élance. Je ne garde aucun souvenir des événements récents.

— Tu es blessée ? demande Burn.

— Je ne crois pas.

Je bouge et sa main glisse de mon mollet à l'extérieur de ma cuisse. J'éprouve sa chaleur, mais il la déplace aussitôt. Je me sens bien, en sécurité. La sensation d'être dans les bras de quelqu'un m'est à la fois familière et inconnue. Comme si j'étais revenue dans un lieu dont j'avais oublié l'existence.

— Que s'est-il passé ?

Burn remonte un pan de son manteau sur mon mollet et y pose la main.

— Tu ne crains rien.

— Mais…

Dans mon esprit règne un dense brouillard, comme celui qui, au cours des mois les plus chauds, s'accumule au sommet du dôme.

— Pendant que j'y pense, dit Burn d'une voix étonnamment douce, merci.

— Pour quoi ?

— Tu m'as sauvé la vie.

— Qu'est-ce que tu racontes ?

Je me redresse pour voir s'il se paie ma tête.

— Tu l'as tué.

— Tué qui ?

— Le Déchiqueteur.

Mon cœur s'accélère.

— Non.

Je ne me souviens de rien, mais c'est impossible. Je me rappelle avoir vu quelques Déchiqueteurs s'attaquer à Burn, et puis plus rien. Qu'en est-il ? Je regrette tellement d'avoir tout oublié. Autre inconvénient de ma malédiction.

Je frotte mes tempes et la douleur s'avive.

— Comment ai-je abouti ici ?

— Je t'ai transportée.

— Quand ?

— Il y a six ou sept heures. C'est presque le matin.

Dans la faible lumière, je distingue un éclat de métal noir incrusté de sang et les vestiges d'une lance de fabrication artisanale. Des images de la nuit défilent devant mes yeux.

— Tu étais blessé.

— Je vais bien.

— Mais j'ai vu…

Qu'ai-je vu, au juste ?

— Gage m'a aidé à retirer le bout de métal de mon dos. Ça va.

— Comment est-ce possible ?

L'éclat de métal est noirci par le sang.

— Tu étais gravement blessé.

— J'ai pris un peu de poussière.

Je me retourne, m'appuie sur sa poitrine.

— La poussière guérit donc ?

Il hoche la tête.

— Comment ? Dis-moi.

— Je ne sais pas. Elle guérit, c'est tout.

Je secoue la tête.

— La poussière tue.

Je nage en pleine confusion.

— Un excès de poussière tue certaines personnes, mais pas nous.

— Les Déviants ?

Il se crispe.

— Je déteste ce mot.

— Les Élus, si tu préfères, dis-je en essayant de voir clair dans les mots de Burn. Si la poussière ne tue pas les Élus, pourquoi nous donnons-nous la peine de porter des masques ?

Je me dégage, à la recherche du mien.

— Il est là, dit-il en m'attirant de nouveau contre lui. Tu n'en as pas besoin, en ce moment. Tu vas bien.

Je ne vais pas bien du tout. Je suis embrouillée et complètement épuisée, même si je viens de me réveiller.

Burn appuie sa tête contre la feuille de métal.

— Les Élus peuvent tolérer un peu de poussière. En petite quantité, elle nous guérit, nous donne des forces. Pourquoi crois-tu que ta cheville va mieux ?

Je lève les yeux sur lui pour voir s'il plaisante. On dirait que non. Mais je ne peux pas le jurer. Je ne suis plus sûre de rien.

Il met une main sur mon dos.

— Ce qui compte, avec la poussière, c'est d'éviter d'en prendre trop.

— Sinon quoi ? demandé-je avec douceur. On devient des Déchiqueteurs ?

— Un abus et on risque la folie de la poussière, répond-il.

Oui, donc. Un « oui » sur lequel ni lui ni moi ne souhaitons nous appesantir. Un « oui » qui signifie que nous sommes des monstres en puissance, tous les deux.

Une image me revient en mémoire – *Burn métamorphosé en monstre* – et mon corps se raidit.

— C'est ce qui s'est produit, hier soir? Un coup de folie induite par la poussière?

— Non, répond-il sèchement. C'est... Ça... Ça m'arrive parfois.

Il redresse une jambe, plie l'autre.

— Quand je perds la maîtrise de moi-même, je deviens un monstre.

À sa façon de prononcer les mots, on dirait qu'il a honte et, d'une certaine manière, je le comprends. Quant à moi, si un monstre sommeille en lui, je suis contente de le compter parmi mes alliés.

— Ce qui t'est arrivé... Ta transformation, je veux dire... Elle fait partie de ta malédiction.... De ton don, plutôt?

— Oui.

Il garde le silence pendant quelques minutes. Mon corps se soulève et s'abaisse au gré de sa respiration.

— Comment..., commence-t-il. Comment le maîtrises-tu?

— Quoi donc?

— Ton don. Ce que tu fais avec ton esprit.

À force de contorsions, je lève les yeux sur lui pour voir s'il me taquine. À moins que je me méprenne sur ses intentions, il est sérieux. Il a du sang sur la joue et je résiste à la tentation de tendre la main pour le nettoyer.

— Tu crois que je parviens à le maîtriser?

— Mieux que moi, en tout cas.

Je reste un moment immobile. Il se trompe royalement, mais je n'ai pas envie de discuter. J'ai un peu moins mal à la tête. En revanche, je ne me souviens toujours pas de ce qui s'est passé, du moins pas entièrement.

— J'ai vraiment tué un Déchiqueteur ?

Il hoche la tête.

Je frissonne.

— Tu crois que je parviens à me maîtriser, mais c'est faux. Je ne me souviens de rien. Je n'arrive pas à croire que j'aie pu tuer une de ces créatures. Je n'ai jamais tué que des rats.

Sa bouche remue légèrement.

— Disons que tu as pris du galon.

Je donnerais cher pour avoir une idée plus claire des événements, mais le passé est sans importance. Je dois recouvrer mes esprits.

— Nous allons trouver Drake, aujourd'hui ?

— Je ne sais pas, dit Burn d'une voix bourrue plus caractéristique. Attendons d'abord de voir si Gage revient.

— Où est-il allé ?

Je regarde autour de moi, puis je jette un coup d'œil sur la tête de Burn.

— Et tes lunettes ?

— Je les ai prêtées à Gage. Il a proposé de partir à la recherche d'une autre porte. Mon plan à moi n'a pas donné de très bons résultats.

— C'était quoi, au juste, ton plan ?

Derrière moi, il corrige sa position.

— Je me suis dit que, s'ils n'étaient pas trop nombreux, je parviendrais à les contourner.

J'ai beau ne pas connaître Burn depuis très longtemps, je n'arrive pas à imaginer ce que je deviendrais s'il mourait.

— C'était trop dangereux d'aller tout seul du côté de leur campement.

— Regarde qui dit ça.

Là, il marque un point. En même temps, je ne pouvais pas rester les bras croisés. La lumière qui s'infiltre dans notre grotte de métal est plus vive, sans avoir la teinte et la force des rayons du soleil d'hier. La gêne me retient de demander à Burn quel genre d'éclairage est allumé.

— Et si Gage ne revient pas?

— Il va revenir.

Burn resserre son étreinte. À mon grand étonnement, cette intimité ne me répugne pas, bien que je n'aie plus froid.

— Combien de temps allons-nous attendre?

À l'Extérieur, un coup de vent soulève la poussière et je me couvre le visage à l'aide du manteau de Burn.

Gage, qui porte son masque abîmé et les lunettes de Burn, entre en rampant.

— J'ai trouvé une autre porte. Les Déchiqueteurs dorment, dit-il en désignant le campement d'un geste de la tête. Nous n'avons pas un instant à perdre.

Chez Gage, il n'y a rien de lent. Il disparaît dans une sorte de brouillard et, au bout de quelques secondes, il réapparaît ailleurs. Devant Burn et moi, qui courons, il revient inlassablement sur ses pas.

— La voie est encore libre, dit-il à la faveur d'une de ses apparitions éclair. Vous ne pouvez pas aller plus vite ?

Gage détale de nouveau, soulevant un nuage de poussière derrière lui.

— Tu peux accélérer ? me demande Burn.

— Et toi ?

Dans la poussière, je sprinte de toutes mes forces. Burn ne met que quelques secondes à me rattraper. Il freine et j'entre en collision avec lui.

— Grimpe sur mon dos, dit-il en se penchant.

— Tu es blessé !

Je suis tentée de toucher l'endroit où, hier soir, l'éclat de métal tranchant a percé son dos.

— Mes blessures sont couvertes de pansements et en voie de cicatriser. Allez, monte.

Je serre les mâchoires. J'ai horreur de ne pas pouvoir me tirer d'affaire toute seule. Pourtant, je pose les mains sur ses épaules et je me plaque contre son dos. Il démarre aussitôt. L'air siffle dans mes oreilles, rafraîchit ma peau. Sous l'action du soleil, le ciel gris pâle est devenu rose, puis bleu. Ce miracle, selon Burn, c'est le soleil qui se lève. Il m'a expliqué de nouveau toute la question de la Terre, du Soleil et de la Lune, et je crois que je comprends.

Gage se matérialise de nouveau, dit que ce n'est plus très loin et s'éclipse. Burn accélère et je me cramponne pour éviter d'être désarçonnée par sa course bondissante. Puis, au bout de ce qui me paraît un bref instant, Gage est de retour.

— Il y a un pépin, dit-il.

Burn s'arrête.

— Quel genre de problème?

— Des Confs.

Comme nous n'avançons plus, rien ne m'oblige à rester sur le dos de Burn, mais ses mains se resserrent sur mes cuisses.

— Ils t'ont vu? demande Burn à Gage.

Celui-ci secoue la tête.

— Mais ils étaient tout près. En plein devant la porte. Ils devaient être dans l'avant-poste lorsque je suis passé la première fois.

— Et maintenant? lancé-je.

Burn libère une de mes jambes. Je glisse de côté et mets pied à terre. Je devrais être soulagée à l'idée de ne plus dépendre de lui. Je me sens plutôt petite et vulnérable. Je reste plus près de lui que je le voudrais.

— Tu peux sauter par-dessus le mur?

Après ce que j'ai vu la nuit dernière…

— Non, dit-il en jetant un coup d'œil à l'imposante muraille qui se dresse devant nous. Et encore moins avec l'un de vous sur mon dos.

— Et si tu attrapais un de ces machins, dis-je en désignant les morceaux de métal qui dépassent du mur.

Il secoue la tête.

— Ils sont piégés. Le dessus est coupant. Ceux qui essaient de s'y agripper se font sectionner les doigts, dit-il en baissant les yeux. J'en ai été témoin.

Je frissonne.

Burn tend les bras et, sans me donner le temps de discuter, me remonte sur son dos.

— Allons voir à quoi nous avons affaire.

Deux Confs montent la garde entre leur avant-poste et ce qui constitue manifestement une porte. Nous sommes cachés derrière le refuge, tous les trois. Gage est accroupi au coin d'une haute dalle de béton. Je m'agrippe au dos de Burn, au cas où nous devrions nous enfuir rapidement. Les Confs transportent d'énormes fusils, plus longs que leurs torses, des armes encore plus grandes que celles qui, hier, ont servi à massacrer les Déchiqueteurs.

— Je m'occupe de celui de gauche, dit Burn. Toi, tu tues l'autre.

Je me raidis.

— Moi ?

— Comme tu as réglé son compte au Déchiqueteur.

— Très bon plan, les enfants, dit Gage. Pendant que vous vous débarrassez des Confs, j'ouvrirai la porte.

J'ai un goût acide dans la bouche. Ils ont raison. Nous devons atteindre cette porte. Je n'ai aucune idée de ce qui nous attend de l'autre côté du mur. Tout ce que je sais, c'est que, de ce côté-ci, la mort est au rendez-vous. Par contre, ce que Burn propose… J'ai tué un Déchiqueteur, la nuit dernière, mais il s'apprêtait à éliminer Burn. Tuer un humain qui ne fait que son travail, c'est une autre paire de manches.

— Je ne sais pas comment je m'y suis prise, la nuit dernière, ni si je pourrais récidiver.

— Tu en es parfaitement capable, dit Burn en me déplaçant sur son dos.

— Là n'est pas la question.

Mon cœur bat dans mes oreilles.

— Et leurs fusils ? Ils sont convaincus que tu m'as kidnappée. Ils risquent de tirer d'abord et de poser des questions ensuite.

— Tu as une meilleure idée ?

Sa voix est basse, mais tendue. Sous moi, son dos se gonfle et se contracte, comme s'il cherchait à exprimer l'impatience ou la frustration. Je tiens à faire ma part pour l'équipe, mais je ne veux ni mourir… ni tuer.

— Pourquoi ne pas attendre qu'ils rentrent dans l'avant-poste ? demandé-je. Il faut bien qu'ils mangent et qu'ils dorment, non ?

Burn grogne.

Gage se redresse et s'avance vers nous.

— Je vais attirer leur attention et courir. Ils vont me suivre. Vous deux, vous foncez vers la porte.

Burn hoche la tête.

— Et s'ils vous tirent dessus ? lui demandé-je.

Sa bouche esquisse un sourire gauche et forcé, puis il pose la main sur mon épaule.

— Ne t'inquiète pas pour moi, petite. Je cours plus vite que les balles.

J'en doute. Cependant, il est si rapide qu'il a peut-être des chances d'éviter les projectiles des Confs.

— Comment allez-vous sortir d'ici ? demandé-je à Gage.

Il passe ses doigts dans ses cheveux.

— Laissez la porte ouverte derrière vous.

Gage détale, mettant fin à la discussion. De l'autre côté de l'avant-poste, il s'arrête et demande aux Confs :

— Le Centre, c'est par ici ?

Jusque-là décontractés, les Confs pointent leurs armes. Gage file. À l'autre bout de la bâtisse, sans doute à l'endroit où Gage se tenait, une explosion retentit et des fragments de béton volent dans tous les sens. Quelques centaines de mètres plus loin, une autre explosion résonne et je me penche.

Burn court, alors que, comme prévu, les Confs se lancent aux trousses de Gage. Il apparaît de nouveau, les nargue, et ils tirent. Le temps qu'ils appuient sur la gâchette, il n'est déjà plus là. Du moins, je l'espère. En tout cas, je ne l'ai pas vu tomber.

Nous atteignons la porte et Burn me dépose sur le sol. Il prend son élan et la frappe violemment avec sa botte. Le fracas se répercute dans mon ventre. Les Confs ne reviennent pas sur leurs pas. La porte, elle, ne bronche pas.

— Trouve-moi une pierre. Quelque chose.

Burn frappe de nouveau et, en balayant les environs des yeux, je cherche à tâtons un objet dans la poussière. Soudain, je regrette de ne pas pouvoir remettre mon masque. Même s'il est accroché à mon cou, je n'ai pas le temps, pas maintenant.

Je découvre et essaie de soulever ce qui a l'apparence d'un bloc de béton trop lourd pour moi.

Burn s'accroupit à côté de moi.

— Ça fera l'affaire. Pousse-toi.

Je lâche le bloc et tombe par terre. Je mets mon masque tandis que Burn soulève sans mal l'énorme bloc de béton. Il le hisse haut au-dessus de sa tête et l'abat violemment sur le clavier numérique de la porte. Le bloc se fend en deux et des étincelles jaillissent du clavier.

Burn frappe de nouveau la porte du pied. Cette fois-ci, elle s'ouvre. Il se penche et, d'un même mouvement, me cueille sur le sol, me presse contre son flanc. Mon corps heurte le sien. Puis nous franchissons la porte en ayant soin de la laisser ouverte pour Gage.

Le monde entier tangue au rythme du galop de Burn et j'ai du mal à m'orienter. Comme à l'intérieur du mur, le sol est couvert de poussière, parsemé de ruines et d'obstacles. Les distances qui s'étirent devant nous dépassent mon entendement. Du côté gauche, le terrain s'élève et je me demande s'il s'agit d'un autre mur ou de la limite du monde.

Non, pourtant. Je sais que la Terre est ronde et ne peut s'arrêter ici. On dirait qu'elle est parcourue d'une crête ou d'une bosse, et je me souviens d'avoir lu des histoires où il était question de collines et de montagnes.

Devant nous, du côté droit, une longue barre verte occupe tout l'horizon. Impossible qu'il s'agisse d'un immeuble, du moins comme ceux que je connais.

Burn ralentit et jette un coup d'œil derrière, en direction du mur.

— Ne perds pas la porte de vue. Nous devons absolument atteindre la forêt.

Je hoche la tête, même si je n'ai aucune idée de la signification du mot « forêt ». Pendant que Burn court, je reste à l'affût de signes de Gage ou des Confs. Avec l'incessant mouvement de haut en bas, sans oublier la visière du masque, j'ai du mal à me concentrer.

Un objet passe, vif comme l'éclair, puis la porte se referme.

— Gage est sorti, dis-je à Burn. Enfin, je crois.

La porte s'ouvre de nouveau et un Conf s'y encadre.

— On nous tire dessus ! crié-je.

Burn me lâche et s'aplatit dans la poussière, son bras couvrant mon dos. Devant nous, un bloc de béton éclate dans une pluie de poussière et de débris.

— Surtout, ne relève pas la tête.

Je n'en ai pas l'intention.

Je me retourne pour voir ce que mijotent les Confs. Ils pointent leurs armes à gauche de notre position et j'entends une explosion. Une masse indistincte, verte et grise, se forme entre l'explosion et nous. Aussitôt après, la poussière nous encercle et Gage se matérialise à côté de nous.

— Nous ne pouvons pas rester ici, dit-il.

Burn se retourne pour jeter un coup d'œil derrière.

— Tiens-toi au ras du sol.

Il se met à ramper et je l'imite.

Gage se lève, disparaît de nouveau et revient quelques instants plus tard.

— Je vais tenter de les distraire.

Il détale et une explosion soulève de la poussière à une dizaine de mètres sur notre gauche, du côté où Gage est parti. Devant Burn et moi, une ruine se dresse. Nous y serions à l'abri des projectiles, mais, au train où nous allons, les Confs risquent de nous prendre de vitesse. Et si cette longue bande verte est la forêt, nous avons encore un bon bout de chemin à parcourir.

J'espère que Burn a un autre plan, un plan en vertu duquel nous ne risquons pas de recevoir une balle dans le dos.

Le sol tremble.

Une réplique. Des décennies après la mort de la Terre, nous en sentons encore.

Les Confs mettent fin à leur poursuite et se hâtent de regagner le mur. Je me tourne de l'autre côté. Un monstre de métal fonce vers nous.

— Qu'est-ce que c'est ? demandé-je.

Comme il a épouvanté les Confs, cet objet est sûrement de mauvais augure. Sans compter qu'il provoque des secousses que j'ai confondues avec un tremblement de terre.

Je lis la panique dans les yeux de Burn. Mon cœur s'arrête presque de battre. Burn ne panique jamais. Puis l'expression s'efface. Il approche sa tête de la mienne et dit :

— Un char d'assaut. Un véhicule militaire d'ALP.

— Qu'est-ce qu'il nous veut ?

La chose s'avance vers nous sur de larges bandes de métal articulées, broyant tout sur son passage.

— Lui, rien, dit Burn en agitant un bras pour que le monstre de métal s'immobilise. Le danger est à l'intérieur.

Des hommes jaillissent du sommet de l'engin. Ils portent des habits vert foncé avec des taches irrégulières de gris et d'autres teintes de vert. Ils brandissent des armes, aussi grosses, sinon plus grosses, que celles des Confs.

D'abord, je suis soulagée. Nous sommes sauvés. Burn, lui, fronce les sourcils. Il serre les mâchoires.

— Fais comme moi, murmure-t-il pendant que les hommes s'approchent, et ne dis rien.

CHAPITRE VINGT

— Debout ! hurle un homme en frappant du pied dans la poussière.

La poussière retombe sur les bottes de l'homme et sur nous. C'est lui le chef, de toute évidence, et il est flanqué de deux autres hommes. Ils portent des habits comme je n'en ai jamais vu au Havre.

Burn se lève lentement et je l'imite sans m'éloigner de lui. Au-delà du char d'assaut, Gage apparaît. En nous voyant, il secoue la tête et détale.

Pendant un moment, je lui en veux de nous abandonner ainsi, mais il ne pouvait pas agir autrement. Ces hommes sont armés. Et je ne parle même pas de l'engin métallique que Burn appelle « char d'assaut ». J'éprouve la sensation d'avoir subi une perte. Reverrons-nous Gage un jour ? Ses pansements doivent être changés et je me demande qui l'aidera et comment il survivra tout seul.

— Ôtez-moi ces masques ! beugle l'homme.

Nous obéissons.

Les vêtements des hommes sont parcourus de poches et ils portent sur la tête de drôles de chapeaux en métal. Comme celui de Burn, leurs masques ne couvrent que la bouche et le nez. Les yeux du chef sont furieux et injectés de sang. La peur monte en moi. Derrière mes yeux, des étincelles menacent. Je baisse le regard sur la poussière.

— Vous venez de là-bas ? demande-t-il en montrant le mur. Vous avez fui les habitants du dôme ?

— Nous n'avons jamais mis les pieds derrière ce mur ou sous ce dôme, répond rapidement Burn.

Il écarte les jambes et croise les bras sur sa poitrine, le masque pendant au bout de ses doigts.

— Nous venons du sud, ma femme et moi.

Au mot « femme », je me tourne brusquement vers lui, mais je ne dis rien. Je n'ai aucune idée d'où se trouve le sud, mais Burn semble maîtriser la situation. Pour ma part, je ne sais pas du tout comment agir devant ces hommes et leurs armes. Leur existence confirme les propos de Burn : la vie existe au-delà du dôme.

— Vous voyagez seuls ? demande l'homme en plissant les yeux.

— Nous avons entendu dire qu'il y avait de l'eau fraîche par ici, répond Burn. Au sud, tout est desséché.

L'homme fait passer son arme d'une main à l'autre avec un craquement qui me donne la chair de poule. Je n'ai encore jamais vu de fusil de si près.

— Pourquoi vous poursuivaient-ils ?

D'un geste de la tête, il désigne le mur. Je constate que les Confs regagnent l'autre côté. Manifestement, ils ne tiennent pas à affronter ces hommes et leur gros monstre de métal. Je frissonne. Ces hommes-ci seraient-ils donc pires que les Confs ?

— Ils nous ont vus puiser de l'eau dans le grand lac.

Burn ment avec aplomb.

— Nous avons contourné le mur en croyant les avoir semés, mais ils nous ont pris par surprise en sortant par cette porte.

— Sergent, dit l'un des hommes, je demande la permission d'exécuter les prisonniers. Au moins lui. La fille ne donnerait pas beaucoup de viande.

De *viande* ? La peur déclenche la malédiction derrière mes yeux. Je les baisse, car je ne veux pas qu'ils se transforment en armes. Du moins pas encore. Même si Burn a raison et que j'ai tué un Déchiqueteur, même si je me résignais à supprimer des êtres humains, je ne pourrais m'occuper que d'un homme à la fois. Nous serions probablement éliminés avant même que je m'y mette.

— Vous avez des talents ? demande le chef en ignorant complètement l'homme derrière lui.

— Des talents ? répète Burn.

Il est si convaincant que je me demande s'il a compris la question. Pas moi, en tout cas.

— Vous pouvez prendre de la poussière ? demande-t-il en plissant ses yeux injectés de sang. Vous avez des… aptitudes particulières ?

Il nous examine de la tête aux pieds en serrant son arme, comme s'il craignait que nous l'attaquions.

Êtes-vous Déviants ? Voilà ce qu'il veut savoir.

— Non, répond Burn.

Il soulève le masque et les trois hommes se cramponnent à leur arme.

— Testons-les, suggère l'homme qui a demandé la permission d'exécuter Burn. Enfonçons-leur le visage dans la poussière et voyons s'ils suffoquent.

Burn recule d'un pas.

— Ne nous tuez pas, je vous en prie. Nous sommes venus de si loin. Tout ce que nous voulons, ma femme et moi, c'est trouver un endroit sûr où nous installer.

Si je ne le connaissais pas, je croirais que Burn a peur, qu'il implore ces hommes de le laisser vivre. Je sens néanmoins qu'il joue la comédie, qu'il feint d'être terrorisé et tient par-dessus tout à cacher notre Déviance.

L'homme qui veut nous tuer ramasse une poignée de poussière et brandit son gant sous le nez de Burn. Celui-ci crache et tousse, se plie à la taille et se contorsionne en détournant le visage. Il joue la comédie à merveille. Du moins, je pense qu'il joue la comédie.

— Laissez-le tranquille ! crié-je.

Burn m'a intimé l'ordre de me taire, mais cette réaction me semble naturelle. Je pose la main sur son dos, que soulèvent des haut-le-cœur.

— Je vous en supplie, dis-je en regardant le chef. Il va se noyer.

Il plisse de nouveau les yeux.

— Ça suffit, caporal, ordonne-t-il.

Libéré, Burn n'en continue pas moins de tousser et de cracher.

— S'il vous plaît, dis-je au sergent.

J'ai fini par comprendre que c'était un titre et non un nom.

— Il y a tellement de poussière, par ici. Vous permettez que nous enfilions nos masques ?

— Là où nous allons, vous n'en aurez pas besoin, dit le sergent.

Les deux autres hommes pointent vers nous leurs armes d'un métal foncé hideux et sinistre, comme les panneaux sans peinture du ciel au-dessus des Mans du Havre.

— En route.

— Fouillez-les, hurle le sergent.

À la pointe du fusil, ils nous ont menés jusqu'au char d'assaut. Le caporal s'empare de mon petit sac à dos, y trouve ma réserve de viande de rat rancie et la jette par terre. Il en sort mon couteau et le passe à sa ceinture en riant. Puis il me rend le sac.

— Enlève ça, ordonne le sergent en désignant le manteau de Burn.

Dès que celui-ci s'est exécuté, l'homme s'en empare.

— Rendez-le-moi, dit Burn d'une voix grave et retentissante, une veine palpitant sur sa tempe. J'ai besoin de mon manteau.

Le sergent rit, le jette sur le sol, le piétine, enfonce le tissu dans la poussière.

J'ai un haut-le-cœur : je sais que la doublure et les poches secrètes du vêtement sont bourrées d'armes. Les hommes, cependant, semblent plus pressés de fouiller la personne de Burn. Le caporal lui pointe son fusil sur le menton, tandis que l'autre homme lui attache les mains derrière le dos. Le caporal palpe son dos et sa poitrine, à la recherche d'armes, et Burn fixe son manteau. Découvrant les pansements, l'homme appuie volontairement sur les plaies.

Burn serre les mâchoires et les muscles de sa joue tressaillent, tandis qu'il prend une longue et lente inspiration. L'homme examine ensuite les jambes de Burn. À la hauteur de son mollet, il grogne et remonte la jambe du pantalon.

— Tiens, tiens, qu'est-ce que c'est que ça?

Il sort un long couteau. Souriant, le caporal plisse les yeux et glisse l'arme blanche dans un fourreau derrière son dos.

— Nous avons besoin de nos couteaux pour écorcher les rats, dis-je.

— Plus maintenant, répond le caporal en se tournant vers le sergent. Ils sont désarmés. J'ai confisqué leurs couteaux.

Le troisième homme saisit le manteau de Burn et inspecte les poches apparentes, où il ne trouve que des gourdes vides et des objets jugés inoffensifs. Puis il enfile le manteau qui, l'engloutissant, descend jusqu'à terre. Les autres rient. Rougissant, l'homme le retire et le jette de côté.

Burn ne quitte pas le manteau des yeux.

Le caporal me met sur la tête une cagoule foncée. J'imagine qu'il réserve le même sort à Burn. Après avoir attaché mes mains derrière mon dos, quelqu'un me prend par l'épaule, sans ménagement, et me pousse vers l'avant.

Mon instinct hurle : « Cours ! Va trouver Drake ! » La terreur, cependant, l'emporte. La terreur est futée. Dans l'immédiat, le seul moyen de survivre, avec une cagoule passée sur la tête et nouée autour de la gorge, consiste à obéir.

Burn grogne à côté de moi. Je crains que les hommes l'aient blessé et j'espère que ses plaies, encore vives, ne se sont pas rouvertes. Les hommes nous obligent à monter dans le monstre de métal vrombissant. Lorsqu'il se met en marche, je tombe et me cogne la tête sur quelque chose de dur. Le char tangue, fait des écarts brusques et je suis ballottée d'un bord à l'autre jusqu'à ce que je trouve enfin, derrière moi, une sorte de main courante à laquelle m'accrocher.

Le bruit du véhicule est assourdissant, mais les liens m'empêchent de me boucher les oreilles. Déjà que j'ai du mal à me retenir. Le char est secoué de toutes parts. Je me soulève de mon siège et je retombe lourdement. Malgré les rugissements et les bruits métalliques, j'entends des rires. Ces hommes ont de la chance que mes yeux soient voilés. Sinon, l'un d'eux mourrait.

Je me sens perdue et seule. Je me demande où est Burn. Puis, tout d'un coup, je me rends compte que je ne sais même pas s'il est à bord. Je m'efforce de me calmer. Seul avec mon père, sans savoir où je suis, Drake, par comparaison, a sûrement beaucoup plus peur que moi. Mon père a beau affirmer qu'il veut nous aider, il risque de perdre une fois de plus les pédales.

J'ai envie de pleurer, mais je refoule mes larmes, les retiens en clignant des yeux. Je ne donnerai pas à ces hommes la satisfaction de voir, sur la crasse de mes joues, des traces de larmes. J'ai mal aux dents à force d'être secouée, mal aux oreilles à cause du vrombissement et du fracas métallique assourdissants. J'ai des crampes aux mains et mes épaules sont si crispées que, à chaque embardée, je crains que mes muscles se déchirent.

Je dois me détendre, cesser de lutter contre les mouvements du char. Cependant, je n'ose pas lâcher la main courante pour caresser l'alliance de maman. Je tente de m'imaginer sur le toit du Havre à bavarder avec Jayma, à rire des grimaces que fait Sean Cowen derrière le dos de Mme Cona en FG. Pendant un moment, j'y réussis. Puis l'évocation de Jayma me rappelle Scout et enfin Cal. J'ai été si stupide. Plus jamais on ne m'y prendra.

Au bout de ce qui me paraît environ une heure, le char s'arrête brusquement et je suis propulsée du côté droit. Dans le silence relatif qui s'ensuit, mes oreilles bourdonnent.

— Sortez-les de là, ordonne le sergent, dont la voix remplit l'habitacle restreint. Ils n'ont qu'à faire le reste du trajet à pied.

Au moins, Burn est encore là. J'entends un bruissement, puis des mains me saisissent par le bras et me forcent à me lever.

— Avance, petite.

Dans mon oreille, la voix du caporal semble gluante de bave. C'est la première fois, me semble-t-il, que je déteste autant quelqu'un au premier contact.

Il me pousse et je me mets en route. J'ai mal partout.

Burn grogne, sa voix assourdie, et j'espère qu'il n'est pas blessé. On me plaque contre une échelle métallique. En grimpant maladroitement, je sens des mains pousser, pétrir mes fesses. Je pousse mes hanches et je me retiens à grand-peine d'asséner un coup de pied au caporal. Car je suis certaine que c'est lui.

Dehors, nous marchons et, sous la cagoule, dans l'air chauffé par le soleil, je respire avec difficulté. Mon masque se trouve toujours sur mon épaule. J'espère que le tissu de la cagoule filtre la poussière. Sur la surface inégale et invisible, mes jambes hurlent de douleur. Chaque fois que je trébuche, je suis punie par la morsure et la brûlure d'égratignures et d'ecchymoses nouvelles.

Je me retiens difficilement de demander où nous allons. Burn a indiqué clairement que je ne devais pas adresser la parole à ces gens. Je ne compte plus les fois où je perds pied à cause d'un trou ou me cogne la jambe. Chaque fois que je tombe, je suis poussée par ce que je prends pour un fusil ou une botte. Si j'en crois mes oreilles, Burn a chuté à quelques reprises, lui aussi.

Je suis sur le point de m'effondrer, accablée de fatigue et de soif, lorsqu'on me tire par le bras pour m'obliger à m'arrêter. Puis j'entends le cliquetis du métal contre le métal et le grincement de gonds. On me pousse vers l'avant et un fracas métallique retentit derrière moi.

Sous mes pieds, la surface devient plus dure, plus égale et, à travers le tissu de la cagoule, j'entends d'autres voix, d'autres sons. Je tente en vain de les interpréter. Puis l'arôme de la viande grillée assaille mes narines. J'aspire goulûment. Suffoquant, je tousse, repousse le tissu qui se presse contre ma langue et mes lèvres. Puis je prends de petites inspirations.

On me saisit par les épaules, on me tire vers l'arrière et on desserre le cordon passé autour de mon cou. Puis on retire l'épais tissu qui me voile le visage et je cligne des yeux pour me protéger contre la lumière violente. Le sergent m'empoigne par le bras et m'entraîne derrière lui. Devant, le caporal pousse Burn, qui avance d'un pas trébuchant, les mains attachées derrière le dos. Au moins, il a récupéré son manteau, du moins en un sens, car le vêtement lui enveloppe la tête, à la façon d'une couverture. Il ne cache toutefois pas la tache rouge vif qui se répand sur son omoplate. La blessure ne s'est pas cicatrisée, malgré la poussière qu'il a aspirée.

À première vue, j'ai l'impression que nous nous trouvons dans une petite ville, très différente du Havre. J'ai donc eu raison de penser que d'autres survivent à l'Extérieur. S'il existe un endroit comme celui-ci à proximité du Havre, je me demande combien d'autres vivent encore. Certaines régions du monde auraient-elles donc été épargnées ? Impossible. Dans le cas contraire, les survivants seraient venus nous sauver.

Nous empruntons une route plus large. Détectant une odeur, mon ventre grogne, se contracte. Quelqu'un fait griller de la viande sur du charbon de bois. Les bâtiments sont plus petits que ceux du Havre. Ils sont en briques de béton, et les toits de la ville s'ouvrent sur le ciel – le vrai. Quelques personnes, mais pas toutes, portent des masques. Je me demande comment, en l'absence d'un dôme, elles empêchent la poussière de les envahir. De nombreux hommes arborent le même uniforme gris-vert que ceux qui nous ont emmenés ici, et je n'arrive toujours pas à décider si nous avons été sauvés ou capturés. Les deux, je suppose.

La rue est large d'au moins quatre mètres. Même les voies qui conduisent au Centre sont plus étroites. Le char d'assaut pourrait y passer sans problème. Burn et le caporal marchent maintenant à côté de nous. Je doute que Burn sache où je suis. Après tout, sa tête est encore couverte.

Droit devant moi, un garçon d'une dizaine d'années se présente à reculons. En bondissant légèrement, il balance un court bâton dont il gratte la chaussée à chacun de ses mouvements. Ses cheveux sont coupés court et il lui manque une dent. Ma gorge se noue. Il a environ l'âge qu'avait Drake la dernière fois qu'il a marché. Drake, cependant, n'a jamais été si rude, si maigre, si sale.

— Y ont-tu des talents, eux autres ? demande le garçon au sergent.

Ont-ils ici des centres de FG destinés aux employés de la ville ? La grammaire de ce garçon laisse à désirer.

— Je ne crois pas, dit le sergent en resserrant son emprise sur mon bras. Mais nous allons nous en assurer.

Avec son bâton, le garçon me pique le ventre, me forçant à m'arrêter.

— Hé !

Je voudrais bien pouvoir me servir de mes mains pour désarmer cet enfant.

En riant, le sergent me tire vers l'avant. Burn se débat et le garçon me frappe avec son bâton.

La douleur cuisante me fait bondir.

— Aïe !

Rigolant, les hommes s'arrêtent et l'un d'eux, saisissant le polisson par le col, le soulève. Seuls les bouts de ses chaussures éraflées touchent le sol.

— Je faisais seulement que vérifier, dit le garçon. Mais elle a pas l'air d'en avoir, des talents.

Il me frappe sur le bras. Ma peau brûle.

— S'il te plaît, dis-je, les yeux baissés. Pourquoi me frappes-tu ?

Je me tourne vers le sergent.

— Pourquoi nous retenez-vous prisonniers ? Où sommes-nous ?

Des sons assourdis retentissent sous la cagoule et le manteau de Burn. Ils l'ont bâillonné. Sans doute préférerait-il que je ne pose pas de questions. Je refuse toutefois de rester dans l'ignorance.

Le sergent se tourne vers moi.

— D'où venez-vous, déjà ?

— Du sud.

Il plisse les yeux.

— Et depuis combien de temps vous nourrissez-vous de poussière ?

— Je ne suis pas Déchiqueteuse.

C'est, me dis-je, le genre de réponse susceptible d'assurer ma survie. Ici aussi, on doit liquider les Déviants.

— La poussière tue les humains.

— Pas toutes les humains, dit le garçon en me touchant de nouveau avec son bâton. Y en a qu'ont des pouvoirs spécials et ils nous protègent contre les Déchiqueteurs.

Ces mots se figent dans ma poitrine. J'ai soin de cacher ma réaction.

— Ils doivent être très braves, ces gens qui ont des pouvoirs spéciaux, non ?

Le sergent plisse de nouveau les yeux.

— Ils sont plutôt dangereux. Ce sont leurs dresseurs qui ont du courage.

On gesticule devant lui. Trois hommes tirent une charrette transportant une cage en fer. À l'intérieur se trouve un homme, un Déviant, de toute évidence, avec d'énormes griffes à la place des mains. Sa peau a la couleur de celle de Drake quand il se sent menacé.

Prise de nausée, je m'arrête. Le sergent me pousse en me tenant fermement par le bras.

— Celui-là a des talents, explique le sergent en étudiant mon visage.

J'évite de le regarder dans les yeux.

— Ils sont en partie humains et en partie Déchiqueteurs. Quand ils sont en danger ou en colère, leur nature monstrueuse prend le dessus. Certains sont assez forts pour tuer des Déchiqueteurs.

Il me serre le bras.

— Sinon, leurs cris nous servent de système d'alerte, aux abords du fort.

Pour laisser passer la cage, les hommes nous tirent sur le bord de la route, Burn et moi, et je regarde le Déviant dans les yeux. Il a peur. Il est terrifié.

Comment ne pas l'être ?

Je comprends maintenant pourquoi Burn a menti. Si nos ravisseurs découvrent qui nous sommes, ce dont nous sommes capables, nous serons mis en cage, nous aussi.

Et nous servirons d'appâts aux Déchiqueteurs.

CHAPITRE VINGT ET UN

On nous fait pénétrer dans un immeuble, puis on nous entraîne dans un couloir étroit débouchant sur une porte en acier. À un crochet fixé au mur, un homme costaud prend un anneau en métal retenant une série de bâtonnets en métal de forme étrange. Les bâtons cliquettent et glissent sur l'anneau, et il en choisit un, l'enfonce dans un trou de la porte. Au Havre, certaines portes sont munies du même genre de trou, mais on ne s'en sert jamais. Je me dis qu'il s'agit d'un dispositif de verrouillage primitif.

Après un passage par un couloir sombre et étroit, on nous arrête devant un mur composé de barreaux de fer. L'homme à l'anneau sélectionne un autre bâtonnet et une partie du mur de barreaux s'ouvre en grinçant.

Le caporal pousse Burn, dont l'épaule heurte le côté de la porte, et il pivote sur lui-même. C'est donc en chancelant qu'il entre dans la pièce aux murs en pierre. Le sergent coupe la corde qui me lie les poignets et me pousse à la suite de Burn, dont les mains sont toujours attachées. Son manteau demeure drapé sur sa tête encapuchonnée. La porte de barreaux se referme avec un fracas métallique.

La seule lumière provient d'une petite fenêtre en hauteur, sur le mur du fond. Un banc bas s'étire du côté gauche. De l'autre côté des barreaux, le sergent, flanqué de ses deux laquais, croise les bras sur sa poitrine.

— Je peux le détacher ? demandé-je en désignant Burn.

Le sergent hausse les épaules, geste que j'interprète comme un acquiescement.

Lorsque je le touche, Burn bande ses muscles. D'abord, je retire avec précaution le manteau, où les armes sont cachées sous d'épaisses couches de tissu et de rembourrage. Puis j'étire les bras pour défaire les nœuds qui retiennent la cagoule sur sa tête. Sentant sans doute que j'ai du mal à l'atteindre, Burn pose un genou par terre. Je lui enlève la cagoule. Il cligne des yeux dans la lumière, tandis que je retire le bâillon.

Il se relève avant même que j'aie pu enlever les cordes de ses mains et il s'avance vers les barreaux de la cage.

— Pourquoi nous retenez-vous ? Qu'avons-nous fait ?

— La ferme ! crie le sergent en tapant sur les barreaux du plat de la main. Les questions, c'est moi qui les pose !

Tandis que je m'escrime sur les nœuds qui entravent les mains de Burn, le caporal m'observe avec ce qui ressemble fort à de l'amusement. Sur la corde grossière, mes doigts éraflés me brûlent, mais je parviens quand même à desserrer les liens.

— Nous ne possédons pas de talents, dis-je. Nous sommes Normaux.

Je me demande si le mensonge est convaincant et si « Normal » signifie ici la même chose que dans le Havre.

— C'est à moi d'en décider, répond le sergent d'un ton bourru.

— Je vais leur administrer le test, dit le caporal.

Le sergent se tourne vers lui.

— Tu ne vas pas les tuer. Pas encore. Talents ou pas, ces deux-là pourraient se révéler des atouts pour le Fort Huron, dit-il en plissant les yeux. Surtout elle. Je préviens le général.

Le sergent pivote sur lui-même et s'éloigne, les deux autres sur ses talons. Pourquoi serais-je un atout ? C'est insensé. Rien à voir avec ma malédiction puisque, depuis notre capture, je n'ai blessé personne. En ce moment, cependant, rien n'a de sens : j'ajoute le commentaire du sergent à la liste grandissante de mes sujets de perplexité. Dès que les hommes ont disparu, je demande à Burn :

— Où sommes-nous ? Qui sont ces gens ?

— Pas si fort, dit-il en balayant la cellule des yeux.

Il en examine les moindres recoins, promène ses mains sur les murs.

— Qu'est-ce que tu cherches ?

— Des caméras.

Je l'aide en regardant dans les coins, sans rien remarquer. D'après ce que j'ai observé dans les rues, cet endroit n'est pas doté de la même technologie que le Havre. Je n'ai pas vu d'écrans ni même, maintenant que j'y songe, de signes qu'ils ont l'électricité. Mais leur char d'assaut n'avance pas tout seul. Burn soulève et retourne le banc. Il promène ses doigts dessous, puis, montant dessus, il examine la jonction entre le mur et le plafond. Enfin, il place le banc le long du mur du fond.

Je m'assieds à côté de lui.

— Tu peux nous faire sortir d'ici avec...

Je fixe son manteau.

Il secoue la tête.

— Pourquoi tenais-tu tant à le récupérer alors ?

Il se tourne brusquement vers moi.

— Parce que j'en ai besoin. Parce qu'il est à moi.

J'ai un mouvement de recul.

Nous nous regardons en chiens de faïence jusqu'à ce que je détourne les yeux.

— Je devrais vérifier tes pansements.

Sans répondre, il retire son ample chandail, puis son t-shirt. Je me mords la lèvre. Son bras va bien, mais le bandage qui recouvre l'entaille sur son omoplate est imbibé de sang. Je n'ai pas d'eau pour nettoyer la plaie, mais je déroule tout de même le pansement.

— Tu as quelque chose de propre que je pourrais utiliser pour recouvrir la blessure ?

Il secoue la tête.

— Prends le bout le moins crasseux.

Je finis d'ôter le pansement et mes doigts effleurent accidentellement sa poitrine. Il tressaille, comme si la plaie se trouvait plutôt de ce côté-là. Il se tourne vers moi et je fixe ses yeux, si sombres et si intenses que mes joues s'embrasent. Le reste de mon corps aussi.

Je baisse le regard.

Quelque chose ne tourne pas rond chez moi. Je connais à peine Burn, mais, à toucher sa peau, à sentir ses muscles fermes onduler en dessous, à respirer son odeur, j'ai envie de me blottir contre lui, de promener mes doigts sur chaque centimètre de son corps puissant.

Je ne comprends ni ces sensations ni leur origine. Il y a seulement quelques jours, j'étais persuadée d'aimer

Cal ; bien que sa trahison soit encore douloureuse et toute fraîche dans ma mémoire, je m'étonne des sensations que m'inspire Burn. Le dénouement de ma brève relation avec Cal aurait dû m'apprendre à me méfier de tels sentiments.

En caressant l'alliance, j'oblitère cette émotion et restaure ma raison. J'ai besoin de l'aide de Burn. Rien de plus. Hier soir, il m'a sauvé la vie. Avec lui, je me suis sentie protégée, à l'abri. J'ai pour lui de la reconnaissance. Il est non seulement inutile, mais aussi dangereux, de laisser libre cours à d'autres sentiments.

La blessure ne me semble pas infectée, mais Burn aurait besoin de points de suture. Je me demande si ces gens connaissent la médecine.

— Tu devrais éviter de bouger ce bras et le tenir vers l'arrière, dis-je en touchant son épaule gauche. Chaque fois que tu t'en sers, tu rouvres la plaie sur ton omoplate.

— J'aurais dû inspirer plus de poussière, là-bas, dit-il, mais ça me semblait trop risqué.

Trouvant la partie la moins dégoûtante du tissu crasseux, je replie celui-ci de manière à recouvrir l'omoplate, puis je l'enroule de nouveau sur sa poitrine en essayant du mieux possible de ne pas toucher sa peau.

— Pourquoi leur as-tu dit que j'étais ta femme ?

— Ne serre pas trop.

Il s'empare du bout de tissu et finit lui-même de l'enrouler.

— S'il est trop lâche, il va tomber, Burn.

Il termine le pansement sans serrer, mais il tend une bande en diagonale pour retenir la première. Ensuite, il remet son t-shirt et s'adosse au mur. Me faisant signe de m'avancer, il approche ses lèvres de mes oreilles, si près que je sens son souffle.

— Surtout, ne révèle pas à ces gens que tu es Déviante.

— Je croyais que tu n'aimais pas ce mot.

Il ne dit rien.

— Sais-tu où nous sommes ?

Il hoche la tête.

— Sommes-nous loin de l'endroit où nous devons…

Sans me laisser terminer, il répond :

— Au moins deux jours de marche. Peut-être plus. Ils ne nous ont pas facilité la tâche en nous traînant jusqu'ici.

— Mon père va nous attendre.

— Pas sûr.

La tristesse et un sentiment d'échec descendent sur moi. Je sens des picotements dans mes yeux.

Burn détend les épaules.

— Nous allons les retrouver. S'ils ne nous attendent pas, ils mettront le cap sur la Colonie et nous les y rejoindrons.

— La Colonie ?

— C'est là que nous allons. Nous y serons en sécurité.

Je ne demande qu'à le croire et il ne sert à rien d'imaginer le pire. Je ne peux me permettre de croire que je risque de ne jamais revoir Drake, de ne jamais savoir comment il va.

— Pourquoi leur as-tu dit que nous venions du sud ?

— Les survivants migrent jusqu'ici. Il n'y a pas beaucoup d'eau, de ce côté, et il est difficile d'y faire pousser quoi que ce soit.

— Combien sont-ils, ici ? Combien d'autres ont survécu à la poussière ?

— Je ne sais pas. Nous nous tenons loin des occupants du Fort.

Pas besoin de lui demander pourquoi.

— La Direction a-t-elle érigé le mur pour empêcher les migrants d'entrer, à cause du manque d'espace ?

Il rit.

— Tu accordes trop de crédit aux propos de ces gens-là.

— Alors ?

— Le mur a pour but d'empêcher les Déchiqueteurs de sortir. Même chose pour la poussière. Tu ne l'as pas vue s'accumuler à sa base ?

— Mais pourquoi ?

— Pour vous faire peur. Pour vous dissuader de sortir.

La colère monte en moi. Si Burn dit vrai, la Direction empêche ses employés de s'en aller, leur laisse croire qu'il est impossible de vivre à l'Extérieur, même avec des masques. Le dôme nous met à l'abri des Déchiqueteurs, et il y en a, pas de doute là-dessus. Par contre, nous n'en avons vu aucun de ce côté-ci du mur.

Burn remet son chandail, puis s'empare de son manteau, bien qu'il fasse chaud dans cette pièce. Rhabillé, il se rassied et je me penche vers lui.

— Tu racontes n'importe quoi. Le Havre est surpeuplé. Pourquoi la Direction voudrait-elle retenir ceux qui souhaitent partir ?

— Penses-y, répond Burn en s'appuyant contre le mur. Sans employés, comment la Direction ferait-elle pour entretenir le dôme? Comment produirait-elle tous les articles de luxe dont profitent ses membres?

— Les gens reçoivent des bons de rationnement en échange de leur travail. L'économie fonctionne ainsi.

Je plisse le nez. J'ai cité le manuel de P et P. Mot pour mot, ou presque.

Burn approche de nouveau ses lèvres de mon oreille.

— La Direction exerce sa mainmise grâce à la peur. Si les gens savaient que d'autres options existent, elle ne pourrait pas les forcer à travailler.

Je ne suis pas convaincue, mais l'arrivée d'un homme devant la cellule nous empêche de poursuivre la discussion. Le regard qu'il pose sur nous me donne froid dans le dos.

— Général Phadon, dit-il. Avancez. Je vous vois mal.

Burn est déjà debout. Je l'imite.

— Nous sommes des voyageurs à la recherche d'un peu d'eau, explique Burn.

— Menteur! s'écrie le général en tapant sur les barreaux.

Le son résonne douloureusement dans mes oreilles.

— Vous êtes entrés illégalement dans mon Fort.

Je grince des dents. Ce sont ses hommes qui nous ont trouvés et emmenés de force jusqu'ici. Je crois cependant qu'il vaut mieux ne pas riposter.

Le général est grand et maigre, avec des cheveux coupés si ras qu'ils ressemblent plutôt à une barbe de quelques jours. Une cicatrice rouge et irrégulière traverse son visage en diagonale et imprime à ses lèvres une torsion bizarre.

— Laisse-moi te regarder, petite.

Je sens les poils se dresser sur ma nuque.

— Approche-toi, ordonne-t-il.

Je me tourne vers Burn, qui fixe le mur comme s'il n'avait pas entendu le général. Il a sûrement un plan. Peut-être attend-il que l'homme soit distrait pour l'attaquer avec l'une de ses armes.

Obéissant, je m'arrête avant que le général puisse me toucher. Il a les dents jaunies et de travers. Sa main se glisse entre les barreaux et je sens mon estomac se soulever.

— Tu feras l'affaire, dit-il.

Je frissonne.

— C'est ma femme, lance Burn tout doucement, sans lever les yeux.

— Plus maintenant, mon gars, répond le général en riant. Nous manquons de femmes ici. Celle-ci me semble en assez bonne santé pour avoir des enfants.

Je me tourne vers Burn et ma queue de cheval bat l'air. Le général attrape mes cheveux et tire. Chancelante, je m'immobilise pour éviter la douleur.

— À titre de commandant du Fort Huron, dit-il d'une voix basse et grave, je suis le premier à choisir parmi les filles en âge de procréer. C'est ton jour de chance, petite. Tu seras une de mes femmes.

Il pose sa main sur un côté de mon visage, promène un pouce calleux sur ma joue. Sa peau est si rugueuse que j'ai l'impression qu'il m'égratigne.

— Lâchez-la, dit Burn sur un ton calme et pondéré, comme s'il s'en moquait, au fond.

Son indifférence me blesse, mais je ne dois pas laisser mes émotions prendre le dessus. Je repousse la souffrance.

— Tu as l'air fort, mon garçon, constate le général. Tiens-toi correctement et je te laisserai servir dans mon armée. Sinon, tu seras invité au repas de dimanche soir… sous forme de rôti.

Un sourire hideux traverse le visage de l'homme, révélant d'autres dents puantes.

— Pour ma part, je n'ai pas de préférence. Tu serais une bonne source de protéines, quitte à t'attendrir un peu.

Je sens des tremblements monter en moi, tellement qu'ils doivent se voir à l'œil nu. La Direction a beau être horrible, les habitants du Havre ne se dévorent pas entre eux, du moins pas à ma connaissance. Ces gens ressemblent aux Normaux du Havre, mais, en réalité, ce sont plutôt des Déchiqueteurs.

— Regarde-moi.

Le général me saisit le menton et soulève mon visage vers le sien. Je continue pourtant de détourner le regard.

Les picotements familiers se manifestent. Frotter l'alliance ne m'est d'aucun secours. Si je le fixe dans les yeux, cet homme diabolique apprendra la vérité sur mon compte. Je serai mise en cage et on se servira de moi, aux abords du Fort, pour éloigner les Déchiqueteurs. S'ils découvrent mon « talent », ils ne me laisseront pas partir. Et je ne retrouverai jamais Drake.

— Je t'ai dit de me regarder, siffle le général en resserrant l'étau de ses doigts sur mon visage. Quand tu seras ma femme, je t'enseignerai l'obéissance.

Je tente de me dégager, mais je suis trop près de lui, à présent, trop près de son haleine qui empeste la viande pourrie. J'ai un haut-le-cœur. M'attrapant par le bras, il me tire contre les barreaux de fer. Le métal rouillé s'enfonce dans ma joue, puis il me pince un sein, si fort que j'ai mal.

Un rugissement retentit derrière moi. Le général me libère et je me retourne.

Abasourdie, je m'adosse au mur latéral de la cellule. Burn s'est transformé en monstre. Il a grandi d'au moins trente centimètres; sa poitrine et ses épaules ont crû davantage. Les bandes de tissu dont je l'ai enveloppé tombent par terre, où elles forment un tas sanglant, et son chandail, étiré au maximum, a peine à contenir sa nouvelle carrure.

Sur ses bras, son cou et sa poitrine, les veines et les muscles palpitent, et son visage se contorsionne en un rictus effrayant. Il a les yeux rouges, furieux. Son expression me terrifie. Je le reconnais à peine. Par chance, ce n'est pas contre moi qu'il en a. Du moins, je l'espère.

Il rugit de nouveau et tape du pied dans les barreaux qui, sous la violence des coups, produisent un bruit strident. Repoussé, le général tombe par terre. Je devrais m'en réjouir. Or, en voyant Burn s'élancer et frapper les barreaux de nouveau, je n'éprouve qu'un sentiment de stupéfaction. Le métal se gauchit et finit par céder.

À genoux, le général Phadon s'empare du revolver qu'il porte à la ceinture. Avant qu'il ait pu le braquer sur lui, Burn franchit l'emmêlement de barreaux et saute à pieds joints sur le bras du général.

Il piétine la poitrine de l'homme qui crie et je me bouche les oreilles pour ne pas entendre les crissements, les craquements.

Burn tue le général. C'était un homme horrible, mais j'ai quand même du mal à accepter le témoignage de mes yeux.

La peur et l'horreur affluent dans ma poitrine. Je vais perdre la maîtrise de mes sentiments. Quiconque croise mon regard mourra.

— Pense à ce que tu fais, Burn, dis-je, les yeux baissés.

Sans un mot, il me saisit, m'enveloppe d'un de ses énormes bras et me serre très fort contre lui. Mes côtes craquent. J'étouffe. La douleur embrouille mon cerveau. En sentant un objet dur et tranchant m'égratigner le dos, je me rends compte que j'ai franchi les barreaux. La porte au bout du couloir s'ouvre brusquement. Un homme s'engouffre dans l'embrasure.

En rugissant, Burn lui assène un coup et l'homme est projeté vers l'arrière. Nous entendons des bruits de pas. Burn se penche, saisit le type par la ceinture et le brandit devant nous. Le garde agite frénétiquement les bras, tandis que d'autres hommes en uniforme apparaissent, l'arme au poing.

Ils ne tirent pas, cependant. Je me rends compte que Burn se sert du premier comme d'un bouclier. Il avance, m'écrasant contre lui, d'un seul bras. De l'autre, il balance le gardien à gauche et à droite.

Les hommes armés battent en retraite et je m'abrite le visage et la tête, au moment où Burn franchit la porte et sort dans la rue. Des sirènes hurlent dans mes oreilles et des bâches se déploient au-dessus de nous, recouvrent la rue et obstruent le ciel. Tout autour de moi, des gens portent des masques; le mien est accroché à mon épaule. Les bras immobilisés, je ne peux pas le mettre.

Je me tire malgré tout mieux d'affaire que le gardien, que Burn tient par la ceinture. À force d'être projeté contre des personnes et des murs, il est devenu tout mou, et je me demande s'il est mort ou évanoui.

D'une fenêtre sur notre droite, un homme pointe sur nous un énorme fusil. Mobilisant ma peur, je concentre dans mes yeux la douleur cuisante qu'elle suscite en moi, puis je cherche les siens. Nos regards se croisent, mais il cligne des yeux et je n'ai pas le temps d'établir un contact solide. Pourtant, il laisse tomber son arme et bat en retraite en se tenant la tête.

Burn bondit sur une énorme benne, saute de nouveau et atterrit sur un toit, au moment où une bâche se dépose sur la rue. De ces hauteurs, j'aperçois la plus grande partie du Fort. Composé de bâtiments bas encerclés par un mur en pierre, en béton et en acier, il fait, me semble-t-il, environ le quart de la taille du Havre. Au loin, j'aperçois une longue bande verte semblable à ce qui, selon Burn, serait une forêt.

La plupart des rues sont recouvertes d'une bâche, à présent, et je comprends pourquoi. Le vent se lève. De la poussière me cingle le visage, pique ma peau, me force à plisser les yeux. De ma main libre, je tente de me couvrir la bouche et le nez. Avec Burn qui saute d'un toit à l'autre, impossible, toutefois, de garder cette position. Je sais qu'il me sauve, mais il me serre si fort qu'il me tue en même temps. La douleur m'aveugle.

Le char d'assaut se profile de l'autre côté du mur. Son canon nous vise. Burn me pose sur un toit, s'empare des deux revolvers de notre bouclier humain, puis jette le corps de celui-ci dans le vide. Le gardien, inerte, atterrit sur une bâche. Une explosion retentissante tonne au moment où Burn, s'emparant de moi, saute par-dessus le mur du Fort et atterrit dans la poussière.

Le projectile lancé par le char éclate à l'intérieur du Fort, puis j'entends des cris et je respire de la fumée. Burn me dépose. Haletante, je me rends compte que j'inhale aussi de la poussière. Au premier mouvement, je sens une douleur cuisante dans ma poitrine, mais je l'écarte. Burn grimpe sur le char et plie son gros canon d'un côté. En temps normal, il est fort. Là, cependant, sa force est démentielle. Inhumaine. Déviante.

Au moment où je tends la main vers mon masque, Burn descend du char, me prend par le bras et saute de nouveau. J'ai l'impression que mon bras risque de se disloquer. La douleur me traverse de part en part et tout devient blanc. Derrière nous résonne une formidable explosion. Sans doute les hommes ont-ils tenté de tirer avec leur canon gauchi.

Burn bondit une fois de plus. Quand il se pose, je glisse et je viens près de heurter le sol. Il me redresse. Lorsqu'il referme son bras sur mes côtes, sans doute fracturées, j'ai horriblement mal à la poitrine, mais au moins il me tient bien. Il court si vite que le vent et la poussière, en me frappant, sont comme des tessons.

— Burn, crié-je. Tu me fais mal !

Il court dans la poussière, franchit les obstacles d'un bond et se pose brutalement, sans m'entendre.

Affaiblie par la douleur, j'oscille entre la conscience et l'inconscience, puis je m'aperçois que le dernier saut de Burn n'a pas été suivi d'un atterrissage : nous sommes en chute libre.

Ouvrant les yeux, je constate que nous tombons du haut d'une monumentale montagne de poussière. Burn touche terre le premier et nous roulons, roulons encore, sans qu'il me lâche.

Nous nous immobilisons dans un désordre de bras et de jambes. Affalée sur lui, je tente de comprendre ce que je vois, ce que je sens. On dirait que nous avons franchi une haute dune de poussière pour aboutir dans la bande verte que j'ai entrevue plus tôt. Ici, la poussière ne souffle plus et un parfum inconnu m'envahit. Fort mais agréable, il s'infiltre dans mes sinus, me ranime brièvement. Au-dessus de nous s'étend une sorte de toile verte, soutenue par des plantes à la tige épaisse, à la surface rugueuse, dont certaines ont un diamètre imposant.

Un coup d'œil à Burn me tire de mon ahurissement. Il ne bouge pas. Il m'a relâchée et, avec précaution, je change de position. Une douleur vive m'arrache une grimace. Ma vue se brouille. Je vais perdre connaissance.

— Burn ?

Il a retrouvé sa taille normale. Je ne saurais dire s'il respire. La coupure à son bras saigne. J'ose à peine imaginer l'état de la plaie dans son dos.

— Burn ?

Je le secoue. Le moindre mouvement me coûte tellement que je doute de pouvoir le tirer de sa torpeur. Je me laisse descendre de son corps et touche le sol. La douleur monte de ma poitrine à mon cerveau. Ma vision se brouille de nouveau. Tout vire au noir.

CHAPITRE VINGT-DEUX

La lumière du soleil s'infiltre par une sorte de toile verte et brune. Sans tenter de m'asseoir, j'étire le cou et j'aperçois Burn, en position accroupie, à environ trois mètres. L'odeur prononcée que j'ai respirée plus tôt m'éclaircit les idées.

Le Fort. Le général. Burn. Le monstre. Notre évasion. Presque tout me revient, du moins je le crois. J'ai l'impression d'avoir des côtes brisées, mais je réussis à respirer.

Sans bouger, Burn lève les yeux sur moi.

— Ça va ? Si oui, il faut qu'on se mette en route.

Je prends une profonde inspiration. Je ressens un pincement, mais la douleur n'est pas aussi aigüe que je l'avais redouté. Je m'assieds et, en me détournant de lui, je soulève ma chemise. Mon ventre et mon côté sont d'un violet vif, magenta par endroits, et je tâte mes côtes avec précaution. Elles sont peut-être seulement meurtries, finalement. Sinon, la poussière les a guéries. À cette pensée, je frissonne.

En entendant une sorte de hoquet, je lève les yeux. Burn est penché sur moi, les yeux rivés sur les bleus. Je grimace, baisse ma chemise. Puis je me relève. J'ai mal partout, mais j'essaie de n'en rien laisser paraître.

— Que s'est-il passé ? demande-t-il. Qui t'a fait ça ?

Je me retourne brusquement. C'est une plaisanterie ? Il a pourtant l'air sincère et préoccupé. Puis son expression se durcit, comme s'il craignait d'avoir laissé transparaître un aspect de lui qu'il préférerait garder caché.

— Tu ne te souviens de rien ?

Il déplace les lunettes sur sa tête.

— La dernière chose que je me rappelle, c'est que ce salaud de général a posé les mains sur toi.

Ses lèvres tremblent.

— C'est lui qui…, commence-t-il en baissant les yeux. C'est *moi* qui t'ai arrangée comme ça ?

Je hoche la tête.

Il s'éloigne d'un pas titubant et les trucs en forme de bâtonnets qui recouvrent le sol s'envolent au contact de ses bottes.

— Je ne me souviens pas. Je suis incapable de me maîtriser.

— Tu m'as sauvée, dis-je en m'avançant vers lui.

Il braque le menton.

— Je t'ai fait mal.

Sa voix, toute basse, se brise.

— Je suis un monstre, dit-il en tendant la main vers moi.

J'ai un mouvement de recul, que je regrette aussitôt. C'est que Burn m'effraie. Maintenant que j'ai vu ce dont il est capable, celui qu'il devient, je le crains encore plus.

— Qu'est-ce qui déclenche ta…, commencé-je avant de me corriger… ton don ?

— La rage, répond-il d'une voix dure et grave. Si je me fie aux autres.

— Tu en doutes ? demandé-je en me disant que tout éclairage sur sa malédiction m'aidera peut-être à mieux comprendre la mienne. Tu sens que la réaction se prépare ?

Il ne dit rien pendant un moment. Puis il se tourne vers moi.

— Comment as-tu appris à dominer le tien ?

Je secoue brusquement la tête.

— Je te l'ai déjà dit. Je ne le domine pas. Je ne domine rien du tout.

Depuis quelques jours, c'est même en dessous de la vérité. Et je me rends compte que le sentiment que j'avais d'avoir bien en main ma destinée, la sécurité de Drake et tout le reste n'était qu'une illusion. Notre survie, au cours des trois derniers jours, ne doit rien à ma prudence. Nous avons eu de la chance, voilà tout.

— Je t'ai vue te dominer.

Il se lève et demeure à distance respectueuse.

— Je t'ai vue te retenir, t'arrêter.

J'aperçois mon masque sur le sol, je le ramasse et je le serre contre ma poitrine.

— En tout cas, je n'ai jamais le sentiment de maîtriser la situation.

Burn fronce les sourcils. Je détecte dans ses yeux une peine insondable.

— Je…, commence-t-il en évitant mon regard. J'ai tué quelqu'un ?

Lentement, je hoche la tête. Phadon, à tout le moins, et sans doute aussi le gardien qu'il a utilisé comme bouclier. Peut-être aussi d'autres hommes lorsque le char d'assaut a explosé.

Burn se plie en deux, comme s'il avait reçu un direct à l'estomac.

Sa silhouette imposante respire le danger et la méchanceté. Dans ses yeux, pourtant, je ne vois qu'une immense souffrance. Même s'il a de la difficulté à s'exprimer, il regrette sincèrement de m'avoir blessée, d'avoir entraîné la mort d'autres personnes. S'il avait pu me sauver et nous sortir de captivité d'une autre manière, il n'aurait pas hésité une seconde.

— Tu as tué le général par accident. Tu n'as pas voulu ce qui est arrivé. Tu dis toi-même que tu ne te maîtrises pas.

— Ça n'excuse rien, dit-il en baissant les yeux, en trépignant et en secouant la tête comme s'il discutait avec lui-même. Je ne veux plus jamais devenir ce monstre.

— Tu m'as sauvée, dis-je doucement. Je ne sais pas ce que le général Phadon m'aurait fait si tu ne l'avais pas arrêté.

— Moi, je le sais.

Il grogne, plisse les yeux, puis il lève la tête vers le ciel. Je ne veux plus en parler, moi non plus. Songer au général éveille des émotions qui provoquent des étincelles derrière mes yeux. Si Burn croit que je me maîtrise ne serait-ce qu'un peu, il se trompe sur toute la ligne.

Je décide de changer de sujet.

— Où sommes-nous? Et ça, qu'est-ce que c'est? demandé-je en posant la main sur l'une des plantes à la tige épaisse que j'ai vues plus tôt.

— Des pins, répond-il en gesticulant autour de lui. Nous sommes dans une forêt.

Je balaie les environs des yeux.

— J'ai entendu parler des arbres et je sais qu'il y a des plantes dans les fermes et dans les usines de filtration de l'air du Havre, mais je n'aurais jamais imaginé... Ils sont si grands.

Le plus haut doit atteindre une quinzaine de mètres. Baissant le regard, je comprends que les fragments qui jonchent le sol sont tombés des arbres.

— C'est vrai qu'ils viennent des arbres, ces trucs-là ?

Il hoche la tête.

— Ce sont des aiguilles. Elles brunissent et tombent pour laisser place aux nouvelles pousses.

Faisant fi de la douleur dans ma poitrine, je me penche pour ramasser une poignée d'aiguilles de pin brunies.

— Comment les arbres ont-ils survécu à la poussière ?

Lorsque la poussière est tombée, tout ce qui vivait en dehors du Havre -humains, animaux et plantes- est mort. Voilà ce que j'ai appris en FG. Depuis vingt-quatre heures, cependant, je prends la mesure de mon ignorance.

— Tu vois ces machins ? dit-il en cueillant sur le sol un drôle d'objet brunâtre. C'est ce qu'on appelle une pomme de pin et elle contient des graines. En danger, elle se referme. Quand les graines ne risquent rien, elle s'ouvre.

Exactement comme mon petit frère, me dis-je sans desserrer les lèvres. Je promène plutôt ma main sur la surface de l'arbre, puis sur une grappe d'aiguilles. Le délicieux parfum vient décidément de ces arbres. Je ne peux imaginer un lieu plus parfait et je me demande si Drake est passé par ici.

— Quand allons-nous retrouver mon frère ?

— En marchant toute la nuit, nous les rattraperons peut-être demain.

Quelle joie !

— C'est comment ?

Appuyé contre un arbre, Burn baisse les yeux.

— Quoi ?

— Avoir une famille.

— Tu n'en as pas ?

Il secoue la tête. Je me souviens de l'avoir entendu dire qu'il ne savait pas quand il était né.

— Que sont devenus tes parents ?

Il ne bronche pas. Je poursuis :

— Mon frère est pour moi la personne qui compte le plus au monde.

— C'est pour cette raison que tu as veillé sur lui après que tes parents…

Il laisse sa phrase en suspens.

— Oui, m'empressé-je de poursuivre. Drake est drôle et intelligent. En plus, c'est un artiste très doué. Et il ne se plaint jamais, même s'il aurait des motifs de le faire.

— Il a de la chance d'avoir une sœur comme toi.

— Non, dis-je en secouant la tête. C'est moi qui ai de la chance de l'avoir, lui.

Ma joie, cependant, s'étiole. Pour moi, l'idée même de famille est chargée : le mal se cache derrière le bien, à la façon de la bombe d'un terroriste.

Pourtant, j'ai hâte de retrouver Drake, même si cela signifie aussi revoir mon père.

Avec moi qui marche, nous avançons plus lentement, mais Burn n'a pas proposé de me porter, ce qui, franchement, me soulage. Nous cheminons sans parler, nous arrêtant seulement quand Burn, entendant un bruit, lève la main pour me donner l'ordre d'arrêter. La vraie lune diffuse une lumière plus jolie que la fausse du Havre, et Burn m'explique pourquoi elle a une si drôle de forme, comme un cercle dans lequel on aurait mordu.

Je ne sais pas très bien à quoi je m'attendais, mais le monde, en dehors du Havre, est vaste et diversifié. Peu après la tombée de la nuit, nous abandonnons la forêt de pins, traversons d'autres secteurs semblables aux ruines voisines du Havre, puis nous entrons dans une nouvelle forêt de pins encore plus grande que la première. Après, nous suivons un sentier rocailleux qui ressemble presque à une route. Burn dit que l'eau qui alimentait un grand lac voisin du Havre passait autrefois par ici. Difficile à croire.

La seule évocation de l'eau me donne soif. Ma langue se colle à mon palais. Drake transportait la plus grande partie de notre eau, et la dernière des trois gourdes en peau de rat est presque vide. Au moins, les rayons du soleil réfléchis par la lune ne sont pas trop cuisants.

Burn lève la main. Je m'arrête, puis je m'avance vers lui. Un sinistre hurlement retentit, suivi d'une sorte de grognement. Sur la surface inclinée, à notre droite, des rochers déboulent.

— Derrière moi. Baisse-toi.

Burn fouille dans son manteau et en sort le plus gros des deux revolvers qu'il a pris au gardien. Il remonte quelque chose et on entend un déclic. Puis, il attend, attend, attend. Mes muscles, pressés de courir, tressaillent.

Un monstre velu saute du talus. Il va à quatre pattes, comme un rat, mais il est beaucoup plus gros et couvert d'un pelage gris, crasseux et emmêlé. Ses yeux presque jaunes brillent dans la nuit éclairée par la lune et je laisse entendre un hoquet. Petite, j'ai vu un représentant de cette espèce en principe éteinte. Chien ou loup. Au contraire de l'animal naturalisé du musée d'histoire naturelle du Havre, celui-ci a de la bave sur ses crocs hargneux et quelques grosses entailles croûtées de sang sur son corps.

Burn tire et la créature est projetée vers l'arrière, la moitié de sa tête vaporisée. Puis elle déboule jusqu'en bas de la colline et atterrit avec un bruit sourd à environ cinq mètres de nous. Burn vise toujours vers le haut, apparemment convaincu qu'une autre bête suivra.

Il halète, ses épaules montent et descendent à chacune de ses respirations. Il reste prêt à faire feu. Au bout de ce qui me semble une dizaine de minutes, je lève la main, sans le toucher. Depuis notre évasion du Fort, il n'y a pas eu de contact entre nous. Du moins pas vraiment.

Je glisse ma main sur son dos.

Il bondit, puis se détend et baisse son arme.

— Un chien Déchiqueteur, explique-t-il sans se retourner. Ils sont encore plus dangereux que les humains devenus Déchiqueteurs. Les animaux qui vivent en meute sont déjà poussés par leur instinct à chasser et à tuer. Pas besoin de la folie de la poussière.

— Il y a beaucoup d'animaux par ici ? demandé-je.

J'essaie de me souvenir des autres spécimens que j'ai vus au musée, dont certains étaient beaucoup plus grands que des loups.

— Pas tellement.

Il abaisse enfin son arme et se tourne vers moi. Son visage ruisselle de sueur.

Je m'avance vers la carcasse et je sens un pincement dans mon estomac.

— On peut le manger ?

— Sa viande est trop sèche et trop coriace.

Je frémis au souvenir des morceaux de chair arrachés aux Déchiqueteurs par les balles des Confs, du peu de sang qu'ils ont versé.

— S'il y a des animaux Déchiqueteurs, y a-t-il aussi des animaux Déviants, comme nous ?

Il secoue la tête.

— Je n'en ai jamais vu, en tout cas. Il n'y a pas non plus d'animaux Normaux dans la nature. Tous les nouveau-nés Normaux doivent être éliminés.

— Les nouveau-nés ?

Je réfléchis. Je ne me suis jamais demandé pourquoi la population de Déchiqueteurs ne s'était pas éteinte.

— Les chiens Déchiqueteurs et les Déchiqueteurs eux-mêmes peuvent-ils avoir des bébés ? Des Normaux ?

— Oui.

Cette réponse laconique est si froide et si sinistre que j'ai peur de demander plus de détails. J'essaie de me concentrer sur un sujet moins terrifiant et moins répugnant que les rapports sexuels entre Déchiqueteurs.

— Il est encore loin, le lieu du rendez-vous ?

Il baisse les yeux sans me répondre.

— Qu'est-ce que tu me caches ? dis-je en lui barrant le chemin.

— Nous l'avons dépassé il y a quatre heures.

Il me regarde droit dans les yeux et je me détourne rapidement. Ses mots se répercutent dans ma tête, me déséquilibrent. Je titube.

Nous avons dépassé le point où nous devions nous rejoindre. Ils n'y étaient pas.

J'ai perdu Drake. Si mon père ne l'a pas déjà tué, il sera torturé par des Déchiqueteurs ou taillé en pièces par un de ces loups.

— On y va, dit Burn en se mettant en marche.

Puis je me souviens de la Colonie évoquée par Burn.

— Nous avons encore des chances de le retrouver, pas vrai ?

Burn s'immobilise et montre le sol à ses pieds.

— Regarde.

Il fait un pas de côté et désigne le lit rocailleux de la rivière. Je me précipite.

— Qu'est-ce que c'est ?

— Des empreintes, répond-il. Nous les suivons depuis le lieu du rendez-vous. Elles ont l'air fraîches. En nous dépêchant, nous réussirons peut-être à les rattraper avant le lever du jour.

Mon cœur se gonfle et j'écarquille les yeux. Je me penche sur ces prétendues empreintes.

— Comment peux-tu être sûr que ce sont les leurs ?

— Je le sais, c'est tout.

CHAPITRE VINGT-TROIS

Avant le lever du soleil, le ciel vire au rose. Ici, à l'air libre, le deuxième lever de soleil de ma vie est encore plus miraculeux que le premier. Bien que nous marchions depuis quinze heures, j'accélère le pas chaque fois que Burn me demande si j'ai besoin de repos. J'ai mal aux côtes et les bleus ont beaucoup foncé, mais je refuse de lorgner du côté des petits monticules de poussière que j'aperçois entre les rochers. Pas question de m'arrêter si près de Drake, sans compter que la folie de la poussière me terrifie.

La piste que nous suivions a disparu il y a longtemps déjà. Nous marchons sur des rochers et dans des forêts. La plupart du temps, nous ne voyons même pas nos propres empreintes derrière nous.

— Pourquoi y a-t-il si peu de poussière, par ici ? demandé-je à Burn.

— Rien ne la retient. Le vent l'a emportée.

Je hoche la tête. Il a raison : rien n'adhère à ces pierres. Nous croisons pourtant des bosquets d'arbres qui se cramponnent à ce monde magnifique, mais rude, et je m'émerveille de leur détermination.

Nous traversons une étroite bande d'arbres, et la surface rocheuse semble prendre fin et sombrer dans le néant. Plus près du bord, je découvre une paroi abrupte d'une trentaine de mètres et, au-delà… de l'eau, dirait-on.

Le soleil se réfléchit sur elle et dépose une couche de rose chatoyant sur la surface bleu foncé. Je suis bouche bée.

— C'est un lac, explique Burn en s'assoyant sur le bord du rocher pour s'étirer les jambes. Autrefois, l'eau montait jusqu'ici.

Il me montre, cinq ou six mètres plus bas, une ligne dans le roc, où la paroi change de couleur.

— Qu'est-il arrivé ?

— Après la poussière, la Terre s'est réchauffée. À cause de changements dans la haute atmosphère. Les tremblements de terre ont provoqué des fissures et beaucoup de lacs se sont asséchés.

— On peut la boire, cette eau ?

Je secoue ma gourde, d'où tombe une dernière goutte.

— Bien sûr, répond-il. Mais descendre nous ferait perdre beaucoup de temps. La Colonie est encore à une journée de marche rapide.

— Tu crois vraiment que Drake est déjà là-bas ?

— Non, fait-il en secouant la tête.

— Non ?

Ma gorge se noue et mon rythme cardiaque s'accélère.

— Que lui est-il arrivé ?

— Je crois qu'ils sont quelque part autour de ce lac.

Penché, la main en visière, il regarde des deux côtés.

— Le problème, c'est que je ne sais pas quel chemin ils ont pris pour le contourner.

Environ la moitié du lac est ceinturée d'arbres. Du côté éloigné, cependant, il n'y a que de la roche stérile, laquelle doit descendre, puisque, au-delà, je ne vois rien du tout.

Il m'apparaît impossible de les retrouver. Tout à coup, je reprends courage. J'ai une idée. Peu importe la direction choisie par mon père pour contourner ce lac quasi circulaire, Drake et lui peuvent aussi facilement que nous scruter la surface de l'eau en contrebas, à supposer que mon père ait décidé d'en longer le bord. Et pourquoi ne l'aurait-il pas fait ? Je n'ai en somme qu'à descendre et à rester à découvert. De là, Drake m'apercevra forcément.

Je m'approche du bord, là où Burn est assis. La pente est moins à pic que je l'avais d'abord cru. La paroi rocheuse n'est pas entièrement lisse. J'aperçois des aspérités qui pourraient servir de prises.

Je peux y arriver. J'en suis certaine. Sans même signaler mes intentions à Burn, qui tentera de me retenir, je m'assieds sur le bord et je me laisse glisser sur la paroi, plutôt raide à cet endroit, en ayant soin de maintenir un centre de gravité très bas et d'utiliser mes talons pour me ralentir.

— À quoi diable joues-tu ?

Burn cherche à m'attraper, mais il rate son coup.

— Je descends au bord de l'eau ! Là où Drake pourra m'apercevoir.

— S'il y a des Déchiqueteurs dans les parages, ils te verront, eux aussi.

Cette possibilité me donne le frisson. Burn, cependant, ne semble pas plus convaincu qu'il ne faut. Le jeu en vaut la chandelle. Si mon père le transporte dans les environs de ce lac, Drake me verra, j'en suis persuadée.

J'ai franchi cinq ou six mètres lorsque Burn me rattrape. Il me jette un coup d'œil en me dépassant. L'un des coins de sa bouche se retrousse. Pour un peu, je dirais qu'il sourit.

— Bonne idée. On ne risque pas tellement de tomber sur des Déchiqueteurs par ici. Pas assez de poussière.

Je mets un moment à comprendre qu'il s'agit de mots de louange. Le cœur léger, je poursuis la descente, tant bien que mal. Lorsque le terrain devient assez plat pour nous permettre de nous redresser, il me tend la main, mais je l'ignore. Je peux marcher toute seule sur ces pierres.

Devant une crevasse particulièrement imposante, je suis prise de remords : j'aurais peut-être dû accepter son aide. Mobilisant mes forces, je m'élance et j'atterris sans encombre de l'autre côté. Je descends du dernier gros rocher jusqu'à ce qui, selon Burn, constituait autrefois le fond rocailleux du lac.

Je cours, puis je tourne sur moi-même. La main en visière, je regarde du côté du soleil, balaie des yeux la lisière d'arbres et de rochers, loin au-dessus de nos têtes.

— Pendant que nous sommes là, autant faire des provisions d'eau.

Burn s'avance sur les galets en sortant des gourdes en peau de ses poches.

Pour ma part, je ne me presse pas. J'épie toujours les hauteurs, à la recherche de Drake. Me tournant enfin vers Burn, je tressaille. Les gourdes sont remplies et il se déshabille.

— Qu'est-ce que tu fais ?

Me rendant compte que j'ai crié, je porte mes doigts à mes lèvres.

— Je me lave. Ça te dérange ?

Je m'avance lentement, émerveillée. Son corps puissant se déleste de ses vêtements, une couche à la fois, jusqu'à sa chemise tachée de sang. Il la retire, elle aussi, et je ne peux m'empêcher de fixer les sillons et les crêtes de son dos, de ses épaules et de ses bras, qui réfléchissent la lumière du soleil. Il vérifie l'état de sa blessure à l'épaule, presque guérie, puis il plonge sa chemise dans l'eau. Il s'accroupit au bord, frotte le vêtement avant de l'essorer, ses muscles tendus sous l'effort.

Il dénoue le cordon élastique qui retient son ample pantalon, qui tombe sur ses chevilles. Il ne porte rien dessous et je suppose qu'il aurait du mal à trouver des sous-vêtements capables de rester en place quand sa taille est normale sans se déchirer en lambeaux lorsqu'il se met en colère.

Il enlève ses bottes, repousse le pantalon et s'accroupit de nouveau pour rincer ses habits. Ma respiration devient rapide et superficielle, complètement effrénée. Je voudrais détourner les yeux, mais j'en suis incapable. J'ai vu des dessins de corps masculins dénudés. Jamais, pourtant, je n'aurais pu imaginer une telle force, une telle puissance et une telle beauté. C'est la beauté qui me stupéfie. La courbe prononcée de ses fesses, le galbe de son dos, l'ondulation de ses muscles, tandis qu'il pétrit ses vêtements sous l'eau... Fascinée, j'étudie les lignes des muscles de son dos, leurs connexions, leurs mouvements sous la peau lisse.

Sa lessive terminée, il jette ses habits en tas sur les galets. Nos regards se croisent et ses lèvres se retroussent. Je baisse les yeux, gênée, les joues en feu. Entendant des éclaboussures, je les relève juste à temps pour le voir entrer dans l'eau en courant, au milieu d'une pluie de gouttelettes. Lorsque les eaux du lac deviennent plus profondes, il ralentit. Au moment où elles atteignent ses cuisses, il plonge et disparaît.

Je me retiens de crier. Et s'il est avalé par l'eau et que je reste seule ?

Il ressort, les bras en premier, et bondit dans l'air en poussant une exclamation. Il tourne sur lui-même et des torrents jaillissent de ses cheveux et de son corps. Son sourire le transforme complètement. Je ne peux m'empêcher de sourire à mon tour. Il est amusant de constater que les métamorphoses de Burn peuvent prendre deux directions diamétralement opposées.

— Viens ! s'écrie-t-il en plongeant ses bras sous la surface et en soulevant des gerbes d'eau.

Jamais je n'aurais pu imaginer une chose pareille. Jamais.

Jamais je n'aurais pu imaginer autant d'eau au même endroit, imaginer qu'on puisse y plonger tout entier. M'approchant du bord à petits pas, je me penche pour toucher la surface. Mes doigts soulèvent un remous qui s'éloigne. Je vois Burn couché sur l'eau, d'où dépassent sa poitrine et sa tête. Il bat des bras et des jambes. Malgré ma peur, mon excitation est telle que j'enlève mes vêtements avec précipitation.

Gardant mon t-shirt et ma culotte, qui ont besoin d'être lavés, de toute façon, j'ôte mes chaussures et, avec hésitation, je mets un pied dans l'eau. Le lit du lac, tapissé de galets, est moins glissant que je l'avais appréhendé. J'avance à petits pas prudents jusqu'à ce que l'eau lèche le haut de mes genoux. Je crois bien n'avoir jamais éprouvé de sensation plus merveilleuse.

— Allez, viens ! crie Burn. C'est plus facile d'y entrer d'un coup. Cours !

Il se dresse au-dessus de l'eau, qui lui arrive juste sous la taille, et sa poitrine luit tellement qu'on la dirait vernissée. Levant haut les bras, il me fait signe d'avancer. Je repousse mes craintes, m'élance. L'eau ralentit ma progression et je passe près de trébucher. Je ris, certaine d'être comme un petit enfant courant pour la première fois, tandis que l'eau m'éclabousse.

— Plonge ! crie Burn.

Il mime le geste en joignant les mains au-dessus de sa tête.

— Pas question !

L'eau, d'une glorieuse fraîcheur, touche ma culotte.

Burn se penche, se saisit de moi et, tandis que je crie, me propulse dans les eaux profondes.

Mes bras font des moulinets et je suis certaine de me noyer. Puis je me rends compte que mes pieds touchent le fond. Je trouve Burn devant moi, tout sourire. Il se jette sur le dos. Comme c'est visiblement amusant, je l'imite et je fixe le ciel bleu étincelant, puis l'eau me recouvre. Calant, je cherche le lit du lac du bout des pieds. Burn, aussitôt, est là.

— Couche-toi. Je vais t'apprendre à flotter.

Je plie les genoux et l'eau m'arrive presque au menton. J'incline la tête et je laisse mes jambes se détacher du fond de l'eau. Je tressaille au contact des mains de Burn sous mes épaules. Comme, phénomène rare, il sourit, je m'oblige à me détendre et son bras effleure mes fesses et mes jambes, me touche à peine, me donne confiance en moi. Je me sens en sécurité.

L'eau clapote et glisse sur moi. Je me sens fraîche, pure et heureuse comme jamais je n'aurais pu l'imaginer. L'eau qui s'enfonce dans mes oreilles dilue toute idée de danger et de poussière.

— Reste immobile. N'aie pas peur.

La voix de Burn, légèrement assourdie par l'eau, est grave, réconfortante.

— Je suis là. Tu ne crains rien.

Ces mots me rappellent les promesses de Cal.

J'émerge brusquement de mon euphorie. Me pliant à la taille, je m'enfonce sous l'eau et je bats des bras pour éviter la noyade.

— Hé !

Burn me remet sur pied, mais je m'éloigne de lui.

— Qu'est-ce qu'il y a ?

Il a l'air sincèrement préoccupé, peut-être aussi blessé. Puis il détourne les yeux et se propulse dans l'eau, à reculons, laissant derrière nous un sillage en forme de V.

Stupéfiée, je reste plantée là, honteuse de ma réaction. Il se montrait gentil, essayait de m'enseigner quelque chose de nouveau et je me suis énervée pour rien, agissant comme s'il avait tenté de me tuer.

— Excuse-moi, lui dis-je. J'ai tendance à être méfiante.

— Sans blague ?

Je m'immerge et laisse l'eau monter jusqu'à mon menton. Puis j'incline la tête et je dénoue le cordon qui retient mes cheveux. Du bout des doigts, je frotte mon crâne, mes mèches en éventail, l'eau stimulant, sur mon cuir chevelu, des terminaisons nerveuses dont j'ignorais l'existence. Au Havre, nos vies dépendaient de l'eau, mais je n'aurais jamais pensé qu'elle puisse être aussi miraculeuse.

Le soleil chauffe ma peau lorsque je reviens à la surface et l'eau la rafraîchit lorsque je replonge. M'étirant, je laisse l'eau glisser et je découvre que je flotte plus facilement si j'agite les bras, comme Burn. Le vrai ciel est magnifique et je me demande si la Direction sait ce qui se trouve de l'autre côté du mur.

Au fur et à mesure que les théories de Burn sur les motivations des membres de la Direction se confirment, je sens grandir ma haine pour le Havre. L'équipe initiale a peut-être sauvé beaucoup de gens en érigeant le dôme. D'employés que nous étions, nous sommes toutefois devenus des esclaves, maintenus dans l'ignorance et gouvernés par la terreur.

Je ferme les yeux, je me roule en boule et je me laisse descendre sous la surface pour remonter aussitôt dans une pluie d'éclaboussures.

Lorsque je rouvre les yeux, Burn, devant moi, me regarde avec des yeux ardents. Mon premier instinct est la peur. Est-il en colère ? Non, je la reconnais, cette expression. C'est celle qu'arborait Cal avant de m'embrasser, à une différence près. Le regard de Burn est sombre, plus profond, plus féroce. Dans l'éclat brûlant de ses yeux, je distingue le monstre qui sommeille en lui.

Me détournant, je replonge avant de remonter, les cheveux devant le visage. Je reste accroupie, de l'eau jusqu'au menton. Burn, lui, en a jusqu'à la taille. Il s'avance, repousse mes cheveux, puis, en tenant ma mâchoire, il me relève doucement. Je suis de nouveau debout, nos corps à une longueur de bras l'un de l'autre.

La chaleur de ses yeux allume un feu que l'eau est impuissante à éteindre. Le feu et l'eau tourbillonnent entre nous, nous rapprochent. J'ai envie de me laisser aller, de m'abandonner dans ses bras, de sentir… La peur m'envahit.

La peur d'accorder ma confiance, la peur d'affronter le monstre, la peur d'éprouver des émotions trop fortes au contact de sa peau…

Mes yeux picotent. Je les détourne aussitôt.

Comment puis-je rester auprès de Burn – ou de quiconque m'inspire de vives émotions – sans lui faire du mal ? Après la trahison de Cal, j'ai d'ailleurs la ferme intention de ne plus jamais croire ce que me raconte un garçon.

— Regarde-moi.

La voix de Burn est rauque. Sa main glisse sur mon menton, son pouce effleure mon visage, allume des feux sur ma joue.

— Tu peux maîtriser ton don. J'ai confiance en toi.

Avec appréhension, je lève mon regard vers le sien. L'intensité de son expression me renverse. Ses mains me redressent et nous sommes si près l'un de l'autre que je n'aurais qu'à me pencher pour me blottir contre lui. Il s'incline vers moi et les muscles de sa cage thoracique ondulent, se tendent. Ses lèvres sont fendillées et sèches, mais rudes et sexy. Devant la force de son regard, quelque chose en moi se resserre, avec violence. Étant donné les émotions qui se bousculent en moi, je n'ose pas continuer de le regarder dans les yeux. Je me concentre plutôt sur ses lèvres, qui se rapprochent.

Puis un sifflement aigu nous fait sursauter.

Pliant les genoux, je m'enfonce dans l'eau jusqu'aux épaules, la peur effaçant d'un coup toutes les autres sensations. Burn porte ses doigts à ses lèvres et produit un sifflement similaire, auquel un autre, venu des hauteurs, répond.

Il se tourne vers moi en souriant.

— Nous les avons trouvés.

CHAPITRE VINGT-QUATRE

Les poumons en feu, je gravis les rochers. J'ai retrouvé mon frère.

— Attention, dit Burn, un peu plus bas. Pas la peine de te tuer.

Il tend la main pour attraper un de mes pieds et je m'arrête un moment. Adossée à la paroi rocheuse, pantelante, je me voile les yeux. De cet angle, je ne vois plus Drake ni mon père et je me rends compte soudain que mon idée d'aller au bord de l'eau n'était peut-être pas si brillante. L'ascension se révèle beaucoup plus ardue que la descente.

Burn pourrait-il sauter jusqu'en haut ? Je parie que le Burn en colère y réussirait, lui, et je me demande comment provoquer la métamorphose.

Il indique le côté droit.

— Par là, la pente est un peu moins raide.

Je lève les yeux, à la recherche de prises. Il a raison. Ici, la paroi est presque verticale. Pas moyen de monter.

Nous prenons sur la droite et mon pied glisse sur un gros rocher.

— Doucement, dit-il. Ils nous ont vus. Ils ne s'en iront pas sans nous.

À moins que mon père ne veuille pas que nous les trouvions. À moins que les Confs les rattrapent. À moins que les horribles hommes du Fort nous aient suivis jusqu'ici. À moins que des Déchiqueteurs ou des chiens de la même espèce taillent Drake en pièces en ce moment même.

Des catastrophes défilent dans ma tête, dissipant la sensation de légèreté que j'ai ressentie en les apercevant au-dessus de nous.

Burn s'arrête et étudie les rochers, en haut et sur les côtés.

— Essayons par ici, dit-il.

Je ne vois pas de sentier, mais j'ai hâte de parvenir jusqu'au sommet, et je me fie à son jugement. Quelle ironie : je compte sur Burn pour me conduire auprès de l'homme qui m'a recommandé de ne me fier à personne, avant de montrer que lui-même n'était pas digne de confiance.

À l'idée de me trouver face à mon père, j'ai des papillons dans l'estomac. Me concentrant sur l'ascension, j'observe les endroits où Burn met les mains et les pieds. Au bout de quelques minutes, je regarde en bas. Grosse erreur. Si ma main ou mon pied lâche prise, je dégringole, sans rien pour interrompre ma chute. Même si je survis, aucun de mes os n'y résistera. Le vertige menace de transformer ce cauchemar en réalité. C'est alors que la main de Burn, revenue vers moi, se pose sur la mienne.

— On y est presque.

Il me regarde dans les yeux et je hoche la tête, étonnée par le réconfort que je ressens.

Nous grimpons pendant encore quelques minutes, puis il s'arrête sur une sorte de corniche. Rien de trop intimidant. Au Havre, je me suis tenue sur quantité de rebords de fenêtre plus étroits. Je suis soulagée de pouvoir me reposer un peu. Je me retourne et me laisse glisser, dos à la paroi. Sur le surplomb rocheux, j'ai tout juste assez d'espace pour m'asseoir, les genoux serrés contre la poitrine.

— Merde, dit Burn.

Je lève les yeux pour voir quel motif l'a poussé à utiliser un mot non conforme aux politiques. Puis, prise de nausée, je me relève.

— Il faut redescendre ?

Au-dessus de nous se dresse une paroi presque verticale d'environ cinq mètres. Un peu plus loin, notre corniche se réduit à néant. Nous sommes coincés, presque au sommet.

— Hector ! hurle Burn.

Quelques secondes plus tard, je vois le visage et les épaules de mon père dépasser du bord de la falaise.

— Vous vous êtes mis dans de beaux draps, on dirait.

Il sourit. Des yeux, je cherche un caillou à lui lancer au visage.

— Passe-la-moi, dit mon père.

Aussitôt, Burn se penche et me saisit sous les genoux.

— Tiens-toi droite, dit-il en me soulevant.

Je mets les mains devant mon visage et immobilise chacun de mes muscles, tandis que Burn hisse mon corps au-dessus du vide. Si je me débats ou que je me penche, c'est la dégringolade.

Mon père tend les bras. J'ai peur. Burn me soulève un peu plus et mon père me regarde droit dans les yeux.

— Prends mes mains.

Des étincelles trop familières jaillissent derrière mes yeux et j'entends ce qu'il pense. *Fais-moi confiance, Glory.*

Lui faire confiance ? C'est une blague ? La colère monte en moi.

Je ne cherche pas volontairement à l'atteindre, à utiliser ma malédiction contre lui, mais le moment où il ressent de la douleur ne m'échappe pas. Je le vois à son visage.

Rompant le contact visuel, je tente de me recentrer, de chasser ma haine et ma peur. Je ne comprends pas très bien ce qui vient d'arriver. Je n'ai pas pu entendre ce qu'il pensait pour de vrai. Malgré les idées fausses de Burn, je ne maîtrise pas ma malédiction. Pour revoir Drake, je dois tout de même trouver le moyen de ne pas tuer mon père, du moins pas avant d'avoir atteint le sommet de cette falaise. Je dois compter sur son aide.

Je lève de nouveau les yeux. Il est toujours là, mais il a une mine sinistre. Je tends les bras et il m'agrippe par les poignets. Je m'accroche aux siens et nous sommes unis l'un à l'autre. Ma vie est entre les mains du meurtrier qui me tient lieu de père.

— Je l'ai ! crie-t-il.

Burn passe ses mains sous mes pieds et me donne une ultime poussée.

Mon père grimace sous l'effort. Lâchant un de mes poignets, il m'attrape par le haut du bras, puis il recule. Il libère mon autre poignet et, pendant une seconde terrifiante, je me balance au-dessus du vide. Ensuite, de ma main libre, je parviens à attraper le bord d'un rocher. Par chance, il ne se décroche pas sous mon poids.

Mon visage et ma poitrine s'appuient sur le rebord, et mon père tire sur mon autre bras, tandis que je pousse et, à force de contorsions, transfère mon poids sur mon ventre. Mes côtes blessées me mettent au supplice.

Mon père tend la main pour m'aider, mais je la repousse et me hisse à la force de mes bras. Je remonte une jambe, puis l'autre. J'ai réussi.

Alors seulement je me demande comment Burn va se débrouiller pour me suivre. Même s'il était capable de sauter jusqu'ici, l'angle est trop prononcé, le rebord trop étroit. À plat ventre, je jette un coup d'œil. Il a disparu.

Je l'aperçois, plus bas que l'endroit où nous nous trouvions, en train de chercher une autre issue.

— Il va s'en sortir, dit mon père. Ne t'inquiète pas.

— Salut.

C'est la voix de Drake, quelques mètres plus loin. Je me relève et je vois mon frère appuyé contre le tronc d'un pin… debout.

— Quoi ?

Je cours vers lui et je le serre dans mes bras.

— Comment ?

Je le repousse pour pouvoir examiner son visage. Son large sourire efface la douleur de mes coupures et de mes ecchymoses.

— Tu es debout !

Il hoche la tête.

— Je ne peux pas encore marcher. Un ou deux pas, c'est tout. Mais j'ai retrouvé des sensations dans mes jambes et j'arrive à les bouger. Regarde !

Il glisse une jambe devant l'autre, chancelle un peu, et je l'attrape par les épaules pour l'empêcher de tomber. Déjà, il a retrouvé son équilibre.

— Je suis si heureuse, Drake !

Les larmes menacent de m'étouffer. Dans l'espoir de me calmer, je ferme un instant les yeux.

— Je suis heureuse de te voir en bonne santé et désolée de t'avoir abandonné dans ce tunnel. J'essayais juste de distraire les Confs et…

Je m'arrête un moment pour reprendre mon souffle.

— Tes jambes… Depuis combien de temps as-tu retrouvé des sensations ?

Il s'appuie de nouveau contre le tronc.

— À la sortie des tunnels, j'ai senti des picotements. Papa dit que c'est un effet de la poussière.

Il secoue la tête, comme si lui-même avait peine à y croire.

— À mon réveil, le premier matin, j'arrivais à les plier. Avec un peu d'entraînement, j'ai réussi à me lever. Elles devenaient de plus en plus fortes, mais je me fatigue vite.

Il se penche et je l'aide à s'asseoir. Tremblante, je m'installe à côté de lui.

— Je ne t'abandonnerai plus jamais. Je suis vraiment désolée.

— Ce n'est rien.

— Non, Drake, ce n'est pas rien. Je dois te protéger et je t'ai laissé tout seul. Je ne crois pas que j'aurais pu survivre sans te retrouver.

Il me serre dans ses bras.

— Tu as essayé d'éloigner les Confs. C'était courageux de ta part.

— C'était instinctif. Je n'ai pas bien réfléchi.

— Nous sommes ensemble maintenant. Pourquoi revenir sur ce qui aurait pu arriver ?

— Quand es-tu devenu si sage, si adulte ?

Son visage respire l'inquiétude, et le renversement de nos rôles me laisse pantoise. C'est moi qui dois veiller sur lui. Jamais plus je ne le laisserai tomber.

Une ombre s'avance. Levant les yeux, j'aperçois notre père, tout près. Nous espionne-t-il depuis le début ? Tout excitée de revoir Drake - Drake debout ! –, j'ai complètement oublié sa présence. Je feins de ne pas le voir. Je ne laisserai pas mon père gâcher ce moment de perfection. J'ai retrouvé mon frère. Avec moi, il sera en sécurité.

Un bruit vient de la forêt et je me prépare à défendre Drake. C'est Burn. Il fracasse une branche au passage et a un geste de la tête.

— Alors, c'est fini, les retrouvailles ? En route !

Je me retourne vers mon père. Drake lui sourit et je suis trop épuisée et meurtrie pour comprendre la situation ou penser au crime de mon père. Pendant un moment, je préfère croire que j'ai récupéré l'un de mes parents. Un petit moment. Le temps de récupérer.

Le moindre faux pas de sa part et je le tue.

Allongée dans la petite grotte découverte par Burn, je m'agrippe à la manche du blouson de Drake. Il est exclu que quelqu'un m'enlève mon frère pendant notre sommeil. En fait, j'ai l'intention de ne pas fermer l'œil, mais, à quelques reprises, déjà, j'ai éprouvé la sensation de tomber. Le sommeil finira peut-être par l'emporter. Burn et mon père sont installés près de l'entrée de la caverne. Je me réjouis de penser que Drake ne sera pas le premier à partir, à supposer que les Déchiqueteurs débarquent.

J'étire les muscles endoloris de mes jambes, fléchis mes pieds qui m'élancent. Nous avons marché toute la journée, et papa et Burn ont tour à tour porté Drake. Alors que je craignais que les courroies du harnais utilisé par Burn rouvrent sa plaie à l'épaule, il ne s'est plaint de rien et n'a donné aucun signe d'être blessé.

Pendant les premières heures, Drake a parlé sans arrêt : papa et lui ont dû attendre toute une journée dans le tunnel avant de pouvoir sortir sans risque et, une fois à l'extérieur, papa les a fait passer en douce au milieu d'un groupe de dix Déchiqueteurs endormis. Bien que je sois satisfaite d'avoir retrouvé Drake et de le voir si heureux, je grimace à la pensée des risques que mon frère a courus et je regrette de l'avoir laissé tomber. Si j'avais eu plus de jugeote, si nous avions régulièrement changé d'adresse et si je m'étais tenue loin de Cal, nous serions peut-être, en ce moment, en sécurité au Havre.

Cela dit, je ne trouve plus ce sort si enviable. C'est fou, étant donné que je suis couchée sur de la pierre froide et dure, mais vrai. L'Extérieur a beau être effrayant, en particulier lorsque le vent se lève et que nous devons enfiler nos masques, je ne me suis jamais sentie aussi vivante et libre – presque heureuse.

Je rêve de ma mère. Nous sommes tous réunis. En me réveillant loin du vieil appartement que nous partagions, je suis prise de panique. Au souvenir de l'endroit où nous sommes, je tends la main vers Drake.

Il n'est plus là. Je suis toute seule.

Sortant en vitesse de la grotte, je trouve Burn, tout près, appuyé contre un rocher. Il me salue d'un geste de la main, puis il détourne les yeux. Je suis heureuse de ne pas être seule, mais ce n'est pas lui que je cherche. Aussitôt debout, je me mets à courir. Horreur !

Mon père a les mains en coupe devant le visage de Drake : il lui donne de la poussière !

— Qu'est-ce que tu fabriques ? crié-je. Arrête !

Je m'élance, j'attrape mon père par l'épaule de son blouson et je tire de toutes mes forces. Il baisse les mains et la poussière se répand sur le sol. Drake halète.

— Ne le touche pas ! hurlé-je. J'aurais dû te tuer quand j'en avais l'occasion.

Le visage décomposé, mon père recule de quelques pas.

Je saisis Drake par les épaules.

— Ça va, Glory. La poussière est bonne pour mes jambes.

— Mais tu risques d'attraper la folie de la poussière ! Il veut te rendre accro !

Je tente de soulever Drake, question de l'éloigner de mon père, mais il me repousse en se servant de ses jambes.

— Ça suffit, Glory ! crie-t-il. Papa veut seulement mon bien.

Je lance un regard furieux à mon père.

— C'est moi qui m'occupe de Drake. Moi. Pas toi. Laisse-le tranquille.

Je plisse les yeux et je baisse le ton.

— Assassin…

Mon père blêmit.

— Tais-toi, Glory, dit Drake. Si tu savais la vérité…

— Silence, ordonne mon père d'une voix grave et dure.

— Quoi, Drake ? demandé-je. Qu'est-ce que je devrais savoir ? Éclaire-moi, s'il te plaît.

Je me rue sur mon père et je le pousse à l'épaule. Burn s'avance et pose sa main sur mon bras, mais je me dégage aussitôt.

— Laissez-moi tranquille. Tous les deux. Et laissez Drake tranquille. Je peux veiller sur lui.

Burn se tourne vers mon père.

— Il a assez pris de poussière.

— Qu'est-ce que je te disais ? lancé-je en foudroyant mon père du regard. Je ne te laisserai plus jamais lui faire du mal.

Les yeux de mon père frémissent.

— Aucun danger.

Du plat de la main, je le frappe à l'épaule.

— Comment oses-tu dire une chose pareille ?

Je sens les larmes monter à mes yeux.

— Après les torts que tu as causés… Comment peux-tu penser que je vais gober une chose pareille ?

J'arrive à peine à voir, à respirer, à penser. Un feu s'allume derrière mes yeux. Ils évitent tous mon regard.

— Tu as tué maman, paralysé Drake, puis tu m'as abandonnée, inconsciente. Et tu t'attends à ce qu'on te pardonne ?

Je lui frappe le bras.

Mon père s'avance vers moi, mais il baisse le bras avant que ses doigts me touchent. Sage décision. La prochaine fois qu'il pose la main sur l'un de nous, je le tue.

— Je suis désolé.

Mon père a la voix douce. Il fixe, à ses pieds, une fissure entre les rochers où de la poussière s'est accumulée.

— Désolé ? répété-je. Tu crois vraiment que tes minables excuses vont suffire ?

Mes joues s'enflamment. Personne ne me regarde dans les yeux. Je ne m'en étonne pas.

— Tu vas prétendre que c'était un accident, toi aussi ? Comme si ça changeait quelque chose... Assassin...

— Tais-toi, Glory, dit Drake en s'avançant vers moi d'un pas titubant.

— Quoi ? Tu vas encore prendre sa défense ?

Je le saisis par les épaules.

— Comment peux-tu lui pardonner ?

Drake secoue la tête et me regarde droit dans les yeux.

— Ce n'est pas lui qui a tué maman, Glory. Il n'a tué personne. C'est toi.

CHAPITRE VINGT-CINQ

— Pourquoi dis-tu ça ? demandé-je à Drake.

Comme personne n'intervient, je prends mon frère par les épaules.

— Il t'a raconté n'importe quoi.

Des mensonges plus toxiques encore qu'un excès de poussière. Je secoue mon frère, dont l'armure écaillée apparaît aussitôt.

Je le lâche et recule en chancelant. Lui-même semble sur le point de tomber. Par chance, Burn est là pour le retenir. Mon père, un peu en retrait, observe la scène.

— C'est la vérité, dit Drake. Papa n'était même pas à la maison quand c'est arrivé. Tu étais en colère. Tu criais contre maman. Elle s'est effondrée. J'ai voulu l'aider. En me tournant vers toi, j'ai senti une douleur cuisante.

— Non, tu mens.

— Tu as perdu connaissance et tu as tout oublié, dit Drake en levant ses bras blindés. C'est à ce moment que ma Déviance est apparue. J'ai cessé d'avoir mal dans la poitrine, mais, au moment où je me retournais vers maman, j'ai éprouvé une douleur horrible dans le bas de mon dos et je n'ai plus jamais senti mes jambes. Jusqu'à ce que je me retrouve ici, à l'Extérieur. Jusqu'à ce que papa m'enseigne à inhaler de la poussière pour guérir ma paralysie.

Je m'effondre, comme si j'avais reçu un coup de madrier sur la tête. En touchant le sol, je me détourne des autres et je me roule en boule.

Ai-je vraiment été capable d'une chose pareille? Cette idée me déchire à la façon d'un couteau dentelé.

C'est moi. Moi. Moi qui ai paralysé mon petit frère. Moi qui ai tué ma mère. Je suis un monstre de la pire espèce. Je prends de petites respirations saccadées, mais je suis broyée, ensevelie sous des tonnes de rochers, sous le poids de cette accusation.

Des images de ce jour-là me remontent en mémoire, mais n'arrangent rien. J'étais en colère. Très en colère, même. Je piquais une crise parce que – j'ai honte de l'avouer – ma mère refusait de me laisser descendre au Centre sans elle. Moi, je voulais accompagner d'autres jeunes. Cal, notamment. Même si elle m'en avait donné la permission, j'aurais détonné au milieu d'eux, qui étaient sur le point de finir leur FG.

Cal m'avait proposé de les accompagner. Déjà à l'époque, cependant, je comprenais qu'il ne m'avait pas invitée. Pas vraiment. Pas comme je le voulais. Il avait presque seize ans, moi treize. Juliana Holder, une jolie fille de son âge qui l'aimait bien, serait du nombre. Je n'étais pas vraiment fâchée contre ma mère et encore moins contre Drake.

J'étais fâchée de n'avoir que treize ans, de ne pas être plus jolie. Fâchée d'avoir encore trois ans à attendre pour pouvoir sortir avec un garçon. Terrorisée à l'idée que

Cal demande la permission de fréquenter Juliana plutôt que moi.

Une main se pose sur mon épaule et je sursaute, puis je bondis et je m'écarte en poussant avec mes talons.

— Ça suffit, Glory, dit mon père.

Il éloigne ma main de ma tête et je me rends compte que je m'arrachais les cheveux. Pas étonnant que j'aie horriblement mal au crâne. Je donne un violent coup de poing au rocher le plus proche.

Il prend ma main et pose un baiser sur la contusion, qui enfle déjà.

— Je ne voulais pas que tu saches, dit-il. Jamais.

Je me dégage.

— Tu as menti.

Il cligne des yeux et a un mouvement de recul. Je me rends compte que, avec cet excès de colère injustifié et mal dirigé, j'ai failli le blesser. J'enfouis de nouveau ma tête dans mes bras et il caresse mon dos, comme quand j'étais petite.

— C'était involontaire, explique-t-il. Tu n'étais même pas consciente de ton don. Personne n'était au courant. Si quelqu'un est à blâmer, c'est moi. J'aurais dû t'étudier de plus près, chercher des signes de ton statut d'Élue.

— Élue? dis-je en crachant le mot. La Direction a beau se tromper sur toute la ligne, elle a raison de nous appeler *Déviants*.

— Tu n'y étais pour rien, dit mon père.

Il parle doucement, prudemment, comme si je risquais de mal interpréter ses mots, comme si, en les prononçant, il craignait de faire exploser une bombe.

Ma gorge se contracte. Mon propre père a peur de moi. Évidemment. Comment pourrait-il en être autrement? Je suis un monstre.

Je hais mon père depuis si longtemps… Et voilà que… C'est trop.

J'ai besoin d'air. Je dois partir... N'importe où, sauf ici.

Bondissant, je détale.

Trébuchant sur une pierre, je tombe lourdement, mais je me relève et je repars aussitôt. J'ai mal aux genoux, aux tibias, aux mains. Je m'en moque. Je suis coupable et je mérite de souffrir. Je mérite de mourir.

À cette pensée, j'oblique vers une falaise que nous avons croisée la veille, peu avant d'arriver à la grotte. Si je cours de toutes mes forces et que je saute, mon corps va s'écraser contre les rochers. Je mourrai sur le coup, sinon plus tard, au terme d'horribles souffrances.

Pas de quoi racheter le meurtre de ma mère, cependant, ma mère avec les mêmes cheveux foncés que Drake, ma mère qui passait prendre nos rations et veillait à ce que nous soyons toujours propres et bien nourris, Drake et moi, ma mère qui a travaillé à l'usine de recyclage de vêtements jusqu'au jour où elle a dû abandonner à cause de ses doigts craquelés et irrités au point de saigner. Ma mère qui a besogné sans relâche pour nous, sans jamais un mot de reproche. C'est seulement quand j'ai dû la remplacer que j'ai pris conscience de tout ce qu'elle faisait.

Je ne peux plus vivre avec le poids de mes actions. Et je n'en ai pas le droit.

J'aperçois la falaise entre les arbres.

Mes poumons et mes jambes n'en peuvent plus, j'ai un goût métallique dans la bouche, mais j'y suis presque. Plus que quelques secondes et…

De côté, quelque chose me frappe, fort, et mes pieds se soulèvent. C'est Burn, le vrai Burn, le Burn format normal, et il me retient avec tant de force que j'ai l'impression d'être dans une cage d'acier.

— Lâche-moi, dis-je en me débattant avec l'énergie du désespoir.

— Pour que tu puisses mettre fin à tes jours ? grogne-t-il à mon oreille.

Et je me rends compte que toute résistance est inutile. Je lui complique inutilement la tâche. Il mérite mieux. Et je ne veux surtout pas qu'il se mette en colère ! Qu'il me tue, ça m'est égal, à condition d'épargner Drake et mon père. D'ailleurs, me dis-je en me détendant, il va peut-être me libérer, si je me calme, et je pourrai alors continuer de courir vers la mort.

Il m'attire vers lui et je ne me donne même pas la peine de résister. Puis il s'adosse au tronc d'un grand pin. Mon dos à moi s'appuie sur un de ses genoux repliés et, avec son autre jambe, qu'il raidit, il emprisonne les miennes.

Burn est futé. Je le lui concède.

Et, en ce moment, il est silencieux. Tant mieux. Que devrait-il dire ? *Dommage que tu aies tué ta mère. Dommage que tu aies ruiné la vie de ton frère. Dommage que ton père ait failli sacrifier sa vie à cause de tes crimes.*

Nous restons là sans parler. Mes paumes me piquent. Je me rends compte que je les ai éraflées en gravissant les rochers coupants. Mon pantalon est taché de sang à la hauteur des genoux. Savourant la douleur, je la laisse déferler dans mon corps. Je lève les yeux. Une faible brise agite les frondaisons, transforme les ombres, filtre l'éclat du ciel clair et décroche à l'occasion une aiguille sèche qui tombe en papillonnant.

Je veux être une de ces aiguilles. Je veux tomber dans le néant. Je veux être foulée aux pieds. Je veux en finir.

Le monde qui m'entoure devient flou. Je cligne des yeux et des larmes ruissellent sur mes joues. Quand ai-je pleuré pour la dernière fois ? C'est un phénomène étrange, inconnu, observable sur le visage des autres. Jamais sur le mien.

Mon pouce trouve l'alliance de ma mère. Au lieu de me réconforter, elle me brûle. Qui suis-je pour quémander du réconfort, en particulier auprès de ma mère? L'alliance, au moment où je la retire, me pince et j'accueille cette douleur avec satisfaction. Dès qu'elle est dégagée, je la lance au loin, sans regarder où elle atterrit.

— Tu as fini de t'apitoyer sur ton sort?

La voix de basse de Burn résonne dans mes côtes. Je suis trop abasourdie pour répondre, pour penser ou même pour ouvrir la bouche.

— Tu sais tout, maintenant. Il faut tourner la page.

Malgré mes jambes coincées sous la sienne, je me détache de lui comme je peux.

— Tu étais au courant?

— Hector nous a tout raconté quand nous l'avons trouvé.

— Qui ça?

— J'étais là, mais pas tout seul.

— Et tu nous surveilles depuis ce temps-là, Drake et moi ?

— Encore une fois, je n'étais pas seul. L'Armée de libération veille sur les personnes en danger. Nous les évacuons au besoin. Nous les protégeons de notre mieux. Dès que ton père nous a raconté son histoire, nous avons supprimé le dossier de Drake de la base de données des RH.

Je laisse entendre un hoquet. C'est tellement plus sensé que toutes les théories que j'avais échafaudées. Si la Direction a perdu la trace de Drake, ce n'est ni par hasard ni par accident. Tout d'un coup, j'ai besoin de tout savoir sur le jour où mon père a été liquidé.

— Qu'est-il arrivé à mon père ? Comment l'avez-vous sauvé ?

Il a assumé la responsabilité de mon horrible crime et la culpabilité s'enfonce dans chaque pore, dans chaque cellule de mon être. En ce moment, tout ce qui m'importe, c'est de savoir ce qui s'est passé. Je dois tout savoir sur la souffrance de mon père. Je dois sentir sur mes épaules tout le poids de mes crimes.

J'inspire avec difficulté.

— Tu devrais poser la question à ton père, dit Burn.

— Je veux que tu m'expliques, toi, dis-je en me retournant pour le regarder droit dans les yeux. L'idée de l'interroger là-dessus m'est insupportable.

J'enfouis mon visage dans mes mains.

— Ce que j'ai fait…

— Je peux t'en raconter des fragments, répond-il en me caressant le dos avec douceur. Mais je ne sais pas tout.

Je lève sur lui un regard impatient.

— S'il te plaît.

Je n'arrive pas à croire que je supplie Burn, que je lui quémande une faveur. Jamais je ne me suis sentie aussi désespérée, aussi vulnérable, aussi pitoyable.

Burn plie les bras, les croise derrière sa tête et regarde le ciel.

— Je n'avais que treize ou quatorze ans, mais, en raison de ma taille, j'étais déjà membre d'une Équipe d'extraction.

— Une Équipe d'extraction ?

— Au service de l'Armée de libération. Ces équipes ont pour siège la Colonie où nous allons. C'est nous qui vous avons sauvés, Drake et toi.

Je hoche la tête. Cette armée doit se composer de ce que la Direction appelle des terroristes.

— Continue.

— Ton père a eu de la chance. Nous ne savions pas qu'une liquidation était prévue ce jour-là. Mon équipe se rendait au Havre dans le cadre d'une mission de routine. Nous avions pour mandat d'identifier des Élus et de prendre contact avec eux. Je devais m'introduire dans le dôme pour la première fois. Nous n'avons pas été jusque-là.

— Non ?

Il secoue la tête.

— Le chef de notre équipe suivait l'émission du Havre et nous avons constaté qu'une liquidation était imminente. En général, les Confs comptent sur les Déchiqueteurs pour repérer leurs victimes. Avec ton père, ils n'entendaient clairement rien laisser au hasard. Ils se sont arrangés pour que les Déchiqueteurs lui mettent le grappin dessus.

Je sens une douleur lancinante monter en moi, me serrer la gorge, peser sur mes tempes. Je résiste à la tentation de me boucher les oreilles.

— Comment ?

— Ils l'ont jeté dehors sans chaussures ni chemise. Ils l'avaient fouetté et il saignait abondamment. Je pense qu'ils savaient que le sang attirerait les Déchiqueteurs. Ils avaient vu juste. Ces salauds n'ont mis que quelques secondes à lui tomber dessus. Ils lui ont infligé de nouvelles blessures en plus d'aggraver les anciennes.

Le sang afflue à mes oreilles, je respire trop rapidement. Je m'efforce de me concentrer sur le récit de Burn.

— Ton père est fort. Les Déchiqueteurs l'auraient sûrement recruté si nous n'étions pas arrivés à temps.

— Recruté ? Je ne comprends pas.

— Ce n'est pas uniquement par sadisme qu'ils torturent leurs victimes.

Je frissonne.

— Ah bon ?

— Les Déviants qu'ils capturent, les plus forts, ceux qui survivent aux tortures…

— … deviennent des Déchiqueteurs.

J'ai fini sa phrase. Toutes mes cellules souffrent. C'est comme si mon corps était lesté de mille pierres. Je ne suis pas certaine de pouvoir en entendre davantage. Je dois pourtant tout savoir.

— Comment l'avez-vous sauvé ? Je veux tous les détails.

Il prend une longue inspiration.

— Ce jour-là, nous étions seulement cinq. On m'a donné l'ordre de rester derrière, à l'entrée du tunnel. Mais quand j'ai vu ce que ces monstres fabriquaient…

Laissant sa phrase en suspens, il ferme les yeux, serre les poings.

— Ne te fais pas de reproches. Tu étais trop jeune pour intervenir.

Il me regarde en face et ses yeux expriment une grande souffrance.

— Pour ce qui est d'intervenir, je suis intervenu, je te prie de me croire. Même que j'ai tué un de nos hommes au passage et disloqué l'épaule de ton père.

— Ah.

Là, je ne sais pas quoi dire.

— Je me suis métamorphosé pour la première fois. Ce jour-là, j'ai découvert que j'étais… un monstre.

— Tu n'as rien d'un monstre.

Même si j'ai pensé exactement le contraire la première fois que je l'ai vu se transformer, et peut-être même avant, je me promets de ne plus le voir ainsi. C'est injuste.

— Toi non plus.

Je prends une profonde inspiration. Je dois assimiler tant de données nouvelles, mettre de l'ordre dans mes sentiments. Pas facile puisque, en même temps, je veux les chasser. Pourtant, je reviens toujours au point de départ : j'ai tué ma mère et j'ai paralysé mon frère. Pour cette raison, mon père a été torturé et il a failli perdre la vie.

Burn a beau se sentir mal d'avoir blessé des gens, ce jour-là, ou de m'avoir broyé les côtes, il a sauvé la vie de mon père et m'a tirée du pétrin. Il n'y a donc pas de comparaison possible.

J'ai essayé d'être une bonne fille, d'accomplir mon devoir et de protéger mon frère, mais je suis mauvaise. Je ne fais jamais ce qu'il faut et je mets constamment ceux que j'aime en danger.

Baissant la tête, je chasse les émotions, laisse l'engourdissement m'envahir et tout émousser. Burn ne pourra pas m'emprisonner sous sa jambe pour l'éternité. Dès qu'il me libérera, je disparaîtrai. Me côtoyer est nocif, dangereux, mortel.

— Salut, dit Burn.

Les yeux fermés, je ne réponds pas. J'ai fini de parler.

— Nous devons nous mettre en route. Tout de suite.

En entendant la voix de mon père, j'ouvre vivement les yeux.

Burn se lève en m'entraînant avec lui. Dans ses bras, je suis comme une chiffe molle.

— Qu'est-ce qui se passe ? demande-t-il à mon père.

— Des Déchiqueteurs au loin, répond papa.

— Où est Drake ?

Mon cœur affolé me sort de ma torpeur. A-t-il laissé mon frère seul à la merci des Déchiqueteurs ?

— Je retourne auprès de lui, dit mon père avant de s'éclipser.

— Où est-il passé ?

Je balaie les environs des yeux. Mon père courrait-il donc plus vite encore que Gage ? Il ne s'est tout de même pas volatilisé. Ai-je imaginé qu'il était là ?

— Je t'expliquerai plus tard, dit Burn en me prenant sur son dos. Accroche-toi.

Nous courons. Ou plutôt, il court, lui. Et je baisse la tête, blottis mon visage dans son cou large pour éviter d'être égratignée par les branches des pins. Je devrais le lâcher, me laisser tomber sur le sol pour que les Déchiqueteurs me trouvent et me règlent mon compte. Ce plan, cependant, est voué à l'échec.

Si je tombe, Burn va s'arrêter.

Il a beau se prendre pour un monstre, il est prêt à tout pour me sauver. Je le mettrais simplement en danger, une fois de plus.

CHAPITRE VINGT-SIX

Nous ne mettons qu'un moment à rattraper Drake et mon père. Burn me dépose et prend Drake sur son dos. Nous avons franchi une trentaine de mètres à peine lorsqu'un Déchiqueteur, caché derrière un arbre, surgit. Les os humains qui composent sa chemise cliquettent sur sa poitrine à la peau rouge-brun. Ses ongles s'étirent à la façon de griffes et ses yeux bougent fébrilement, comme s'il n'arrivait pas à les maîtriser.

— Vous êtes tous ensemble, à présent ! lance le Déchiqueteur d'une voix tonitruante qui grince dans mes oreilles. Pratique !

Nous nous retournons. Deux autres Déchiqueteurs se trouvent derrière nous.

— Je vais les distraire, dit mon père à Burn. Emmène les enfants à la Colonie.

Burn hoche la tête et me prend par le bras. Mon père se volatilise aussitôt. Il réapparaît derrière le premier monstre et lui enfonce une pierre dans le crâne. Le Déchiqueteur rugit sous l'effet de la fureur et de la souffrance. La pierre plantée dans sa tête lui fait un drôle de chapeau assorti à son horrible chemise en os. Mais il n'est pas mort.

Les deux autres s'avancent. Mon père disparaît et soudain il est là, entre eux et nous. Il balance un énorme éclat de métal en forme d'épée qui, avec un bruit mat, sectionne la jambe d'un des Déchiqueteurs.

— Suis-moi, ordonne Burn en m'agrippant par la taille.

Il détale. Malgré sa force et sa vitesse, il n'est pas assez rapide avec Drake sur son dos et moi à côté de lui. Les Déchiqueteurs nous rattraperont après avoir tué mon père.

— Arrête ! dis-je. Arrête, Burn !

Il me regarde d'un air furieux, mais il me dépose par terre.

— Je ne peux pas laisser mon père derrière. Pas question qu'il se sacrifie encore une fois pour me sauver. Une fois suffit. Il faut que je l'aide.

— Non ! hurle Drake. Papa se débrouillera très bien tout seul !

Le Déchiqueteur au couvre-chef de pierre attrape mon père par le bras et les deux autres se tournent vers nous, l'air de se demander s'il vaut mieux s'attaquer à la victime qu'ils ont sous la main ou aux trois qui se cachent dans les buissons.

— Pourquoi ne se téléporte-t-il pas ? demande Drake.

Et je comprends la nature de la Déviance de mon père.

— Il ne peut pas, répond Burn. Pas quand on le touche.

Je n'attends pas d'autres explications. Je cours vers mon père, et les deux autres Déchiqueteurs aussi. Quand j'arrive, ils s'emploient tous les trois à taillader mon père à coups de couteaux et d'ongles acérés. Je suis à environ trois mètres de la mêlée et j'essaie de mettre au point un plan lorsque mon père lève les yeux. Il secoue la tête. Je m'arrête.

L'un des Déchiqueteurs se retourne pour voir ce que regarde mon père. Puis le monstre sourit. Ses dents sont brunes, ses lèvres craquelées, presque noires. Il s'avance vers moi d'un pas nonchalant, comme si rien ne pressait, comme s'il avait la conviction de pouvoir me capturer et me dévorer le soir même.

Difficile de distinguer sa peau de ses habits: tout est couvert de taches de sang foncées. Il porte sans doute une chemise, car des tessons de métal parcourent ses épaules et ses bras, à la manière de clous décoratifs. Ils ne font tout de même pas partie de son corps. C'est impossible.

Si, pourtant.

Il s'arrête non loin de moi et me détaille de la tête aux pieds.

— Tu es jolie, toi, lance-t-il d'une voix aussi tranchante qu'un rasoir. J'ai hâte de voir si tu en vaux la peine. Nous pourrions peut-être t'utiliser comme reproductrice.

Le Déchiqueteur aux ongles comme des griffes lacère le visage de mon père, qui pousse un cri de douleur. La colère monte, dilue ma peur. Ces monstres malmènent mon père. Mon père qui s'est sacrifié pour moi.

Regarde-moi, me dis-je, les yeux rivés sur le Déchiqueteur. Celui-ci, cependant, fixe avidement mes seins, et non mes yeux.

— Hé! crié-je.

Il dresse enfin la tête.

Grossière erreur.

Mon regard s'accroche au sien et je me concentre, mobilise toute la haine et toute la colère dont je suis capable, les laisse croître, circuler en moi. Je vise son cerveau, le comprime, le serre.

Le Déchiqueteur porte la main à sa tête en poussant un cri de mort. Le son grinçant, qui me déchire les tympans, menace de me déconcentrer, mais le Déchiqueteur ne peut pas détourner les yeux. Je n'ai encore jamais pris un cerveau pour cible. J'ai l'impression de pouvoir lire dans les pensées du monstre, sentir dans son esprit les étincelles rouges et noires de la cruauté. Elles augmentent mon pouvoir, comme si l'esprit du Déchiqueteur, sa haine et sa colère, décuplaient la force de mon arme.

Son crâne explose.

Des fragments d'os et de cervelle volent dans les airs et j'ai un mouvement de recul.

J'aspire goulûment de l'air, en proie à des haut-le-cœur. Le monde se gauchit, devient flou. Je vais perdre connaissance. Non, je ne peux pas me le permettre. Deux Déchiqueteurs détiennent toujours mon père et j'ignore si Burne et Drake sont en sécurité. Il ne faut pas que je m'évanouisse… Il ne faut pas.

Mes yeux s'ouvrent d'un coup. Papa me secoue par l'épaule. Ses lèvres sourient, mais l'inquiétude se lit dans son regard.

— Que s'est-il passé ? demandé-je.

Cette fois, pourtant, mes souvenirs sont plus précis, jusqu'au moment où j'ai perdu connaissance. Du moins, je crois.

— J'ai fait sauter la cervelle d'un Déchiqueteur ?

J'ai la voix rauque ; parler me coûte.

Mon père opine du bonnet.

Je risque un mouvement. La tête m'élance.

— Drake ? dis-je.

Puis le soulagement déferle en moi. Assis tout près, il est là, agite la main, un sourire incertain aux lèvres.

Je ne vois pas Burn.

— Où est Burn ? Et les Déchiqueteurs ? L'ont-ils tué ?

— Non, répond mon père. Tu peux te lever ? En général, les Déchiqueteurs ne viennent pas jusqu'ici, où la poussière est trop rare pour assurer leur survie, mais nous devrions partir tout de même : il y a peut-être une meute dans les environs.

Avec l'aide de papa, je me relève et je le regarde en face. Il ne détourne pas le regard et je suis éperdue de remords, de culpabilité, de tristesse.

Je baisse les yeux.

— Je suis vraiment, vraiment désolée.

— Désolée ? répète-t-il en me caressant les épaules. Tu viens de me sauver la vie.

Je secoue la tête. Ses mots de réconfort ne peuvent effacer ni mes crimes ni son sacrifice.

— Il faut y aller, dit-il. Nous atteindrons peut-être la Colonie avant le lever du jour.

Le couchant projette une lueur jaune sur le sol rocailleux.

— Je refuse d'abandonner Burn.

— Il va bien.

Les mains sur mes épaules, mon père me pousse devant et je me rends compte qu'il cherche à éviter que je me retourne. Me dégageant, je reviens vite sur mes pas.

Le sol est jonché de bouts de cadavres. Horrifiée, je cherche des traces de Burn. Les restes humains sont foncés et desséchés. Que des Déchiqueteurs. Je l'espère, en tout cas.

Je me tourne vers mon père.

— C'est lui qui…

Il hoche la tête, les mâchoires serrées.

— Quand tu es tombée, les Déchiqueteurs se sont rués sur toi, mais le don de Burn s'est déclenché et il les a taillés en pièces.

Mon cœur cogne fort dans ma poitrine. Dans ma tête, les élancements se déchaînent.

— Où est-il ?

Il avait juré de ne plus jamais se transformer. Il doit se sentir horriblement mal.

Papa secoue la tête.

— Il s'est enfui. Mais ça ira. Il va nous retrouver.

— En route, dit Drake.

Je me tourne vers lui. Il s'est levé tout seul et, avec une grande détermination, effectue quelques pas. Mon cœur exulte. Il marche un peu mieux chaque fois.

— Allons-y, dit papa à Drake.

À ma grande surprise, Drake saute avec légèreté sur le dos de mon père.

Dans la lumière déclinante, nous marchons d'un bon pas, en silence. Malgré la vive clarté que diffuse la lune, je ne vois pas très loin dans la forêt de plus en plus dense.

J'ai tant de questions à poser à mon père, tant de regrets à lui exprimer. Malgré tout, son silence empreint de pardon me console.

Si seulement je pouvais trouver un moyen de me pardonner à moi-même.

CHAPITRE VINGT-SEPT

Lorsque l'aube commence à éclairer le ciel, je suis dévorée par l'inquiétude et je n'ose regarder personne en face. Nous n'avons pas revu Burn. D'accord, il a terrassé – et c'est un euphémisme – deux Déchiqueteurs. Et s'il en avait croisé d'autres sur sa route ?

D'horribles pensées me tourmentent. Peut-être a-t-il trouvé une cache de poussière et succombé à la folie qu'elle entraîne. L'idée de Burn en monstre *et* en Déchiqueteur est si terrifiante que je la repousse aussitôt. Le plus effrayant, c'est tout de même de l'imaginer seul, blessé, physiquement ou psychologiquement. Il avait juré que plus jamais cette bête ne prendrait sa place.

Hier soir, pendant que nous marchions, Drake a bavardé un moment, posé des questions sur la Colonie, l'Armée de libération et la vie ALP. Je ne l'écoutais pas vraiment. Seuls quelques mots se sont insinués dans ma tête en proie aux ténèbres. Je n'ai aucune idée de ce qui nous attend dans la Colonie.

Depuis deux heures, Drake, la tête posée sur l'épaule de mon père, est silencieux. Chaque fois que je le crois endormi, je constate qu'il serre les bras autour du cou de papa. Il utilise même ses jambes pour s'accrocher et mieux répartir son poids. Papa marche d'un pas plus lourd et je devrais sans doute lui proposer de porter Drake pendant un moment. Toutefois, mon corps et ma tête me font mal, comme si j'avais livré à ce Déchiqueteur un combat physique, et non mental.

Sans compter que je suis trop déprimée pour formuler une telle suggestion.

Nous sortons du couvert des arbres. De l'autre côté d'un champ, le sol s'élève brusquement.

Quelques jours plus tôt, les montagnes et les rochers ne représentaient pour moi que des notions abstraites, des choses que j'avais vues dans des livres, mais jamais dans la réalité. Je lève donc la tête vers le sommet. Drake descend du dos de mon père et exécute quelques pas, les jambes raides.

— Nous allons nous reposer un instant, lui dit mon père. Ne t'éloigne pas.

Drake décrit des cercles autour de nous, s'entraîne, sa démarche s'affermissant à chacun de ses pas. Puisque mon père garde un œil sur Drake, je fixe les rochers, aussi implacables que mon humeur. Une veine noire suit une petite bosse dans le granit : on dirait que le roc évacue les ténèbres qui s'y terrent.

— Ça va ? me demande mon père.

Je me retourne sans réfléchir.

Il me sourit avec hésitation, me met à l'épreuve, craignant peut-être une attaque. Compte tenu des circonstances, je trouve ses appréhensions bien compréhensibles. En ce moment, cependant, je ne trouverais ni l'énergie ni les émotions nécessaires pour tuer ne serait-ce qu'un rat.

— Tu as bien travaillé, dit-il.

— Tu veux parler du Déchiqueteur que j'ai tué ?

— Tu as veillé sur Drake. Tu t'es bien occupée de lui, de toi. Tu étais si jeune…

Sa voix se brise.

— Je suis très fier de toi.

— Fier ? Mais…

Ma bouche refuse de formuler la suite. Il est pourtant au courant de toutes les horreurs dont je me suis rendue coupable.

— Oui, fier, répète-t-il avec fermeté.

Drake s'arrête et montre le ciel.

— Nous allons vraiment grimper là-haut ?

— La Colonie se trouve dans la vallée, de l'autre côté de cette crête. La poussière souffle rarement à de telles hauteurs. La plupart des colons ne se donnent pas la peine d'avoir un masque à portée de main.

Il me sourit, comme s'il s'attendait à me voir trépigner de joie.

Je me détourne et il poursuit :

— Dans la vallée, il y a un lac, de l'eau potable en abondance, des fermes et des arbres. Chacun peut s'y construire une maison.

Le portrait semble idyllique, comme dans un conte d'ALP. Pourtant, je ne sens ni bonheur ni enthousiasme. Je ne ressens rien du tout, comme si mes actions passées avaient gommé ma capacité à éprouver des sentiments. C'est peut-être préférable. Mes émotions tuent.

Une brise s'élève soudain et mon père nous prend dans ses bras pour nous protéger, Drake et moi. Tous mes muscles se raidissent.

— Glory ? fait une voix d'homme.

Je me dégage de l'étreinte de mon père.

— Gage !

Je cours vers lui et je le prends dans mes bras. Pendant une fraction de seconde, j'en oublie mon désespoir. Il me semble plus fort, à présent. Ses vêtements sont en lambeaux et tachés de sang, mais rien n'indique que ses blessures saignent toujours.

— Où est Burn ? demande-t-il.

— Parti.

Le désespoir s'abat de nouveau sur moi.

— Nous ne l'avons pas vu depuis hier après-midi, dis-je en me mordant la lèvre.

— Je l'ai vu, moi, dit Gage.

— C'est vrai ?

— Comment penses-tu que je vous ai retrouvés ?

Il se tourne vers mon père.

— Tu dois être Hector. Je m'appelle Gage.

Il sourit.

— Et toi, je parie que tu es Drake. J'ai un fils qui a environ le même âge que toi.

Mon ventre se contracte à l'idée de ce que Gage a laissé derrière lui, au Havre. J'ai honte de ne pas lui avoir posé plus de questions sur sa situation. La personne qui a trahi Gage a aussi trahi les siens. Papa m'interroge du regard, en quête d'une explication, mais je me contente de fixer les rochers.

— On te connaît là-haut, pas vrai ? demande Gage à papa. J'y suis allé en reconnaissance, et ces gens-là ne m'ont pas semblé particulièrement accueillants.

— Qui es-tu? demande mon père d'une voix pincée et grave qui trahit la méfiance.

Je reconnais bien là l'homme qui m'a recommandé de ne me fier à personne.

— Gage Trapp, dit l'homme en tendant une main que mon père ignore. J'ai été liquidé il y a trois jours. J'ai tenté de semer les Confs et les Déchiqueteurs – je suis très rapide –, mais ils m'avaient ralenti à l'aide des chaînes et des blocs de béton. Des Déchiqueteurs m'ont capturé. C'est à ce moment-là que je suis tombé sur Burn et Glory.

Il s'avance et, avec un doigt, me redresse le menton.

— Vous m'avez sauvé la vie, les enfants.

Je résiste à l'envie de me dérober. Il a beau prétendre le contraire, je n'ai rien fait pour le sauver. De toute façon, je n'en serais pas moins une meurtrière.

— Pourquoi dis-tu que les gens qui vivent là-haut sont hostiles? demande mon père d'une voix toujours empreinte de suspicion.

— Ça, répond Gage en indiquant le haut de la montagne.

Ma curiosité l'emporte et je regarde dans cette direction. Tout ce que je remarque, c'est, le long de la cime des arbres, des espèces de tours en bois.

— Ils ont des fusils, affirme Gage.

Mon père acquiesce d'un geste de la tête.

— Ils défendent la Colonie contre les Déchiqueteurs.

— Il y en a beaucoup, là-haut?

— Aucun, répond mon père. Mais on n'est jamais trop prudent. Nous en avons croisé à moins de cinquante kilomètres d'ici.

Il tend les bras à Drake.

— On y va.

— Je veux marcher, dit Drake.

Papa plisse les yeux.

— D'accord. Mais, au bout d'un moment, la pente devient raide.

Drake se met en route d'un bon pas et son bonheur parvient presque à pénétrer les ténèbres qui m'habitent.

— Allez, viens ! me crie-t-il. Cesse de lambiner !

Je cours pour le rattraper ; derrière, Gage et papa bavardent.

Drake et moi marchons en silence. Le sentier commence à grimper. Il perd pied et je lui ouvre les bras.

— Laisse-moi te porter.

Il secoue la tête et poursuit son chemin en disant :

— Tu n'as rien à te reprocher, tu sais. Tu ignorais de quoi tu étais capable. Comment aurais-tu pu t'en douter ?

En entendant ces mots, je me crispe. Tout en continuant d'avancer, je le surveille du coin de l'œil. Au besoin, je serai là pour le soutenir.

Il enjambe une pierre.

— Ça t'aurait facilité la vie, de savoir ?

Je me retourne.

Gage et papa gagnent du terrain et je ne veux pas qu'ils nous entendent. Je presse le pas.

— Savoir aurait tout changé.

— Si tu t'étais sentie coupable ou dénoncée aux autorités, tu n'aurais pas pu me cacher.

Je me mords la lèvre. Au cours des trois dernières années, j'ai cru protéger Drake, mais il me protégeait, lui aussi.

— Tu avais seulement dix ans, dis-je. Comment astu pu…

Je me demande quelle question lui poser.

Drake se penche pour éviter une branche.

— J'étais assez vieux pour garder un secret, et papa et moi avions convenu…

— Vous aviez *convenu* ?

La honte me monte à la gorge, mes oreilles picotent.

— Vous vous êtes entendus pour me cacher la vérité, papa et toi ?

Sa cheville vacille. Je me rapproche. Il ne résiste pas lorsque, me pliant en deux, je passe ma tête sous son épaule pour prendre sur moi une partie de son poids et l'empêcher de tomber.

— Papa m'a interdit de te parler de tout ça, explique-t-il. Il m'a demandé de rester caché le plus longtemps possible.

— Il m'a demandé à moi de raconter à tout le monde que tu étais mort, dis-je. De te cacher.

Je l'aide à franchir une souche.

— Je ne me souviens toujours pas des événements…

Drake me serre l'épaule.

— Tout de suite après, tu es tombée dans les pommes. J'étais terrifié.

— Parce que j'avais failli te tuer.

— Parce que maman était morte. Et que je te croyais morte, toi.

— Et papa ?

— À son retour, tu étais encore inconsciente. Nous nous sommes dit que ta Déviance avait provoqué l'apparition de la mienne. Face au danger, mon armure est apparue et a protégé mes organes vitaux.

— Mais pas tes jambes.

— Soit l'armure ne s'étendait pas jusque-là, soit elle ne s'est pas manifestée assez tôt, acquiesce-t-il en hochant la tête. Je ne sais pas.

Des pas se rapprochent. Gage et papa sont sur nos talons.

— Grimpe sur mon dos, dit papa à Drake.

Celui-ci, manifestement fatigué, hoche la tête.

— J'ai besoin de me délier les jambes, déclare Gage. Maintenant que j'ai découvert la liberté des grands espaces, je ne peux plus m'en passer.

Il décolle.

Je fixe mon père, tandis que Drake s'installe sur son dos. Il y a toujours tant de questions à poser, tant d'informations nouvelles à assimiler, tant de choses que je ne comprends pas.

— Tu peux te téléporter ? lui demandé-je.

Il fait signe que oui.

— Mais je ne peux emmener personne avec moi, ajoute-t-il en souriant. Sinon, nous serions déjà dans la Colonie.

— Pourquoi ne t'es-tu pas téléporté hors du dôme ?

— Pour aller où ? J'ignorais qu'on pouvait vivre à l'Extérieur.

— Alors une fois sorti… Burn m'a raconté dans quelles circonstances son groupe t'a trouvé. Pourquoi ne pas avoir utilisé ton don pour échapper aux Déchiqueteurs ?

Et pourquoi avoir pris sur tes épaules la responsabilité de mes agissements ?

— Je ne savais pas encore que j'étais Déviant. Ma sœur jumelle l'était. Je me suis toujours posé des questions sur vous deux.

Je m'arrête.

— Nous avons une tante ?

— C'est vrai ? demande Drake, tout excité.

— Vous en aviez une, répond mon père en baissant les yeux. Elle a été liquidée quand nous étions adolescents. Lorsque je me suis rendu compte qu'il y avait une vie en dehors du dôme, je me suis dit que je la retrouverais peut-être.

Il secoue la tête.

Je marche en silence, tente de me frayer un chemin parmi toutes les questions qui se posent à moi. Je cherche celles que je peux formuler, celles dont la mise en mots ne me fera pas trop souffrir, dont les réponses ne me porteront pas un coup fatal. Mon père a perdu beaucoup plus que j'imaginais. Ses enfants, sa femme, sa sœur.

— Je veux marcher, lance Drake.

Mon père secoue la tête et dit :

— Mon don s'est manifesté seulement au contact de la poussière.

— Ah bon ?

Je respire, réfléchis aux implications.

— C'est ce que je crois comprendre. D'autres colons m'ont raconté que leurs dons ne s'étaient vraiment révélés qu'au contact de la poussière.

— Ça veut dire que d'autres employés du Havre deviendraient Déviants s'ils sortaient du dôme et respiraient de la poussière ?

Il hoche la tête.

— Je n'en suis pas certain, mais je crois que oui.

J'ai la tête qui tourne.

— C'est une théorie qu'il serait dangereux de vérifier, je suppose.

— Voilà justement le hic. Personne ne sait de façon certaine où il faut s'arrêter avec la poussière. Les Élus y compris. Si nous en prenons trop…

Il s'interrompt.

— … nous devenons des Déchiqueteurs, dis-je.

Il se tourne vers moi. Manifestement, il ignorait que j'étais au courant. Il hoche la tête d'un air sinistre.

— Les habitants de la Colonie sont-ils tous Déviants ?

— Non. Et nous préférons le mot Élus.

— Élus pour quoi ?

— Pour s'adapter à la poussière, je suppose. Pour survivre.

Il marque une pause, comme pour réfléchir à ses dernières paroles.

— Mais certains colons ne peuvent respirer de la poussière sans suffoquer. Ils sont nombreux à être venus du sud à pied. Ils ont survécu pendant des générations dans des abris antiaériens ou des mines, tout ce qu'ils ont pu trouver. Lorsqu'ils ont fini par sortir de leurs cachettes, la poussière était si épaisse que le peu de sol qu'il restait était incultivable. La plupart des sources d'eau s'étaient taries. Ils sont donc venus vers le nord.

Burn a raconté aux habitants du Fort que nous venions du sud. Je comprends maintenant pourquoi. Je ne sais toutefois pas si Burn a avoué à mon père que nous avions été capturés et emmenés dans le Fort. Moi, en tout cas, je n'ai pas envie d'en parler.

Nous approchons du sommet de la crête lorsque Gage nous rejoint.

— L'air est si frais ici, dit-il. On ne voit presque pas de poussière. C'est incroyable.

Papa hoche la tête et je décide de ne plus poser de questions. Pour le moment.

Nous débouchons dans une clairière et papa grimpe à un arbre solitaire qui se dresse à sa lisière. Près du sommet, il détache une corde enroulée autour d'une branche. Il déploie ensuite un drapeau rouge vif et l'agite selon un motif particulier : deux petits coups à droite, un « 8 » géant commençant par le bas, à gauche, puis trois cercles au-dessus de sa tête. Un instant plus tard, j'aperçois, en provenance de deux tours de guet, de complexes motifs du même genre. Papa redescend et nous continuons de gravir la montagne.

Au sommet, j'ai le souffle coupé. En contrebas se dressent des milliers de constructions, toutes beaucoup plus petites que les gratte-ciel du Havre. Même d'ici, elles ressemblent déjà plus à des maisons que tout ce que j'ai connu jusque-là. Plus loin, j'aperçois un lac scintillant entouré de vert. Un vert plus vif que la peau du concombre que Cal m'a fait goûter. Plus vif que celui des aiguilles des pins parmi lesquels nous avons cheminé. Et il y a des champs d'une délicate teinte dorée. Un spectacle magnifique.

— Qu'est-ce que vous en dites ? demande mon père.

— Spectaculaire ! s'écrie Drake en souriant.

— Sacrebleu ! s'exclame Gage avant de détaler.

La joie se répand en moi, tente de chasser les ténèbres, et j'ai envie de la laisser faire. Drake est depuis toujours un garçon au tempérament positif, mais, à le regarder, en ce moment, j'ai l'impression de le voir sourire pour la première fois. Le monde tout entier me semble plus coloré. Bien que consciente de ne pas mériter le bonheur promis par un tel lieu, j'ai au moins atteint mon objectif: Drake est en sécurité.

Nous continuons de suivre un sentier très passant qui zigzague en décrivant de longues courbes majestueuses. Bientôt, de petites bâtisses se dressent de part et d'autre. Comme aux niveaux supérieurs du Havre, bon nombre de ces habitations ont de toute évidence été construites à l'aide de matériaux récupérés dans des ruines, mais certaines planches semblent neuves. Au Havre, je n'ai jamais vu de planches neuves. Mais peut-être les membres de la Direction y ont-ils droit, eux, depuis toujours.

Devant nous, une femme sort sur le pas de sa porte et secoue un petit tapis.

— Bonjour, lance-t-elle à notre passage.

Elle sourit largement, avec sincérité. Ses yeux sont d'une couleur pour moi inédite: bronze et si étincelants qu'ils semblent avoir de multiples facettes. Que ses yeux aient des pouvoirs ou non, on devine tout de suite en elle une Déviante. J'espère pour elle qu'elle n'a jamais vécu au Havre.

Après une nouvelle courbe, nous tombons sur un groupe d'une dizaine d'hommes et de femmes. Ils viennent vers nous avec détermination et autorité. À la pointe de ce groupe se trouve un homme de plus d'un mètre quatre-vingts. Si sa grande taille lui confère une silhouette élancée, il n'en est pas moins imposant, avec ses cheveux cuivrés, coupés court. Son costume ajusté est fabriqué du tissu le plus lourd que j'aie jamais vu. Il semble aussi résistant et épais que l'armure des Confs, bien qu'il se plie plus facilement, comme du cuir, dirait-on. Mais c'est impossible: le cuir est beaucoup trop rare pour servir à la confection de vêtements aussi amples.

Les deux hommes qui le flanquent sont habillés de la même façon. Je sens la panique s'insinuer dans ma poitrine. Leur approche me rappelle celle des Confs ou des hommes du Fort. Papa, cependant, continue, et je ne laisse pas la peur m'arrêter non plus.

Burn se détache de la queue de la petite troupe.

Mon cœur bondit et mon visage se fend d'un large sourire. Agitant la main, je fais un pas en sa direction. Il se détourne aussitôt.

J'en ai le souffle coupé, comme si j'avais reçu un direct à l'estomac. Je suis pourtant sûre qu'il m'a vue.

Drake tire sur mon bras, m'entraîne vers l'avant, et le grand roux s'avance vers nous. Il serre la main de mon père et les deux hommes se penchent pour échanger une brève accolade. Burn, en retrait, ne regarde même pas de mon côté.

— Bienvenue dans la Colonie, dit l'homme. Je m'appelle Rolph, commandant de l'Armée de libération.

— Commandant, dit Gage d'une voix circonspecte, accueillez-vous ainsi tous les invités ou avons-nous droit à un traitement de faveur ?

Rolph se tourne vers Gage.

— En ce qui te concerne, je ne suis pas encore fixé.

L'un des coins de sa bouche se retrousse.

— Mais toi, ajoute-t-il en se tournant vers moi, tu nous seras peut-être très utile.

CHAPITRE VINGT-HUIT

Il n'est plus question de mon utilité et je ne me donne même pas la peine de dire au commandant qu'il se trompe sur mon compte. À moins qu'il considère les meurtriers comme utiles.

Le commandant emmène papa se promener avec lui. Mon père jette de fréquents coups d'œil par-dessus son épaule. On dirait qu'il craint que nous disparaissions, Drake et moi. Burn ne m'a toujours pas saluée.

Les poils de ma nuque restent dressés, comme si je m'attendais à ce que les Confs, les Déchiqueteurs ou un danger inédit se manifestent. Pourtant, rien d'effrayant ne se produit et je dois reconnaître que l'atmosphère est plus accueillante qu'hostile. Certaines personnes nous regardent fixement au passage, mais nous avons aussi droit à de petits signes de tête et à des sourires. Tandis que nous descendons la colline en direction de la Colonie, je m'apaise et les muscles de mes épaules se détendent.

Presque en bas, là où le terrain s'aplanit et où la ville semble s'étendre à l'infini, on nous conduit, Drake, Gage et moi, dans une bâtisse faite de pierres empilées les unes sur les autres. Il y a des fenêtres – avec de vraies vitres ! – et je ne peux me retenir de m'avancer vers l'une d'elles et de promener mes doigts sur sa surface. Si lisse, si dure, et pourtant quasi transparente. À l'intérieur du verre, j'observe quelques bulles et, en bougeant la tête, je remarque que, par endroits, le verre, à l'intérieur, est légèrement incurvé, ce qui a pour effet de déformer les pierres de l'immeuble d'en face.

Nous sommes dans ce qui a l'apparence d'un restaurant, bien que celui-ci n'ait rien à voir avec ceux du Havre. Ici, on peut s'asseoir pour manger et boire. Je n'ai encore vu aucune nourriture, mais je sens des arômes appétissants et mon estomac, pris de crampes, réclame d'être rempli.

— Tu as faim ? demande mon père, qui nous a rejoints.

Il a doucement posé la main sur mon épaule et, pour une raison que j'ignore, ce simple geste déclenche un afflux de larmes derrière mes yeux.

Il devrait me haïr. Il me hait sûrement. Comment pourrait-il ne pas me haïr ? Et pourtant, ni ses mots ni ses gestes ne trahissent la moindre trace de haine.

Sans attendre ma réponse, papa nous guide vers un long banc construit à l'aide de la moitié d'un pin. Lorsque nous sommes installés, un homme au visage rond et au ventre encore plus rond pose une marmite noire à l'un des bouts de la table. De la vapeur, chargée du plus délicieux parfum à avoir jamais caressé mes narines, s'en échappe. Mon estomac se contracte, grogne.

L'homme revient avec des bols empilés l'un dans l'autre. Les yeux exorbités, je le vois les remplir d'un liquide dans lequel nagent de gros morceaux blancs, verts et orange.

— Qu'est-ce que c'est ? demande Drake.

L'homme rit en tendant un bol à la femme assise à l'autre bout de la table.

— De la soupe. Poule et légumes.

— Poule ?

J'ai déjà entendu le mot, mais je ne sais pas où.

L'homme marmonne quelque chose comme « Allons donc » et dépose un bol de mon côté de la table. J'écarquille les yeux en me rendant compte que chacun le fait passer à son voisin. Le premier bol s'arrêtera devant Drake et le deuxième devant moi.

Mon père, assis à côté de Drake, se tourne vers nous.

— Une poule est un oiseau de petite taille dont la chair est délicieuse. Elle pond des œufs, très savoureux, eux aussi ; ils constituent une excellente source de protéines.

— Mais, dis-je, rien ne vit à l'Extérieur. À part les Déchiqueteurs et les rats...

Mon erreur m'arrache un sourire. Je devrais pourtant avoir appris à ne plus réciter de mémoire les faussetés qu'on nous a inculquées.

— Pauvres enfants, soupire l'homme qui sert la soupe.

Mon voisin de table pose un bol devant moi. L'odeur me frappe de plein fouet, puis mon nez se tend vers le bouillon. Inhaler l'arôme de cette glorieuse et mystérieuse concoction suffirait à apaiser ma faim.

Mon père saisit une cuillère et la plonge dans le liquide. Il souffle sur le bouillon pour le refroidir et le porte à sa bouche. Ce n'est pas la première fois que j'en vois, mais je n'ai encore jamais mangé de soupe remplie de telles merveilles. Je suis reconnaissante à papa de la démonstration qu'il nous donne ; du même coup, il signale que nous pouvons attaquer le repas.

Je plonge ma cuillère dans le bol et, émerveillée, en remue le contenu. J'y vois des morceaux de ce que je sais être de la viande, puis je porte à ma bouche l'une des choses de couleur orange. Je lève les yeux.

— Carotte, dit mon père, sans que j'aie besoin de lui poser la question.

J'essaie de concilier cette rondelle de couleur vive avec les dés gris et secs que je trouvais dans mes rations.

Je mets la cuillère dans ma bouche et aussitôt le bouillon brûlant me réchauffe, comme si, au lieu de simplement descendre dans mon gosier, il se répandait dans tout mon corps. Je mords dans un morceau de carotte. Sa saveur fraîche et sucrée assaille mes papilles. Ensuite, c'est au tour de la poule, qui a en gros le même goût que le rat, en mieux. Sa chair est aussi plus tendre, plus facile à mâcher.

— Mangez, mangez, nous encourage l'homme. Il y en a encore beaucoup.

Je continue d'enfourner la soupe, d'en savourer tous les arômes, et je me demande si je serai un jour aussi heureuse qu'en ce moment.

— Tu peux dormir là, Drake, dit papa en désignant un matelas.

Il est posé contre un mur, tout près de ce que, nous a-t-il dit, on appelle un poêle. On s'en sert pour cuisiner, et il chauffe aussi la cabane pendant les mois d'hiver.

— Pour toi, Glory, j'ai installé un rideau. Comme ça, dans cette pièce pleine de garçons, tu auras un peu d'intimité.

Tirant sur un tissu bleu accroché d'un côté de la pièce, il révèle un autre matelas, posé sur une plate-forme pourvue de pieds, avec une couverture lavande toute propre.

Sans réfléchir, je cours caresser le doux tissu.

— C'est magnifique.

Mon père sourit largement et des souvenirs m'assaillent. Des souvenirs d'avant l'effondrement.

D'avant que je gâche tout.

Pour mon huitième anniversaire, maman m'a offert une couverture qu'elle avait fabriquée de ses mains à l'aide de chutes de tissu récupérées à l'usine. Elle n'était pas aussi douce que celle-ci, mais, à l'époque, je n'avais jamais vu et, à plus forte raison, possédé d'article plus luxueux. Les employés du service de Santé et Sécurité y ont enveloppé le corps de maman avant de l'emporter.

Je m'agenouille sur le petit tapis posé devant mon lit et j'enfouis mon visage dans la couverture.

Mon père s'assied sur le matelas et m'entraîne sur ses genoux. Je résiste, mais son câlin me procure de la chaleur et me console – une consolation que je ne mérite pas, mais que j'accepte quand même.

— Pourquoi ? lui demandé-je d'une voix tremblante. Pourquoi t'es-tu sacrifié pour moi ?

Il me serre encore plus fort.

— Tu es ma fille. Je le referais sans hésiter.

— Je suis tellement désolée.

La douleur comprime ma gorge, mes tempes.

— Je sais que ça ne suffit pas de le dire, mais je suis tellement, tellement, tellement désolée.

— Oh, Glory.

Il glisse son doigt sous mon menton pour m'obliger à le regarder en face, mais avec les picotements que je sens dans mes yeux, c'est hors de question.

— Je ne veux plus que tu t'excuses, dit-il. Tu n'y es pour rien. Je ne veux plus en entendre parler.

Ses mots sont sévères, mais pas son ton. Je presse ma joue contre son épaule.

Drake s'approche. Mon père, me déposant, se lève et nous nous étreignons tous les trois.

— Je suis si heureux que notre famille soit réunie, dit Drake.

J'ai une grosse boule dans la gorge.

— Maman…

— Rien ni personne ne pourra plus jamais nous séparer, dit mon père.

On frappe et papa nous libère. Il entrouvre la porte en bois, juste assez pour voir qui est là. Le commandant fait un signe de la tête et mon père, après lui avoir rendu son salut d'un geste brusque, sort et referme derrière lui.

— Tu crois que tout va bien ? me demande Drake.

Je n'ai plus de réconfort à offrir.

Quelques minutes plus tard, mon père revient. Il doit s'absenter pour assister à une réunion. Il nous suggère de nous installer et de dormir un peu. Dès qu'il est sorti, Drake se dirige vers son matelas, se laisse tomber dessus à plat ventre et s'endort aussitôt sur sa couverture. Je pose la mienne sur lui et je souris de le voir dormir ainsi comme un bébé, les jambes écartées.

J'ai beau être fatiguée, moi aussi, je doute de pouvoir trouver le sommeil avec toutes les idées qui me trottent dans la tête. J'hésite à laisser Drake tout seul, mais cet endroit me semble sûr, et la Colonie m'inspire une vive curiosité.

Momentanément aveuglée par le soleil, je mets ma main en visière. À six ou sept mètres, Burn, appuyé au mur d'une autre maison, me regarde. Je sens une chaleur irradier mon corps, et je ne saurais dire si c'est à cause de la colère, de la surprise ou de tout autre chose.

Il s'avance vers moi. De près, son corps m'abrite de la lumière du soleil. Mes yeux, cependant, restent rivés sur sa poitrine. Il s'est départi du long manteau qui le caractérise et de ses multiples couches de vêtements. Son t-shirt, beaucoup trop grand pour lui, ne parvient pas à masquer sa silhouette musclée. Cal n'est plus qu'un lointain souvenir. Un *mauvais* souvenir, plus précisément. Je me permets d'imaginer une vie ici, dans la Colonie. Une vie avec mon père et mon frère. Une vie en sécurité. Une vie avec Burn.

— Hector en a pour un moment, dit-il. Je te montre les lieux ?

— Oui, s'il te plaît.

C'est exactement ce que je veux et je m'étonne de ne pas préférer être seule pour explorer les environs. Peut-être ai-je changé, au cours des derniers jours ; peut-être suis-je devenue une personne différente – une personne qui accepte l'aide des autres et leur accorde sa confiance. Je crois presque qu'il est possible d'agir ainsi, dans cette Colonie, et de survivre.

Burn baisse les yeux sur moi.

— Tu n'as pas peur ?

— De quoi ?

— De moi. De ce que j'ai fait à ces Déchiqueteurs...

— Non.

Peut-être un peu.

— C'est pour ça que tu m'as ignorée, tantôt ? Tu croyais que j'aurais peur ?

Il fixe toujours le sol.

— Tu m'as sauvé la vie, Burn. Tu as sauvé ma famille.

Il relève la tête, puis se détourne.

— Que veux-tu voir en premier ?

— Où sont les poules ?

— Les poules ?

Il me dévisage comme si j'avais perdu la raison. Puis il hoche la tête.

— J'oublie que les habitants du Havre sont peu nombreux à visiter les fermes industrielles.

Un sourire éclaire mon visage.

— Et il n'y a pas de poules là-bas.

— Bien sûr qu'il y en a. Sauf que ce sont les membres de la Direction qui les mangent. Les employés affectés aux poulaillers sont séparés du reste de la population.

D'où, sans doute, quelques disparitions jamais élucidées.

— À leur sortie de l'Hôpital, les patients sont-ils affectés aux poulaillers ?

— Non, répond Burn sèchement. L'un des principaux objectifs de l'Armée de libération est d'éviter que des employés du Havre soient emmenés à l'Hôpital.

— Vous savez ce qui s'y passe ?

— Nous avons des soupçons.

— Le frère de Jayma y est mort, dis-je en lui touchant le bras. Que lui est-il arrivé, à ton avis ?

— Tu ne veux pas le savoir.

Il a une mine sinistre. Je lâche son bras.

— Dis-le-moi !

— Ce sont des informations classées secrètes.

Il se tourne face à la rue et je décide de le harceler jusqu'à ce qu'il me réponde. En ce moment, cependant, je préfère me concentrer sur des choses heureuses, oublier le Havre et l'Hôpital.

Pendant que nous parcourons la Colonie, Burn répond à mes questions et je suis sidérée de constater qu'en plus des poules, on y trouve aussi des animaux que je croyais disparus, par exemple des vaches, des cochons et des chèvres.

Lorsque la poussière est tombée, m'explique Burn, certaines personnes ont réussi à se sauver elles-mêmes et à préserver leurs animaux. Depuis, on s'emploie à faciliter leur reproduction. J'interroge Burn sur le loup Déchiqueteur que nous avons croisé. Il n'a pas beaucoup de réponses à me fournir, sauf que les animaux et les humains semblent réagir à la poussière de la même façon. À petites doses, pas de problème ; en grande quantité, c'est la mort ou la folie provoquée par l'accoutumance.

Au bord de l'eau, il saute sur un gros rocher et tend la main pour m'aider à l'y rejoindre. Là, nous nous asseyons pour assister au coucher du soleil.

— Qu'est-ce que tu en penses ? demande-t-il à voix basse.

— C'est merveilleux.

— Ce n'est pas encore le paradis, mais on se débrouille.

J'ignore ce que veut dire le mot « paradis », mais il me semble que je n'aurais pas trop de difficulté à me « débrouiller » ici. Une fois de plus, je rêve d'avenir.

— Qu'est-ce que je vais faire ici ? lui demandé-je. Je suis trop vieille pour la FG. Y a-t-il des centres de formation ? Quand va-t-on m'attribuer un emploi ?

Il rit.

— Tu viens d'arriver. Pourquoi t'inquiéter de tout ça ?

— Je me pose des questions, c'est tout.

J'aimerais donner un peu de substance à mes rêves de vie nouvelle. J'aimerais, en m'endormant ce soir, être en mesure d'imaginer ce qui m'attend. En plus, je ne crois pas que je serais capable d'encaisser de nouvelles déceptions. Si la vie est aussi difficile ici qu'au Havre, j'aimerais être fixée.

— Tu peux t'occuper comme tu veux, dit Burn. Qu'est-ce qui te plairait ?

Ahurie, je me tourne vers lui.

— Que veux-tu dire par « ce que tu veux » ?

— Tu pourrais t'occuper des poules, travailler aux champs, dans l'une des usines ou au moulin. L'hôpital est toujours à la recherche de femmes et d'hommes intelligents souhaitant devenir médecins.

Je tressaille.

— Il y a un hôpital ?

— Oui, et les médecins sauvent vraiment des vies.

J'aimerais bien pouvoir le regarder dans les yeux afin de déterminer à quoi il pense, mais je sens des émotions monter dans ma poitrine. Elles ont beau être douces et heureuses, je ne veux pas courir le risque de le blesser. Plus jamais.

— Et toi, qu'est-ce que tu fais, ici ? lui demandé-je.

Aussitôt, je me rends compte que je connais la réponse.

— Tu es dans l'armée, hein ? Tu vas t'absenter souvent ?

Je préférerais que Burn occupe un emploi moins dangereux. À cette pensée, le chagrin s'infiltre dans mon cœur. Je le repousse.

Il se penche vers l'arrière.

— Je n'en suis plus très certain.

— Pourquoi ?

— Un kidnappeur recherché passe difficilement inaperçu.

Je détourne les yeux et baisse la tête. Encore une vie gâchée par ma faute.

— Ça va ? demande Burn.

Malgré les émotions qui se bousculent en moi, je risque un coup d'œil vers lui. Il fronce les sourcils.

— Je vais bien, dis-je en hochant la tête et en souriant.

— Tant mieux, dit-il.

J'ai beau le regarder en plein dans les yeux, il ne donne aucun signe de souffrance physique.

Éperdue de bonheur, je porte la main à sa joue. Il en a le souffle coupé. Ses yeux s'enflamment et sa respiration s'accélère, comme s'il avait couru. Pendant un moment, je m'inquiète, mais je sais que je n'ai pas attaqué ses poumons et que le phénomène s'explique autrement. Je sais que je ne lui fais pas de mal, du moins pas ce genre de mal. Derrière mes yeux, je ne sens aucun picotement ; si je suis sensible à la présence de Burn, très sensible même, aucune partie de lui n'est sous mon emprise, du moins pas sous celle de ma malédiction.

Je sens monter l'espoir. Peut-être suis-je capable de maîtriser ma malédiction, après tout. Ou encore les bonnes émotions ne la déclenchent pas. Je n'en ai jamais été certaine. Il n'est peut-être pas insensé d'espérer un jour trouver l'amour.

Je m'étire et je tends mes lèvres vers Burn. Malgré sa crispation, je promène mes lèvres sur la surface rugueuse des siennes, les couvre de petits baisers, les mets en mouvement. Ses grosses mains remontent le long de mon corps. On dirait qu'il a peur de me blesser ou de perdre son sang-froid. Et pourtant, ses caresses légères provoquent en moi des traînées de plaisir et de joie.

Mes doigts s'attardent sur son t-shirt et il est si chaud, si dur. Des étincelles s'allument dans mon corps, qui s'allège comme si, de retour dans le lac, je flottais librement, tandis que ses mains glissent sur moi avec hésitation, avec précaution, avec tendresse.

Je m'approche encore, l'attire vers moi, mes mains posées sur son large dos. Je dois lui montrer que c'est ce que je veux, que je suis prête, que je veux qu'il m'embrasse, qu'il m'embrasse vraiment. Je recule un peu pour le regarder dans les yeux. Il n'a rien à craindre. Je ne lui ferai pas de mal.

Aussitôt que nos regards se croisent, sa main se soulève et m'enveloppe le dos de la tête, puis ses lèvres se posent sur les miennes en un baiser puissant. Il goûte chaud et salé, et je n'arrive pas à croire que j'ai pris plaisir à embrasser Cal. C'est tellement mieux, cette fois-ci. Je sens naître en moi des sensations que j'ai peine à décrire.

Bien que, en principe, Cal soit plus âgé, c'est comme s'il était un garçon, et Burn, lui, un homme.

Ses lèvres deviennent plus gourmandes, ses mains plus audacieuses. Elles caressent mon dos, mes hanches, mes jambes, me plaquent contre lui. Sous mes doigts, je sens se tendre les muscles de son dos, comme s'ils grandissaient.

J'écarquille les yeux. Il grandit bel et bien. Ses yeux, où la flamme que j'ai sentie plus tôt est toujours présente, se sont assombris. La tendresse, elle, a complètement disparu. Il me pousse, m'adosse au rocher.

Je voudrais crier, mais il plaque sur ma bouche un baiser si agressif que j'ai l'impression qu'il tente de me voler mon air, de m'inhaler, de me dévorer. Coincée entre la pierre froide et la chaleur qui émane de Burn, je sens mon corps imploser sous l'effet de la peur.

Je me débats, je lutte, et il se presse contre moi avec de plus en plus de force. Je prends sa tête entre mes mains et la repousse afin qu'il me regarde dans les yeux, qu'il me reconnaisse, qu'il comprenne ce qu'il fait. Il lève la tête et son expression me remplit de terreur.

En elle, je ne retrouve rien de Burn. Ses yeux ont foncé, sa peau s'est épaissie et son expression a déformé ses traits. Je songe aux gargouilles qui ornent le bas de certains des plus anciens bâtiments du Havre. Burn n'est pour ainsi dire plus là. Il a été remplacé, subjugué par un monstre. Un monstre capable de tuer.

J'ai cependant croisé son regard et ma malédiction vient à mon secours. Je me concentre très fort sur ses yeux, les emprisonne. Bientôt, son sang s'accélère dans ses veines, comme s'il fuyait devant des flammes. Je m'empare alors de l'organe le plus proche, son cerveau, et je serre.

Rugissant, il se dégage. Je ne le lâche pas. La colère s'ajoute à son expression animale, déforme ses traits, si beaux il y a un instant. Des feux brûlent dans ses yeux. Malgré sa force physique surhumaine, il est incapable de détacher son regard du mien. Je le tiens.

Je ne veux pas le tuer. Mais si je ne l'arrête pas, il risque de me blesser ou de me tuer, moi.

Le vertige me gagne et ma concentration s'émousse. Si je perds connaissance, il va me violer, me tuer. La colère inonde mon esprit. On dirait qu'elle vient tout droit de Burn lui-même. Je ne dois pas laisser la colère l'emporter. Je perds mon sang-froid.

Je pense: *Ne me fais pas de mal, Burn. C'est moi, Glory. Tu ne veux pas me faire de mal. Je ne veux pas te faire de mal.*

Son visage se tord et se crispe. Je crois voir un éclair de lucidité dans ses yeux, un moment de reconnaissance. Je prie pour qu'il en soit ainsi.

Jouant le tout pour le tout, je libère son regard. Il saute du haut du rocher et disparaît en courant dans le crépuscule.

Les genoux remontés contre la poitrine, je me balance, tente de rester consciente, de comprendre les événements récents, de démêler les sensations extrêmes qui se bousculent dans mon corps. Burn ne devient pas seulement plus grand et plus gros: il se transforme en véritable monstre. Le Burn que je connais n'existe plus.

J'ai été folle de rêver qu'il puisse être à moi.

J'ai toujours cru que ma malédiction m'empêcherait de trouver l'amour. Dans ce cas-ci, cependant, c'est la

Déviance de Burn, et non la mienne, qui est en cause. Il devient beaucoup trop dangereux.

CHAPITRE VINGT-NEUF

Le lendemain matin, je me réveille fatiguée et meurtrie. J'entends papa et Drake bavarder de l'autre côté du rideau. Je suis à l'abri des Confs et des Déchiqueteurs. Ma famille est réunie. Ces deux constats atténuent la douleur physique. Dommage qu'ils ne puissent pas effacer mes souvenirs. Pour une fois, je regrette que ma malédiction n'ait pas provoqué une perte de conscience, un blocage de ma mémoire.

Burn se souviendra-t-il des événements de la veille ? Dans un cas comme dans l'autre, je me demande comment je pourrai le regarder en face. Je dois aller de l'avant. Je suis en sécurité. J'ai ma famille avec moi. Je peux me passer de Burn. Il le faut.

Drake et moi passons la matinée à visiter la Colonie en compagnie de papa. Nous parlons de la poursuite de ma formation – c'est ce qu'on appelle ici *l'école* – et de ce que j'entends faire de ma vie. Devant tous les choix qui s'offrent à moi, je ne veux surtout rien précipiter. Tout ce que je sais, c'est que je veux un travail qui ne soit pas dangereux, qui me permette d'aider les autres et de rentrer tous les soirs auprès de papa et de Drake.

Au milieu de l'après-midi, un homme apporte un message écrit à la main. Papa n'a pas l'air content.

— Qu'est-ce que c'est ? lui demandé-je.

— Rien qui doive vous inquiéter, les enfants.

Il prend son blouson.

— Tu sors ? demande Drake.

Papa fait signe que oui.

— Vous devriez descendre au lac, Glory et toi.

— Je veux t'accompagner, dit Drake.

On ne dirait pas qu'il a treize ans.

Papa secoue la tête.

— Je vais au pub. Pour assister à une réunion entre adultes.

— C'est quoi, un pub ? demande Drake. Je veux y aller.

Je mets la main sur l'épaule de Drake.

— Papa ne veut pas de nous. C'est pourtant clair.

L'expression de papa s'adoucit. Puis il pousse un soupir.

— Pourquoi pas, au fond ? Vous n'aurez qu'à m'attendre. Après la réunion, nous descendrons au lac, tous les trois. Qu'est-ce que vous en dites ?

— Super.

Drake bondit et serre papa dans ses bras. Je ne me souviens pas d'avoir été si heureuse. En moi, tout rayonne.

Le pub ressemble à l'endroit où nous avons mangé hier, sauf que, en plus des chaises et des tables, il y a, sur un côté, un long comptoir en bois. Des rires et des conversations remplissent l'atmosphère et je ne peux m'empêcher de sourire. Et pourquoi m'en empêcher ? Puis j'aperçois le commandant Rolph et mon sourire s'efface.

L'homme de grande taille se lève et me regarde fixement, comme s'il voulait quelque chose. Pendant un moment, j'ai peur qu'il me juge précieuse pour la même raison que le général Phadon. Puis je repousse cette théorie effrayante. Mon père nous conduit jusqu'à la table la plus éloignée, Drake et moi, et commande deux verres d'une boisson appelée « lait ». Puis il va rejoindre Rolph.

Une femme souriante en tablier rayé nous apporte notre lait. C'est un liquide blanc et épais à peu près inodore. Je n'arrive pas à trouver le courage d'y goûter, surtout après avoir appris par elle qu'il sort d'une vache. Drake, lui, descend son verre d'un trait, puis il se cale sur sa chaise et s'endort aussitôt.

En parlant à Rolph, mon père secoue souvent la tête, mais comme je le vois de dos, je n'entends pas ce qu'ils se disent dans le brouhaha ambiant. Après m'être assurée que Drake ne risquait pas de tomber de sa chaise, je m'approche lentement de papa et de Rolph. Dos au mur, en évitant de me faire remarquer, je m'arrête à un peu moins de deux mètres.

— Laisse-la tranquille, dit mon père en abattant son poing sur la table. Tu ne te serviras pas d'elle. Je ne le permettrai pas.

Il s'exprime d'une voix grave et forte. Bien que l'entendre prendre ma défense me réchauffe le cœur, la culpabilité a vite raison de cette sensation. Mon père m'a déjà sauvée d'assez de périls. Je n'aurais pas trop de dix existences pour lui rendre ce qu'il m'a donné.

— Tu ne te rends donc pas compte ? s'écrie Rolph. Elle seule en est capable. Dans les circonstances, sa situation est unique. En plus, elle maîtrise bien son don, qui est difficile à déceler.

— C'est trop dangereux, tranche papa.

— Nous avons besoin de son aide. À cause d'elle, Burn ne peut plus entrer dans le dôme. Et c'était l'un de nos meilleurs Extracteurs.

Je m'avance.

— Que vous faut-il ?

Je me sens nerveuse, entre l'excitation et la peur, mais je me ressaisis.

— Comment puis-je me rendre utile ?

Mon père se lève, repoussant sa chaise, qui tombe sur le sol avec fracas.

— Non.

— Papa, dis-je en posant la main sur son bras. Laisse-moi au moins l'écouter.

À contrecœur, mon père redresse sa chaise et se rassied. Je jette un coup d'œil à Drake, puis je m'installe entre eux, au bout de la table. Je me tourne vers Rolph.

— Vous avez quelque chose à me demander ?

— Aimerais-tu servir dans l'Armée de libération ?

— Devenir soldate ? dis-je en avalant avec difficulté. Je ne suis ni forte ni rapide.

— Tu possèdes d'autres atouts.

L'intensité du regard de Rolph m'effraie. Je baisse donc les yeux pour étudier le grain du bois de la table.

S'il me demande de tuer pour lui, c'est non.

— Que fait l'Armée, au juste ? Elle extrait les Déviants, un à la fois ?

Rolph se cale sur sa chaise.

— Notre mission est bien plus vaste.

— Que voulez-vous dire ?

— Elle consiste à renverser la Direction et à libérer les soi-disant employés.

— Comment ?

Il secoue la tête.

— Moins tu en sauras, mieux ça vaudra. Nous n'avons pas le temps de t'initier à la Résistance à la torture.

Je frissonne.

— La Direction croit que tu as été enlevée, explique-t-il. Tu possèdes un numéro d'employée valide. Si nous parvenions à te réintroduire dans le Havre, tu pourrais y vivre à visage découvert. On aurait quelqu'un à l'intérieur.

— Espionne? dis-je en inspirant par les narines et en laissant l'air sortir par ma bouche entrouverte. La Direction doit maintenant savoir que je n'ai pas été enlevée. Des Confs m'ont vue à l'Extérieur.

— Tu n'as pas été identifiée. Nos éclaireurs confirment que la Direction diffuse toujours ta photo et celle de Burn. Vous êtes encore recherchés, tous les deux.

Il secoue la tête et le côté gauche de sa bouche se retrousse.

— Ton petit ami est persistant et il a sûrement des appuis en haut lieu. Ce qui ajoute à ta valeur.

Je plisse les yeux. Non content de m'avoir dénoncée, Cal veille à ce que la Direction n'abandonne pas ses recherches. Sa trahison est sans limites.

— On cherche Drake aussi ?

— Seulement toi.

Je cale mon dos contre les barreaux de la chaise. C'est insensé. Si les Confs étaient venus arrêter Drake, ce soir-là, n'est-ce pas lui, et non moi, qu'on devrait rechercher ?

— Refuse, Glory, dit papa. Tu as déjà beaucoup souffert et tu n'es encore qu'une enfant. Je ne le permettrai pas.

Je gratifie mon père d'un mince sourire. Penser qu'il se préoccupe de moi, après les horreurs dont je me suis rendue coupable…

— Quel serait mon rôle ? demandé-je doucement.

Mon père me lance un regard courroucé, mais je prends sa main dans la mienne et je la serre.

— Je cherche juste à comprendre.

— Les détails restent à préciser, commence Rolph. Disons quand même que la participation de ton petit ami au Comité des jeunes pour l'éthique est une bénédiction.

Je me penche en arrière.

— Il n'est pas mon petit ami.

— Burn prétend le contraire.

Je grimace, incertaine de la cause du malaise que je ressens.

— Nous nous fréquentions avant mon départ, mais…

Mais quoi ?

— … je me demande, à supposer que je retourne là-bas, si nous continuerions de nous voir.

— Si tu acceptes notre proposition, conserve ton permis de fréquentation. Ne change rien à ta vie. Évite d'éveiller des soupçons. Compter dans ses rangs un soldat qui a des liens avec la Direction procurerait un avantage considérable à l'AL.

— Je n'ai pas de liens avec la Direction.

— Ton petit ami en a, lui.

Je baisse les yeux.

— Glory, poursuit Rolph, l'adhésion à l'AL est volontaire. Cela dit, avec toi, nous bénéficierions pour la première fois de la présence d'une agente infiltrée. Si ton petit ami membre du CJÉ a confiance en toi, nous saurons peut-être qui les Confs ciblent avant que ces personnes soient liquidées ou conduites à l'Hôpital.

Il pose la main sur mon épaule.

— Tu pourrais sauver de nombreuses vies.

— Non ! crie Drake.

Je ne l'avais pas vu s'approcher. Il repousse la main de Rolph.

— Elle ne retournera pas au Havre. Jamais.

— Je suis d'accord, dit papa. C'est trop dangereux.

Mon regard va de Drake à mon père. Ma bonne humeur s'effrite. Vivre ici, en famille... Je savais bien que c'était trop beau pour être vrai. Trop beau pour une fille qui a tué sa mère et paralysé son frère.

L'idée de quitter cet endroit m'est toutefois insupportable.

Drake m'agrippe par le bras et m'entraîne vers lui. Prenant mon visage entre ses mains, il me regarde droit dans les yeux.

— Tu ne peux pas y aller, dit-il d'un ton féroce. Tu as promis. Tu as promis de ne plus jamais m'abandonner.

Je sors du pub en courant. Sans savoir où je vais, je galope dans les rues, des émotions allumant des étincelles derrière mes yeux. Je fixe le sol.

Fuyant la foule, je fonce vers le lac. Là, je me penche, pantelante, et j'attends de reprendre mon souffle. Les poils se dressent sur ma nuque. Me relevant, je pivote sur mes talons.

Burn. À six ou sept mètres, les jambes écartées, les bras croisés sur la poitrine.

Je m'avance vers lui d'un pas lourd.

— Arrête de me suivre. Laisse-moi tranquille.

Il rectifie sa posture sans s'éloigner. Une fois devant lui, je le pousse, fort, sur les épaules. Il ne bronche même pas. Je le frappe sur le bras, là où il était blessé. Vif comme l'éclair, il me saisit par le poignet avant que j'aie pu récidiver.

Je veux le regarder, mais il porte ses lunettes foncées.

— Enlève ça, espèce de lâche ! lui crié-je.

Sans me libérer, il retire ses lunettes, puis il se penche sur moi pour me regarder droit dans les yeux.

— Ça va, comme ça ? Je suis assez proche pour que tu me tues ? C'est ce que tu veux ?

Je me détourne, mais il se déplace et croise de nouveau mon regard.

— Allez, Glory. Fais-moi mal. Comme je t'ai fait mal hier, hein ?

Je ne dis rien.

— Hein ?

On aurait dit un grognement.

— Oui, lancé-je en crachant presque. C'est ça que tu veux entendre ? Tu m'as blessée et effrayée.

Il lâche mon poignet et recule de quelques pas.

— On ne peut plus, tu sais.

— Quoi donc ?

Les deux mots ont quitté ma bouche, bien que je connaisse déjà la réponse.

— Nous embrasser.

Il lève les yeux, les joues et le cou cramoisis.

— Je ne peux pas. Pas avec toi, en tout cas.

— Pas avec moi ? répété-je avec le sentiment d'être broyée de l'intérieur. Que veux-tu dire ?

— Je croyais que seule la rage pouvait éveiller le monstre. Je ne m'étais jamais transformé… en monstre… en présence de quelqu'un que j'aime bien.

Il recule encore et ses mollets heurtent un rocher. Il perd l'équilibre, tombe sur la pierre et enfouit sa tête dans ses mains.

— Qu'est-ce que je t'ai fait ?

Je m'assieds à côté de lui. Je voudrais le toucher, mais j'en suis incapable.

— Je suis bien placée pour savoir ce que c'est de blesser quelqu'un, sans le vouloir, pour ensuite tout oublier.

Il reste un long moment sans rien dire. Je décide donc de rompre le silence.

— On m'a proposé de m'enrôler dans l'Armée de libération.

— Je sais. Rolph m'a demandé si tu serais à la hauteur.

Je prends une profonde inspiration.

— Et que lui as-tu répondu ?

— Je lui ai dit que tu saurais affronter toutes les situations.

— Je ne suis pas certaine de pouvoir faire face à Cal.

Il redresse brusquement la tête et, pour un peu, je me giflerais.

— Parce que j'ai envie de le tuer, ajouté-je pour éviter de déclencher en Burn un accès de jalousie.

Il n'a pas besoin de savoir que Rolph me demande aussi de garder mon permis de fréquentation et de me comporter comme si rien n'avait changé.

— Pourquoi voudrais-tu tuer Cal ?

— Pour les torts qu'il nous a causés, à Drake et à moi. Il a lancé les Confs à nos trousses.

Burn se penche en arrière et examine le ciel. Il se déplace légèrement et la lumière du soleil souligne les muscles de ses avant-bras.

— Ça ne s'est pas passé comme ça, à mon avis.

— Voyons, Burn. Il était au courant pour Drake. Il est dans le CJÉ. C'est lui qui a guidé les Confs jusqu'à nous. Tu étais là !

Burn se relève et croise les bras sur sa poitrine.

— Cette nuit-là, c'est moi qu'ils cherchaient. Pas Drake.

Tressaillant, je dresse brusquement la tête. Je passe en revue les terribles événements, les mots de Cal, les conversations que j'ai surprises dans le tunnel. Aucune allusion à mon frère. Absolument aucune.

Si Burn a raison, Cal ne m'a pas trahie.

Les conséquences ajoutent au poids de la culpabilité que je porte déjà sur mes épaules. Je dois alléger ce fardeau, expier mes fautes.

— Tu ne peux vraiment pas remettre les pieds au Havre?

Il baisse les yeux.

— Si j'évite les Confs et leurs caméras…

— Tu ne dois pas courir de risques inutiles. Ils vont t'attraper. Tu ne peux pas rentrer dans le dôme.

Il grogne.

— Ce sera comment, si je m'enrôle?

Il se penche en arrière.

— Je ne sais pas. Pour toi, ce sera différent. Nous, nous devons nous cacher. Entrer dans le Havre et en sortir en douce. Passer par les tunnels. Rester dans l'ombre. Toi, tu y serais en tant qu'employée.

— Ce serait plus facile?

Il se tourne et me regarde dans les yeux.

— Plus facile et plus difficile en même temps.

Je me mordille la lèvre inférieure en méditant ses mots. Tant et aussi longtemps qu'on croira que j'ai été enlevée, je pourrai circuler librement, vivre en toute légitimité, réclamer mes rations. En revanche, je ne pourrai pas aller et venir à ma guise, comme Burn.

— Je pourrai venir dans la Colonie pour voir ma famille?

Et te voir, toi.

— Tu ne pourras pas sortir du Havre.

Ma poitrine se serre. C'est pourtant évident. Dès mon retour, on m'affectera à un poste. Si je m'absente, la Direction se doutera de quelque chose et je serai démasquée. Des étincelles crépitent derrière mes yeux et, face à l'impitoyable réalité, je détourne le regard. Si j'accepte l'offre de l'AL, je serai séparée de ma famille. Je ne verrai pas Drake devenir un homme. Je n'aurai pas la possibilité de rendre à mon père une partie de ce qu'il a fait pour moi. Je n'y réussirais jamais, de toute manière.

Voilà.

L'Armée m'offre l'occasion de corriger mes torts, d'accomplir mon devoir, de sauver des personnes en danger.

Je me tourne vers Burn.

— Tu crois que je devrais accepter ?

— C'est à toi de décider.

— Mais toi, qu'est-ce que tu en penses ?

Il marque une pause, puis il se tourne vers le lac.

— Si on t'attrape, on ne risquera même pas la liquidation : on te tuera.

Burn me laisse seule pour réfléchir et je reste assise là pendant des heures à fixer le lac, à regarder les reflets du soleil glisser sur sa surface, changer la couleur de l'eau jusqu'à ce que, au clair de lune, elle devienne bleu foncé. Mes bras se couvrent de chair de poule et je les frotte, puis je me couche sur la pierre, où est emmagasinée la chaleur du soleil. Comment m'en aller d'ici ? Comment rentrer au Havre, maintenant que j'ai vu l'Extérieur ?

Et j'ai beau être la reine des secrets, comment ne pas parler à Jayma – et à Cal – de ce que j'ai vu ? Je devrai cacher tant de choses à Cal. Lui mentir. L'inciter à me confier des secrets, tout en gardant les miens profondément enfouis.

Je me tourne sur le côté et remonte mes genoux sur ma poitrine. J'étais sûre d'avoir été trahie par Cal. Pourtant, les hypothèses de Burn tiennent la route. Il n'a jamais été question de Drake, ni cette nuit-là, ni plus tard, dans les tunnels. C'est Burn, et non Cal, qui a attiré les Confs jusqu'à nous.

Burn les a entraînés jusque dans notre immeuble et je les ai entraînés, moi, jusqu'à notre appartement. Si j'avais écouté Cal et que je les avais laissés me poser des questions dans le couloir, ils ne seraient peut-être pas venus jusque chez nous, du moins pas avant que j'aie pu cacher Drake quelque part.

Je n'ai aucune idée du nombre de Déviants qui se cachent au Havre, du nombre de personnes qui, comme Drake, dissimulent des blessures ou des maladies, du nombre d'innocents qui souffrent ou risquent d'être liquidés. En restant ici, je ferais preuve d'égoïsme. Je crois bien que je ne pourrais plus me supporter en sachant que j'ai tourné le dos à tous ces gens.

J'ai toujours considéré ma Déviance comme une malédiction, mais je me rends compte à présent qu'elle peut aussi être vue comme un don… et que j'ai de la chance. De la chance que mes yeux ne luisent pas follement, que ma peau ne se transforme pas, de la chance de n'avoir ni dents acérées sur les jointures ni branchies dans le cou. De la chance de pouvoir cacher ce qui fait de moi un être pas comme les autres – une Élue.

Et, avec un peu d'entraînement, j'apprendrai à encore mieux maîtriser mon don. De la même façon que j'ai appris à me débrouiller toute seule, alors que je ne savais pratiquement rien de la vie. Depuis que j'ai été exposée à la poussière, je me maîtrise d'ailleurs déjà mieux. Je conserve mes souvenirs et, la dernière fois, je ne me suis pas évanouie. Peut-être Burn apprendra-t-il lui aussi à apprivoiser la bête qui sommeille en lui. Évidemment, je ne serai pas là pour en voir les résultats.

— Glory !

C'est mon père qui m'appelle.

— Où es-tu ?

Il semble terrifié.

Je me lève et j'agite la main.

Aussitôt, j'ai moins froid. Mon père m'aime. Il se soucie de moi. Je suis en sécurité.

Devant l'altruisme de tant d'autres, je ne dois pas penser qu'à moi. Je ne peux pas rester ici.

CHAPITRE TRENTE

— Je vais l'emmener, moi.

Burn s'avance et Rolph lui lance un regard furieux. De toute évidence, notre commandant n'aime pas qu'on lui coupe la parole. Je n'ai eu droit qu'à trois journées d'instructions, mais j'ai compris que les soldats de notre rang ne doivent s'adresser à Rolph qu'en réponse à une question. En un sens, l'armée n'est pas très différente de la Direction du Havre. Réflexion que je garde pour moi.

— Non, répond Rolph. C'est l'équipe Delta qui s'en occupe.

— Monsieur, commence Burn en écartant les jambes et en bombant le torse, la Direction croit que c'est moi qui ai enlevé Glory. Si l'équipe Delta est découverte, elle sera démasquée. Si on me trouve avec elle, sa version des faits se confirme.

— Mais tu seras arrêté, dis-je doucement.

Rolph pose sur moi un regard réprobateur. Burn, lui, ne se détourne pas. Je ne suis même pas certaine qu'il ait entendu.

Une fois de plus, je sens la peur m'envahir devant la réalité de la décision que j'ai prise. Je peux mourir avant même d'arriver au Havre. Quant aux risques que je courrai une fois à l'intérieur…

Je donne à la peur l'ordre de battre en retraite.

— De plus, continue Burn, nous aurons de meilleures chances à deux qu'à plusieurs. J'ai l'habitude de travailler en solo. Vous savez combien de fois j'ai réussi à entrer dans le dôme et à en sortir à l'insu de tous… monsieur.

On dirait le mot ajouté après coup.

Rolph plisse les yeux.

— C'est un atout précieux, cette fille. Si tu échoues…

— Je n'échouerai pas, monsieur.

— Ça vaudrait mieux pour toi.

Sur ces mots, mon destin est scellé. Plus moyen de faire marche arrière. Je pars.

Je mets de l'eau dans mon petit sac, à côté des provisions que j'ai réunies en prévision du voyage. Renoncer aux aliments frais et variés est un autre des inconvénients de mon choix. Pour moi, c'est le retour au gruau, aux légumes mous et à la viande de rat. Mais c'est un petit prix à payer en regard de ce que j'accomplirai.

Mon père tire le rideau devant mon lit, s'assied et m'invite d'un geste à m'installer à côté de lui.

— Tu peux changer d'idée, tu sais.

— Je veux y aller.

— Tu sais que rien ne t'y oblige, hein ?

Je hoche la tête.

— Rolph m'a donné le choix. Il a établi clairement que c'était strictement volontaire.

Pendant qu'il me donnait ses directives, il m'a plusieurs fois offert la possibilité de reculer.

— Ce n'est pas Rolph qui m'inquiète. Ni la pression qu'il aurait pu exercer.

Je regarde mon père d'un air interrogateur.

— Je sais ce qui te motive, dit-il en prenant ma main dans la sienne. Et tu as tort. Rien ne t'oblige à y aller.

Je secoue la tête.

— Je ne vois pas où tu veux en venir.

— Pas d'histoires, Glory. C'est la culpabilité qui te pousse à agir ainsi. Pour ce qui est arrivé à ta mère, à ton frère et à moi.

Il serre ma main plus fort.

— Pour notre famille, l'Extérieur est un environnement beaucoup plus propice. Et ta mère t'en voudrait de courir des risques pour te punir de lui avoir fait du mal.

Je retire ma main.

— Ce n'est pas pour ça que j'y vais.

J'ai beau prétendre le contraire, il a raison, du moins en partie, même si les mots « fait du mal » sont nettement en dessous de la vérité.

— Pense à toutes les personnes que je pourrai peut-être sauver, papa. Je peux apporter ma contribution. Je crois que c'est ce que maman aurait voulu.

Il pince les lèvres sans me contredire.

— Et Cal ? demande-t-il, visiblement préoccupé. S'il découvrait qui tu es vraiment ?

Les émotions menacent de déclencher mon don, mais je me ressaisis et je regarde papa droit dans les yeux.

— Ne t'inquiète pas. Je ne suis pas assez bête pour lui dire toute la vérité. Cela dit, il a confiance en moi. Je pourrai me servir de lui pour transmettre de l'information provenant des membres du CJÉ et jouer la Normale. Personne ne soupçonnera l'amie d'un membre du comité.

Et si je suis à la lettre les ordres de Rolph, nous ne nous contenterons pas d'être amis : nous sortirons ensemble, Cal et moi.

— Reste avec nous, s'écrie Drake en s'avançant à grands pas. Qui va s'occuper de moi, si tu t'en vas ?

Je me lève pour le serrer dans mes bras.

— Papa va veiller sur toi, dis-je.

Puis je recule d'un pas et je souris à Drake.

— D'ailleurs, tu es assez grand pour te débrouiller tout seul.

— Là n'est pas la question.

— Il faut que j'y aille, Drake. Je le veux vraiment. Sois sans crainte. On se reverra bientôt.

Je n'ai aucune idée du moment précis, cependant, et cette idée me hante. Je souris de nouveau et je feins de lui donner un coup de poing sur le bras.

— Et qui va veiller sur Jayma si je ne retourne pas là-bas ?

À l'évocation de ce nom, je vois un élan de regret traverser le regard de Drake, et je lui fais un autre câlin.

— Je n'irai peut-être pas jusqu'au Havre. Si nous ne sommes pas sûrs à cent pour cent que la Direction croit toujours à la thèse de l'enlèvement, je rentrerai avec Burn.

— Non, dit-il. Si la Direction ne croit pas que tu as été kidnappée, elle…

Je l'interromps.

— Pas de danger.

Je prends mon sac. Par la fenêtre, je vois le ciel matinal qui se colore de rose.

Burn sera là d'un instant à l'autre.

CHAPITRE TRENTE ET UN

Quand il s'est vanté auprès de Rolph de pouvoir me ramener au Havre sans encombre, Burn ne plaisantait pas. Nous avons progressé rapidement, moi sur son dos chaque fois qu'il détectait la présence de Déchiqueteurs et que nous devions courir plus vite que ne le permettent mes jambes plus courtes. Hier, nous sommes arrivés à l'embouchure des tunnels juste après la tombée de la nuit. Nous avons mis deux fois moins de temps au retour qu'à l'aller.

Cette fois-ci, nous avons suivi d'autres tunnels – non pas que, dans le noir, j'aie remarqué la différence. Deux fois, nous avons failli tomber sur des Confs, mais Burn les a entendus venir longtemps avant que je détecte leurs pas lourds, et nous nous sommes cachés pour les laisser passer.

Dans ces cachettes exiguës, Burn s'efforçait de ne pas me toucher. Pour ma part, j'ai trouvé l'attirance électrisante que nous avons l'un pour l'autre à la fois excitante, dangereuse et triste. Un rappel, en somme, de ce qu'il ne peut y avoir entre nous. Maintenant que nous sommes arrivés à destination, j'ai les nerfs à fleur de peau et les genoux tremblants. Bien que ma malédiction ne me semble pas sur le point de se déclencher, je n'ose pas regarder Burn dans les yeux.

Il m'a guidée jusqu'à une échelle qui s'élève sous une ruelle du secteur industriel, au nord-est du Havre. Si j'y grimpe maintenant, au milieu du quart de nuit, il y a peu de risque qu'on me voie sortir par le trou recouvert d'une plaque en métal que Burn appelle « un regard ». Il l'a déjà poussée sur le côté. Je m'allongerai sur la route, où je feindrai de dormir ou d'avoir perdu connaissance en attendant qu'on me trouve. Ensuite, je prétendrai qu'on m'a assommée et abandonnée là.

— Prête ? demande-t-il.

— Aussi prête que possible.

Il me tend mon sac après s'être assuré qu'il était dépourvu de la moindre poussière ou trace de nourriture provenant de la Colonie.

— Et ta couverture ?

— Je la connais par cœur.

En cours de route, j'ai répété l'histoire que je raconterai à la Direction pour expliquer mon absence jusqu'à pouvoir la réciter à sa satisfaction, sans hésiter et sans donner l'impression de la citer de mémoire.

— C'est le moment des adieux, alors, dis-je en tendant les bras.

Il recule d'un pas.

— Ouais.

Mon cœur se serre. Depuis la soirée sur le rocher, nous ne nous sommes pas touchés, sauf lorsque je chevauchais sur son dos, et ce contact me manque.

J'espère qu'il sera l'Extracteur auquel je serai jumelée, celui qui fera sortir du Havre les Déviants avec qui j'entrerai en contact. Lorsque j'ai dit à Rolph que je n'acceptais d'entrer dans la clandestinité qu'à condition de travailler avec Burn, il m'a clairement indiqué que je ne pouvais pas formuler une telle exigence.

Ma première mission consiste à réintégrer ma vie au Havre et à regagner la confiance de Cal. Après les événements récents, l'idée de redevenir sa petite amie me fait une drôle d'impression, un peu comme si celle qui portait le bracelet était une autre.

Je dois attendre de nouvelles directives avant de tenter d'identifier des Déviants ou d'entrer en contact avec eux. Travailler contre la Direction dans la clandestinité sera périlleux. Pour le moment, cependant, je redoute d'affronter Cal plus que les Confs.

Burn lève la main et, en respirant avec difficulté, j'incline mon visage. Je viens à la rencontre de sa caresse, peut-être de son baiser. Un petit baiser ne risque pas d'éveiller la bête. De toute manière, je suis prête à courir ce risque.

Son pouce suit le contour de ma joue, et mes lèvres tressaillent et picotent. Au lieu de m'embrasser, il promène son doigt sur mon front.

— C'est mieux comme ça, dit-il d'un ton bourru.

Je rouvre les yeux.

— Quoi ?

— Si tu es toute propre, on ne croira jamais que tu as été retenue dans le bac d'entreposage d'une usine. S'il y a un peu de suie sur la route, là-haut, enduis-en bien tes vêtements avant de t'endormir.

— Bonne idée, dis-je en hochant la tête. Et merci de m'avoir emmenée jusqu'ici.

Sa mâchoire tremble et j'ai envie de la toucher pour calmer ses muscles tendus, d'appliquer mes lèvres sur les poils qui poussent sur sa lèvre supérieure, mais je m'en abstiens. Le moment est venu de renoncer à ces rêves absurdes. Nous sommes soldats, lui et moi, et de toute façon, jamais nous ne pourrons nous aimer.

En plus d'être séparés physiquement – lui incapable d'entrer dans la ville et moi d'en sortir –, nous sommes tous les deux conscients du danger que nous représentons l'un pour l'autre. Si l'un de nous perd son sang-froid, l'autre risque de mourir. Peut-être les deux.

— Merci encore de m'avoir emmenée jusqu'ici. Merci pour tout.

Il baisse les yeux. Incapable de résister, je serre son avant-bras avant de me tourner vers l'échelle.

J'ai gravi seulement deux échelons lorsqu'il me prend la main, me retourne et me serre contre lui. Je suis toute petite dans ses bras, mes pieds ballent dans le vide et je blottis mon visage dans son cou pour consigner son odeur dans ma mémoire.

— Sois prudente, dit-il. Surtout, pas de risques inutiles.

— Tu peux compter sur moi.

— Promis?

— Promis.

Il me redépose sur l'échelle et je grimpe.

— Et Glory, lance-t-il, méfie-toi de Cal.

À l'idée que, à partir de maintenant, je vais devoir faire semblant d'être amoureuse de Cal, agir comme s'il était celui que je veux, je sens s'activer toutes les terminaisons nerveuses de mon corps. Cherchant des paroles d'apaisement, je me penche pour jeter un dernier coup d'œil à Burn. Il a disparu.

Je poursuis mon ascension jusqu'à l'endroit que j'associais auparavant à la sécurité. À vrai dire, je ne me suis jamais tout à fait sentie en sécurité, bien que j'aie été persuadée que vivre dans le Havre était le seul moyen d'être à l'abri, le seul moyen de survivre. Le Havre est synonyme de sécurité.

Ha ! ha !

Le Havre est synonyme de danger.

CHAPITRE TRENTE-DEUX

On a allumé le soleil il y a au moins quinze minutes et, du coin de l'œil, je vois la ruelle sombre s'éclairer peu à peu, les ombres s'allonger sur le mur d'en face. Le plan élaboré par Burn a de meilleures chances de réussir si, au moment où on me repère, j'ai l'air inconsciente ou, à tout le moins, endormie. La surface est dure et mon corps a une irrépressible envie de bouger. Mais je dois y résister.

Burn était certain qu'une patrouille de Confs passerait avant le lever du jour. À présent, je crains que ce soit des ouvriers qui me trouvent. La nervosité me retourne l'estomac. Je suis terrifiée à l'idée de tomber sur des Confs, mais mon histoire sera plus crédible s'ils me découvrent eux-mêmes.

De lourds bruits de pas retentissent au bout de la ruelle. J'oblige mes yeux à se fermer, mon corps à se détendre. Mon cœur bat follement et j'espère qu'on ne s'en aperçoit pas de loin.

— Hé ! tonne une voix. Qu'est-ce que tu fais là ?

Je ne bronche pas.

— Le premier quart de travail débute seulement dans une heure. L'accès à cette ruelle est interdit, sauf au moment du changement d'effectif.

Mes muscles menacent de me trahir en frémissant. Les lourdes bottes s'approchent et je ne bouge toujours pas. À en juger par le vacarme, il y en a plus d'un.

— Debout !

L'un d'eux me pousse du bout de sa botte et je roule sur le côté.

Je reçois une gifle et j'ouvre les yeux. La lumière de la torche qu'un Conf me braque dans le visage me fait loucher.

— Où suis-je ? balbutié-je, heureuse du son rauque de ma voix.

Pas étonnant. Je n'ai rien bu depuis je ne sais combien de temps.

— Qu'est-ce que tu fabriques là ? demande le Conf. Ton numéro d'employée ?

— C'est elle, dit un autre Conf en s'avançant pour mieux voir. La fille kidnappée…

Je me hisse sur un coude, le pavage éraflant ma peau. Désorientée, je regarde autour de moi.

Le premier Conf me prend sous les bras et me remet debout. Ses gants blindés pincent ma peau.

— Comment es-tu arrivée ici ?

Secouant la tête, je balaie les environs des yeux, l'air ébahi. Puis je souris et, tendant les bras vers un Conf, je le serre dans mes bras.

— Je suis libre. Il m'a libérée. Merci au Havre.

Puis, en m'abandonnant dans ses bras, je récite :

— Le Havre est synonyme de sécurité.

L'autre Conf s'empare de moi et me pousse contre le mur.

— Qui te retenait ? Où ? Qu'a-t-il dit ? Pourquoi es-tu restée si longtemps sans donner signe de vie ?

Les yeux écarquillés, je feins sans mal la terreur. Puis je secoue la tête sans dire un mot.

Les deux Confs s'éloignent un moment et confèrent entre eux à voix basse. Je tends l'oreille.

— Il faut la conduire au Quartier général.

— Personne ne doit la voir. Bâillonne-la et passe-lui une cagoule.

Je m'adosse au mur du Centre de détention du Service de la conformité. J'ai commis une erreur en revenant. On m'interroge depuis des heures. On ne me croit toujours pas.

Dans cet immeuble, on m'a pris toutes mes affaires, y compris mes vêtements. On me les a rendus après les avoir vaporisés à l'aide d'un puissant jet de dépoussiérage, bien que je leur aie répété ne jamais avoir mis les pieds à l'Extérieur. Puis j'ai été conduite dans une petite pièce équipée de caméras et de puissants projecteurs aux huit coins, tous braqués sur la chaise où on m'a fait asseoir. Pendant des heures, des voix venues de l'extérieur de la pièce m'ont bombardée de questions, toujours les mêmes. Ma voix a fini par s'érailler. L'éclairage vif me brûle les yeux. Plus moyen de dissimuler ma peur.

Qui t'a enlevée ? Où t'a-t-on détenue ? Es-tu Déviante ? Connais-tu des Déviants ? Depuis combien de temps es-tu Déviante ? Tes ravisseurs t'ont-ils fait du mal ? Où t'ont-ils emmenée? Pourquoi une si longue absence? Pourquoi t'ont-ils libérée?

Et je répète les mêmes réponses. J'ai été enlevée par un terroriste Déviant. Il m'a détenue dans une petite boîte. Pendant tout ce temps, j'ai eu les yeux bandés. Je ne sais pas où j'étais. Je ne suis pas Déviante. Je tiens pour acquis que mon ravisseur était Déviant. Je n'ai pas été témoin des effets précis de sa Déviance. Tout ce que je sais, c'est qu'il était fort. Il a essayé de me convertir. Il voulait que je renie le Havre, que je devienne terroriste. J'ai refusé. Il a fini par renoncer et il m'a abandonnée dans la ruelle où j'ai été retrouvée.

Les mêmes mensonges, encore et encore.

Après vingt répétitions, j'y crois moi-même. Après trente, les mensonges me semblent plus vrais que Burn ou même mon père, plus crédibles que la Colonie ou la vision de mon frère en train de marcher.

Une ombre passe devant la petite fente de la porte en bois de ma cellule. On entre.

Je me crispe.

— Bonjour, Glory.

C'est M. Belando. Le vice-président adjoint de la Conformité à qui Cal m'a présentée.

Je ne réponds pas.

— J'espère qu'on ne t'a pas fait de mal.

Je ne bouge pas. Si on l'envoie, lui, c'est que je suis dans de beaux draps. Plus encore que je l'avais imaginé. On ne me croit pas. Je serai liquidée… ou, avec de la chance, simplement tuée.

Il dépose une chaise, referme derrière lui et s'assied en face de moi.

— Tu as subi une terrible épreuve, dit-il. Tu devais être terrorisée.

Je garde le silence.

— Cal demande à te voir.

Je lève brusquement la tête.

Il sourit.

— Il a reçu de l'avancement, tu sais.

Je me mordille les lèvres.

— En reconnaissance du rôle qu'il a joué dans la poursuite de ton ravisseur dans les tunnels, on l'a autorisé à subir les examens d'admission. Il a réussi. Premier de son groupe. Il commence le programme de formation des agents de conformité la semaine prochaine.

Mon estomac se retourne, mais j'ai soin de dissimuler ma réaction. Cal deviendra un Conf. C'est ce qu'il voulait en s'associant au CJÉ. Pourtant, je suis incapable de m'en réjouir. Il sera un agent de conformité de l'organisation que je me suis engagée à renverser. Lorsque Cal sera un Conf, je frayerai avec l'ennemi. À condition, évidemment, de vivre jusque-là.

M. Belando se croise les jambes et se cale sur sa chaise.

— Tu as confiance en moi ?

Je hoche la tête.

— Bien, dit-il. Parce que j'ai une proposition. Un marché qui ne vaut que si nous nous faisons réciproquement confiance.

Je frotte mon doigt à l'endroit où devrait se trouver l'alliance de ma mère et mon rythme cardiaque s'apaise.

— Tu seras toi aussi admise dans le programme de formation des agents de conformité.

Il plaisante. C'est un piège. Il connaît la vérité au sujet de mon prétendu enlèvement et il cherche à obtenir une confession.

— Tu seras un atout précieux pour le Service de la conformité et, plus important encore, pour moi.

C'est sûrement un piège que je dois chercher à comprendre.

— Un atout précieux en quoi?

Il se fend d'un large sourire.

— Tu n'as donc pas perdu l'usage de la parole!

Je plisse les yeux.

— Pendant que tu étais retenue en otage, tu as acquis des informations de première main sur l'organisation des terroristes, leurs méthodes et leurs motivations.

Il décroise ses jambes et se penche vers moi.

— Non?

Il n'est pas tellement difficile de feindre un frisson.

— Ce sont des fous dangereux.

— Évidemment, concède-t-il en approchant sa chaise, dont les pieds raclent le sol. Voilà justement ce que tu peux apporter aux Confs: des données sur les Déviants. Personne ne les a côtoyés autant que toi. Tu travailleras dans la clandestinité. Tu démasqueras les traîtres. Et si jamais tu parviens à attirer de nouveau l'attention des terroristes, tu les persuaderas que tu as changé d'avis et que tu soutiens désormais leur cause. Tu infiltreras leur organisation, travailleras contre eux de l'intérieur.

— Pourquoi moi?

— J'ai consulté tes évaluations de rendement, tes antécédents familiaux. Et ce que j'ai vu ici aujourd'hui a suffi à me convaincre que tu n'es pas Déviante.

Il s'interrompt et mon estomac se contracte.

Il corrige sa position sur sa chaise et me lance un regard furieux.

— Ton père, un Déviant, a tué ta mère et ton frère. Tu as plus de raisons de les détester que la plupart d'entre nous.

— Je les déteste.

— Naturellement.

Je prends une profonde inspiration.

Le danger que je cours vient de s'aggraver. Je travaille déjà clandestinement pour l'Armée de libération.

D'ailleurs, la proposition de M. Belando me laisse sceptique. Moi, une Conf? C'est insensé. Je ne serai jamais admise dans le programme.

— Je ne suis pas assez forte. Je ne réussirai jamais les examens d'admission.

Pendant les tests d'admission, au moins un candidat perd toujours la vie. D'autres meurent en cours de formation.

Son dos se raidit.

— Je suis le vice-président adjoint de la Conformité. Si je veux que tu sois acceptée dans le programme, tu le seras, peu importe ce que cet arrogant…

Ses lèvres cireuses se pincent, puis il fait glisser sa paume sur ses cheveux déjà parfaitement coiffés.

— Disons que je m'en charge.

— Mais les examens d'admission, le processus de sélection…

Si j'insiste, il me livrera peut-être plus d'informations.

Sa mâchoire frémit.

— Les agents de conformité ne sont que le bras armé de mon service. C'est moi qui commande, et non ce capitaine recruteur assoiffé de pouvoir.

Sur son front, en diagonale, je vois battre une veine protubérante.

— Si je décide que tu es du programme, tu es du programme ; si je décide que tu obtiens ton diplôme, tu obtiens ton diplôme.

— Oui, monsieur.

Je ne vois pas ce que je pourrais dire d'autre.

— Je peux compter sur toi ? demande-t-il d'une voix soudain plus enjouée. Tu veux participer à l'éradication des Déviants ?

Je lève le menton et je carre les épaules.

— Je suis prête à tout pour me venger.

Déjà, je mens avec plus d'aisance. Il se lève.

— Bien, très bien.

Je sens la bile me monter à la gorge, mais je souris comme si je venais d'apprendre la meilleure nouvelle du monde. Je n'ai aucune idée de ce qu'il sait déjà ni de ce qu'il attend de moi.

— Je peux vous poser une question ?

— Oui ?

— Vous avez dit que je serais un atout précieux pour vous en particulier, et pas seulement pour les Confs. Qu'entendiez-vous par là ?

La question a l'air de le réjouir. Il pose sur mon épaule une main lourde et moite.

— Chaque chose en son temps.

— Mais je ne sais pas à quoi je m'engage…

M. Belando baisse sur moi son regard et cligne des yeux.

— J'ai besoin, au sein du service chargé de l'application des règlements, d'une personne qui sera mes yeux et mes oreilles, d'une personne que j'aurai moi-même affectée au programme de formation des agents de conformité, d'une personne qui ne doit rien au comité de sélection.

Il décrit autour de moi des cercles de plus en plus étroits.

— J'ai cherché quelqu'un, une personne qui possède un certain feu intérieur. Après avoir observé ton interrogatoire, je crois l'avoir trouvée. Tu es plus coriace que tu en as l'air. Et je sais que je peux me fier à toi.

— Pourquoi ?

Je regrette aussitôt la question.

Il plisse les yeux.

— C'est tout simple. Au premier faux pas, je fournis des documents qui prouvent que tes ravisseurs t'ont convertie et que tu agis pour le compte des terroristes.

Il sourit.

— À titre de garantie supplémentaire, j'ajoute que je ferai supprimer ton petit ami.

Mon estomac se tord et se retourne. Je ne suis pas absolument certaine que Cal ne m'a pas trahie, mais je ne suis pas particulièrement enchantée d'entendre cet homme proférer des menaces contre lui. Il faut qu'il choisisse quelqu'un d'autre. Je ne peux pas jouer un tel rôle.

— Vous avez dit que c'était un marché. Moi, qu'est-ce que j'obtiens en échange ?

Son sourire s'assombrit.

— Je savais bien que tu étais futée. Tu seras parfaite.

— Vous n'avez pas répondu à ma question.

— Accepte et tu auras la vie sauve.

Devant son sourire, un frisson parcourt mon échine.

— Je ne comprends pas.

— Maintenant que je t'ai présenté ma proposition, deux choix s'offrent à toi : tu acceptes ou je te fais éliminer.

Ma poitrine se dégonfle et je renonce à essayer de cacher ma peur. Je garde les yeux baissés.

— J'ai hâte de travailler avec vous, monsieur.

— Je t'en prie, dit-il. Trêve de formalités. Appelle-moi M. Belando.

CHAPITRE TRENTE-TROIS

Quelques heures plus tard, deux Confs m'escortent jusqu'à la porte de l'immeuble en me tenant fermement par les bras, comme si je représentais un danger mortel immédiat. *Si seulement ils savaient…*

Ils ouvrent et me poussent dans une ruelle étroite, où je tombe à genoux. Dès que la porte se referme sur un déclic sonore, Cal sort de l'ombre, m'aide à me relever et me prend dans ses bras.

— Tu es blessée ? J'étais terrifié à l'idée de ne plus te revoir.

Il me serre fort contre lui et je dois avouer que je trouve un certain réconfort dans la chaleur et la force de ses bras.

Puis, reprenant mes esprits, je me crispe aussitôt.

— Comment as-tu su que j'étais ici ?

C'est une conspiration aux multiples ramifications. Je ne dois pas baisser ma garde.

— M. Belando m'a indiqué le moment et l'endroit où tu serais remise en liberté.

Il me gratifie d'un autre câlin. Cette fois, je le repousse en appuyant sur sa poitrine.

— Pas de ça.

— Tu es blessée ! s'exclame-t-il en reculant d'un pas.

— Je vais bien.

Je frotte mes bras, puis je les croise sur ma poitrine, surtout pour empêcher Cal de me serrer de nouveau contre lui. Mon corps et mon esprit ne sont pas sur la même longueur d'onde. Mon corps croit encore que Cal m'a trahie, tandis que mon esprit doit faire semblant que rien n'a changé entre nous.

— M. Belando t'a parlé ? demande Cal, dont les yeux respirent l'inquiétude. Il m'a dit que tu serais libérée.

— Oui.

Je m'efforce de rester calme, de maîtriser mes émotions, de me rappeler ma mission. Je réussirai. Je peux feindre que Cal est mon petit ami. Je peux feindre que les Déviants sont mes ennemis. Je peux feindre d'être Normale. Dans ce domaine, je suis déjà une experte.

— Qu'est-ce qu'il a dit ?

Cal me regarde, les yeux débordant d'espoir.

— J'ai reçu mon affectation. Formation des agents de conformité.

Les mots résonnent curieusement sur ma langue, comme les boissons et les aliments que j'ai goûtés pour la première fois dans la Colonie. Sauf que les mots sont dégoûtants.

— Moi aussi !

Cal s'élance de nouveau vers moi. Je baisse les bras et le laisse me serrer contre lui.

— Désormais, plus de secrets entre nous, décrète-t-il. Une fois que nous serons des Confs, toi et moi, nous pourrons traquer les Déviants ensemble.

— Oui, dis-je en souriant.

Plus de secrets.

— Je te ramène chez toi, dit Cal en promenant ses mains sur mes bras jusqu'à mes doigts crispés. Nous y serons plus à l'aise pour parler.

Tandis que nous cheminons en silence, ou presque, tout le non-dit bouillonne en moi et menace de jaillir. Burn est persuadé que c'est lui et non Drake que les Confs cherchaient, cette nuit-là, mais je dois en avoir le cœur net. Je ne pourrai avoir confiance en Cal qu'à condition de savoir la vérité. Il n'a pas pris de nouvelles de Drake, ce qui me brise le cœur et accentue ma méfiance. Je ne suis peut-être pas la seule à jouer la comédie et à être passée dans la clandestinité.

Sur le rebord d'une fenêtre, quinze étages au-dessus du sol, je m'arrête. Lorsque ma main lâche la sienne, Cal s'adosse au mur de l'immeuble et, à petits pas, se rapproche de moi, jusqu'à ce que nos épaules se touchent.

— Pourquoi t'arrêtes-tu ici ? demande-t-il. C'est dangereux.

Je m'éclaircis la gorge.

— Pourquoi ne m'as-tu pas prévenue de leur arrivée ? Tu me l'avais pourtant promis.

Il pose sur moi un regard qui trahit l'incompréhension. Maîtriser mes émotions, en ce moment, équivaut à étouffer une explosion.

— Tu ne m'as même pas demandé ce qui lui était arrivé.

Il détourne la tête.

— Tu veux parler du terroriste qui t'a enlevée ?

— Non. De mon frère.

Cal baisse les yeux.

— Quand les Confs ne l'ont pas trouvé avec toi dans la ruelle, j'ai cru que le terroriste l'avait tué ou qu'il avait été admis à l'Hôpital.

Il a chuchoté les derniers mots.

— J'ai préféré ne pas en parler pour t'éviter du chagrin. Je sais bien que tu n'aurais jamais abandonné Drake de ton plein gré.

— Bien sûr que non.

Ma gorge se serre. Un petit mouvement de mon pouce le long de mon doigt nu, et je suis prête à regarder Cal dans les yeux.

— Pourquoi ne m'as-tu pas dit que les Confs venaient prendre Drake ? Tu avais promis que tu ne le livrerais jamais. Il était tout pour moi.

Je parle de Drake à l'imparfait, comme s'il était mort. C'est ma vie, désormais, et il faudra bien que je m'y fasse. Des mensonges, toujours des mensonges.

Soudain, tout s'éclaire dans l'esprit de Cal et son visage s'illumine. Il secoue la tête et se tourne vers moi, autant que le lui permet l'étroite plate-forme.

— Ils n'étaient pas là pour *lui*, Glory. Les Confs étaient à la recherche du terroriste. On l'avait aperçu dans les environs de l'immeuble. Si j'avais su qu'un type aussi dangereux se trouvait dans les parages, je t'aurais prévenue et recommandé d'être sur tes gardes.

Ses doigts trouvent les miens et s'y entremêlent. Je ne me dégage pas.

— Je suis désolé, dit-il. J'aurais dû mieux te protéger.

La confusion se répand en moi, se gonfle, tellement que mon cerveau me semble trop grand pour mon crâne.

Je scrute le regard de Cal et son expression est empreinte d'inquiétude et de tendresse. Malgré les événements récents, plonger mes yeux dans les siens me rassure. Pas facile de jeter aux rebuts des sentiments qui m'habitent depuis que je suis toute petite. Il se trompe au sujet des Déviants, mais j'ai la conviction qu'il est, au fond, un bon garçon, et je m'en veux de devoir le duper.

Il a été mon premier vrai béguin. Jusqu'à ce que Burn débarque dans ma vie. Mais après, j'ai cru qu'il m'avait trahie. Et compte tenu des sentiments que j'éprouve en présence de Burn… Je ne suis plus du tout certaine de savoir ce que l'amour veut dire et encore moins de comprendre les sensations qui l'accompagnent. Cela dit, après mon père et Drake, dont je dois prétendre qu'ils sont morts, Cal est pour moi ce qui se rapproche le plus d'une famille.

— Tu me pardonnes? demande-t-il. Je t'aime tellement. Je ne laisserai plus jamais rien de mal t'arriver.

Il soulève mes doigts et, au moment où ses lèvres se posent sur mes jointures, je le regarde dans les yeux. La confusion s'évapore.

Cal ne m'a pas trahie.

Ce n'est pas à cause de lui que Drake a failli être découvert.

Je peux me fier à lui – à condition qu'il ne découvre pas ma Déviance.

Feindre d'être sa petite amie ne sera pas aussi difficile que je l'avais imaginé. Du moins pas comme je l'avais imaginé. Par contre, je ne suis toujours pas convaincue de pouvoir l'embrasser.

— En route, dit-il.

Je hoche la tête. Sur le rebord de la fenêtre, il reprend ses petits pas de côté jusqu'au prochain pont. Quand une ombre passe au-dessus de nos têtes, je pense à Burn et cette idée redouble mes forces.

La route à suivre se précise. Les questions et les doutes s'estompent.

Je serai à la hauteur. J'agirai comme agente secrète de l'Armée de libération et j'aiderai des Déviants à quitter le Havre. Je serai les yeux et les oreilles de M. Belando au sein des Confs. Je serai la petite amie de Cal, au moins jusqu'à ce qu'il exige davantage.

Rien ne m'oblige à choisir entre Cal et Burn : je ne peux avoir ni l'un ni l'autre. Une personne dont les émotions tuent n'est pas destinée à connaître l'amour.

Malgré tout, je souris. Je suis la fille la plus chanceuse du monde. J'ai, quelque part, un père et un frère qui m'aiment. Je ne peux pas être auprès d'eux, mais ici, au Havre, Jayma, Scout et Cal me tiendront lieu de famille.

Et même si je ne pourrai jamais être avec eux pour de vrai, j'ai dans ma vie deux garçons – Burn et Cal – qui tiennent à moi et sont prêts à tout pour me protéger. Et je tiens à eux, moi aussi, assez pour vouloir les protéger à tout prix.

Je ne suis pas seule.

J'ai beau douter de presque tout, de cela, au moins, je suis certaine.

REMERCIEMENTS

J'ai la chance de compter parmi mes amis de fabuleux écrivains que j'ai rencontrés en ligne, dans des regroupements d'auteurs et à l'occasion de conférences. Votre soutien et vos conseils m'ont été d'un incommensurable secours. La liste de ceux qui ont marqué mon voyage jusqu'à la publication s'étirerait sur dix pages, mais sachez que je vous aime et que je vous apprécie tous. Certaines semaines, j'ai effectivement besoin de tout un village pour m'aider à tenir bon au lieu d'abandonner mon clavier.

Ce roman n'aurait jamais vu le jour sans le soutien indéfectible, l'affectueuse fermeté et les stimulants encouragements que me prodiguent quotidiennement mes remarquables critiques, complices et meilleures copines : Molly O'Keefe et Sinead Murphy. Mesdames, vous bonifiez chacun de mes mots et vous embellissez tous les instants de ma vie. Vous êtes mes rocs. Merci à toutes mes critiques complices et pré-lectrices : Michele Young, Mary Sullivan, Stephanie Doyle, Joanne Levy, Danielle Younge-Ullman et Bev Katz Rosenbaum. Et merci tout particulièrement à Kelley Armstrong d'avoir accepté de lire une version très préliminaire.

Je serai éternellement reconnaissante à mon fabuleux agent, Charlie Olsen, d'InkWell Management.

Enthousiasmé par le projet dès le tout début, il n'a pas hésité à me le dire. Il est devenu un meneur de claque-partisan-associé d'une valeur inespérée. Merci à tous les membres du personnel d'InkWell, en particulier Kristan Palmer, Nat Jacks et Alexis Hurley. Je ne saurais vous dire le bien-être que j'éprouve à l'idée de vous savoir dans mon camp.

Un très grand merci à tous les membres du personnel d'Amazon Publishing: d'abord et avant tout à Terry Goodman pour son enthousiasme jamais démenti envers la série et pour avoir accepté de bonne grâce de me céder en adoption à la côte est. Et aussi à Lindsay Guzzardo pour m'avoir aidée à donner forme au livre et à le rendre plus solide. Merci également à tous les membres du personnel de Marshall Cavendish Children's Books, notamment à Margery Cuyler, qui m'a tenu la main pendant tout le processus, pour son enthousiasme et sa patience. Et, enfin, à Jon Fine pour m'avoir offert son soutien et fourni les paroles de chansons des années 1970.

Si nous, écrivains, nous concentrons sur les mots, ce sont souvent une jaquette et une mise en page d'exception qui poussent les lecteurs à choisir le livre en librairie ou en téléchargement. Je tiens donc à remercier Anahid Hamparian et Alex Ferrari pour leur beau travail.

Enfin, je remercie ma famille et mes amis de me soutenir et de me tolérer quand je me plonge dans mes mondes imaginaires au point d'y disparaître alors pendant de longues semaines.

Photo : © Marti Corn

MAUREEN McGOWAN

Élevée dans différentes villes canadiennes, Maureen McGowan vit actuellement à Toronto. Son cœur l'a emporté sur sa raison quand elle a finalement mis de côté une carrière en finances l'ayant conduite de Palo Alto à Philadelphie pour se consacrer à sa passion, la littérature. La science-fiction la séduit particulièrement, et il lui a fallu trois ans et demi pour rédiger la totalité de la trilogie *Après la poussière*.